서재의 시체

The Body in the Library

Copyright ⓒ 1975 Agatha Christie Ltd.

Korean translation edition is published by arrangement with Agatha Christie Ltd., a Chorion group company.

이 책은 Agatha Christie Ltd., a Chorion group company와 적법한 계약을 통해 출간되었습니다. 저작권법에 의해 한국 내에서 보호를 받는 저작물이므로 무단 전재와 무단 복제를 금합니다.

애거서 크리스티 추리 문학 47

서재의 시체

설영환 옮김

해문

■ 옮긴이 설영환

서울대학교 수학. 번역 문필가. 번역서로 《신을 기다리며》 《죽음을 넘어서》
《마음의 집》 《이야기》 《아케-그 어린 시절》 《의식의 뿌리에 관하여》

서재의 시체

초판 발행일	1987년 12월 30일
중판 발행일	2009년 06월 30일
지은이	애거서 크리스티
옮긴이	설 영 환
펴낸이	이 경 선
펴낸곳	해문출판사
주 소	서울시 마포구 합정동 392-2 써니힐 202호
TEL/FAX	325-4721~2 / 325-4725
출판등록	1978년 1월 28일 (제3-82호)
가격	6,000원
ISBN	978-89-382-0247-5 04840
	978-89-382-0200-0(세트)

※ 잘못된 책은 바꾸어 드립니다.

•등 장 인 물•

돌리 밴트리— 고싱톤 홀 저택의 안주인.
아더 밴트리 대령— 자기 집에서 일어난 끔찍한 상황에 대한 중요한 실마리를 움켜쥐고 있는 인물.
제인 마플— 자기 마을에 대한 지나칠 정도의 관심이 그녀로 하여금 불가사의한 범죄들을 해결할 수 있게 한다.
멜쳇 대령— 군(郡) 경찰서장.
슬랙 경감— 매우 활동적이나 다소 예리하지 못한 경찰.
베이질 블레이크— 거칠고 혈기왕성한 청년. 그의 어리석고 건방진 태도가 큰 위험을 불러 일으켰다.
다이나 리— 블레이크의 여자친구. 그와 마찬가지로 혈기왕성한 그녀는 비밀에 싸여 있다.
하퍼 총경— 글렌셔 군(郡) 경찰의 총경. 사건 해결을 원활하게 한다.
콘웨이 제퍼슨— 휠체어에 의지하고 있는 활동적인 성격의 소유자.
애들레이드 제퍼슨— 콘웨이 제퍼슨의 며느리. 그녀는 진술하는 것 이상으로 많은 사실을 알고 있다.
마크 개스켈— 콘웨이 제퍼슨의 사위. 날카롭고 무자비하며 노골적이다.
피터 카모디— 콘웨이 제퍼슨의 손자. 범죄에 깊은 관심을 갖고 있다.
루비 킨— 데인머스의 마제스틱 호텔에서 사라진 것으로 알려진 젊은 댄서.
조세핀 터너— 마제스틱 호텔의 직업 댄서. 루비 킨의 사촌이자 매니저이다.
조지 바틀렛— 마제스틱 호텔의 손님. 젊고 미혼이며 너무 우둔하다.
레이먼드 스타— 마제스틱 호텔의 젊은 테니스 코치 겸 댄서. 상냥하고 부드럽고 품위 있으며, 출세하기 위한 중요한 기회를 노리고 있다.
헨리 클리더링 경— 은퇴한 런던경시청의 전 총감. 콘웨이 제퍼슨과 밴트리 부부의 친구이며, 마플 양의 능력에 깊은 존경심을 가지고 있다.

차 례

- 9 ● 서두에
- 11 ● 제1장
- 26 ● 제2장
- 33 ● 제3장
- 37 ● 제4장
- 46 ● 제5장
- 56 ● 제6장
- 64 ● 제7장
- 68 ● 제8장
- 79 ● 제9장
- 88 ● 제10장
- 93 ● 제11장

차 례

제12장 ● 105
제13장 ● 119
제14장 ● 126
제15장 ● 135
제16장 ● 145
제17장 ● 164
제18장 ● 175
제19장 ● 181
제20장 ● 187
제21장 ● 193
제22장 ● 197
작품 해설 ● 207

서두에

소설에는 그 유형에 따라 각각 자주 사용되는 문구가 있다.

멜로드라마에서는 '머리가 벗겨진 나쁜 남작'이 그렇고, 추리소설에서는 '서재의 시체'가 그렇다. 나는 몇 년 전부터 '잘 알려진 소재이면서도 참신한 변화가 있는' 책을 쓰고 싶다고 은밀히 생각하고 있었다.

그리고 그 책을 위해 어떤 특정한 조건을 설정했다. 우선 문제의 그 서재는 극히 흔한 것이어야 한다. 그와 반대로 시체는 아주 기상천외한, '앗' 하고 눈을 크게 뜨게 하는 것이어야만 한다는 식으로.

조건은 여러 가지 생각했지만 몇 년 동안은 그것을 노트에 두세 줄 써놓은 채 그냥 보냈다. 그러는 동안 어느 해 봄, 내가 해변에 있는 평범한 호텔에서 며칠을 보내고 있을 때 식당의 한 테이블에 둘러앉아 있는 낯선 가족의 모습이 눈에 들어왔다.

한 불구 노인이 휠체어에 앉아 있고, 젊은 그의 가족들이 그의 곁에서 떨어지지 않은 채 부축해 주고 있었다. 다행히 그들은 다음 날 호텔을 나갔으므로 나는 그와 같은 경험이나 사실에 사로잡히지 않고 자유롭게 상상력을 펼칠 수 있었다.

"당신은 실재(實在)하는 사람들을 소설에 씁니까?"라고 질문받을 경우, 나는 내가 알고 있는 사람에 관한 일이나 그 사람과 대화한 것이나, 또는 단순한 소문조차도 소설로 쓰는 것은 불가능하다고 대답한다.

무슨 까닭인지 그런 것들을 쓰려고 하면 도대체 글이 되지가 않는 것이다. 그러나 어떤 '가공의 인물'에 대해서라면 내 상상력이나 능력을 발휘해서 그려 낼 수가 있다.

이렇게 해서 그 불구 노인이 이 소설의 중심축이 되었다.

우리의 마플 양의 친구인 밴트리 부인은 이 이야기에 어울리는 서재를 가지고 있다. 그래서, 요리에 빗대어 말하면 다음과 같은 재료를 넣는다―테니스 코치, 젊은 댄서, 화가, 댄스홀의 호스티스 등등.

그리고 그것을 마플 양의 식탁에 내놓으면 되는 것이다.

애거서 크리스티

제1장

1

 밴트리 부인은 꿈을 꾸었다. 그녀가 출품한 예쁜 스위트피가 꽃 품평회에서 일등상을 받는 꿈이었다. 흰 법의(法衣)를 걸친 교구 목사가 교회에서 상품을 수여하고 있다. 그런데, 목사의 아내가 수영복 차림으로 그 앞을 어슬렁어슬렁 지나간다. 만일 그런 일이 현실에서 일어난다면 굉장한 소동이 되겠지만, 역시 꿈임엔 틀림없나 보다. 모인 사람들은 아무도 비난 한마디 하지 않는다.

 밴트리 부인은 즐거운 기분으로 그 꿈을 계속 꾸었다. 그녀의 아침 꿈은 언제나 아침 차(茶)가 나옴에 따라 깨어지곤 했다. 그러나 그전부터 집 안의 여러 소리를 희미하게 의식하고 있기는 했다. 한 하녀가 2층 방의 커튼을 젖히는 소리, 또 다른 하녀가 복도를 청소하며 내는 쓰레받기나 빗자루 소리, 현관의 빗장을 벗길 때의 무겁고 먼 소리 등.

 또 하루가 시작되려 하고 있었다. 그녀는 꽃 품평회에서 상을 받는 기쁨을 좀더 누려야겠다고 생각했다. 왜냐하면 그 일이 꿈이구나 하는 느낌이 점점 강해져 왔기 때문이다.

 아래층에 있는 응접실의 커다란 나무문이 열리는 소리가 났다. 그녀는 그 소리를 분명히 들은 것도 같았지만, 안 들으려고 애를 썼다. 앞으로 30분 동안은 일상적인 가사를 처리하는 둔탁하고 조심스런 소리가 들리겠지만, 워낙 익숙한 소리여서 그녀의 달콤한 꿈을 방해하진 못한다. 아마 곧이어 복도를 얌전하고 조심스럽게 걸어오는 소리가 들릴 것이다. 이윽고 문을 조용히 노크하는 소리가 나며 커튼을 열러 메리가 방에 들어오는 기미를 느끼게 될 것이다.

 밴트리 부인은 잠결에 눈썹을 찡그렸다. 뭔가 꺼림칙한 소리가 비몽사몽 간에 들렸던 것이다. 늘 정해진 시간에 들려오던 규칙적인 소리가 아니었다. 복도에서 울려오는 발소리 같았지만, 여느 때보다 훨씬 빠르고 매우 서두르는 듯했다. 그녀는 아무 생각 없이 다음에 들려야 할 그릇 소리에 귀를 기울였다. 그러나 그릇 소리는 나지 않았다.

곧 문을 노크하는 소리가 들렸다. 밴트리 부인은 깊은 꿈속에서 반사적으로, "들어와요."라고 대답했다. 문이 열렸다—이윽고 여느 때처럼 커튼을 젖힐 때의 고리가 부딪치는 소리가 날 것이다.

그러나 커튼의 고리가 밀리는 소리도 들리지 않았다. 희미한 녹색 빛을 등에 진 채 메리의 소리가 울려왔다—헐떡거리는 것 같은 히스테리한 소리가.

"마님, 마님! 서재에 시체가 있어요!"

그러고 나서 그녀는 견딜 수 없는 듯 울음을 터트리면서 방을 뛰쳐나갔다.

2

밴트리 부인은 침대에서 일어났다.

그녀의 꿈이 갑자기 이상하게 변한 걸까? 아니면, 메리가 정말로 방에 뛰어들어와서 서재에 시체가 있다고, 도저히 믿을 수 없는 말을 한 것일까?

"말도 안 되지! 역시 꿈을 꾼 걸 거야." 그녀는 혼잣말을 했다.

그러나 그 사건이 꿈이 아닐 거라는 느낌이 강해지는 것은 어떻게 할 수 없었다. 메리는 매우 착실한 하녀인데, 그녀가 그런 당치도 않은 말을 할 리가 없지 않겠는가 하는 생각이 들었던 것이다.

밴트리 부인은 잠시 생각해보고 나서 옆에서 자는 남편을 마구 흔들었다.

"아더, 아더, 일어나요."

밴트리 대령은 기분 나쁜 듯 투덜거리면서 몸을 뒤척이고는 돌아누웠다.

"일어나세요, 아더, 메리가 한 말 못 들었어요?"

"아! 알고 있어요." 밴트리 대령은 잠이 덜 깬 목소리로 대답했다.

"그래, 그래, 당신 말대로 해요, 돌리!" 그러고는 곧 또 잠들어 버렸다.

밴트리 부인은 다시 남편을 흔들었다.

"여보, 메리가 들어와서 서재에 시체가 있다고 했잖아요."

"엣! 뭐라고?"

"서재에 시체가 있다고요."

"누가 그래?"

밴트리 대령은 재빨리 머릿속을 가다듬어 사태를 판단한 뒤 말을 했다.

"말도 안 돼. 당신, 꿈을 꾼 거 아냐?"

"아니에요. 그렇지 않아요. 나도 처음엔 꿈이 아닐까 생각했는데 그렇지 않아요. 메리가 정말로 여기에 와서 확실히 그렇게 말했어요."

"메리가 이 방에 와서 서재에 시체가 있다고 했다고?"

"예."

"그럴 리가 없잖아." 밴트리 대령이 말했다.

"예, 그건 그렇지만······." 부인도 애매모호하게 대답하고는 다시 한 번 자신의 생각을 가다듬고서 말했다.

"그렇지만, 메리가 그런 거짓말을 하러 올 리가 없잖아요."

"그렇지."

"그러니까, 역시 사실이에요."

"아니, 당신이 그런 꿈을 꾸었겠지."

"꿈이 아니라니까요."

이제 밴트리 대령은 완전히 잠이 깨어 버려서 이 사태에 냉정히 대처할 준비를 갖추고 있었다. 그러고는 부드러운 어조로 말했다.

"아닐 거야. 당신은 꿈을 꾼 거야, 돌리. 그렇고말고 당신이 읽고 있던 그 추리소설 때문이야. 《부러진 성냥》 말이야. 거기에 에지바스턴 경이 서재의 난로 앞의 양탄자 위에 누워 있는 아름다운 금발 여자의 시체를 발견한 이야기가 나오잖아. 서재에서 시체가 발견된 이야기는 책에 종종 나오지만, 실제로 그런 사건이 일어났다는 말은 한 번도 들은 적이 없어."

"그럴지도 모르지만, 아무튼 일어나서 한번 확인 좀 해보세요, 아더."

"암만해도 꿈이라니까, 돌리. 꿈이란 놈은 눈을 떴을 때에 이상하리만큼 확실히 머리에 남아 있는 경우가 있는 거야. 그러니까, 당신은 그 꿈을 정말로 일어난 것처럼 믿어 버린 거야."

"그렇지만, 나는 전혀 다른 꿈을 꾸고 있었어요—꽃 품평회에서 목사 부인

제1장 13

이 수영복을 입고 있는 그런 꿈이었어요."

밴트리 부인은 서둘러 일어나서 커튼을 열었다. 상쾌하고 맑은 가을볕이 방으로 비쳐 들어왔다.

"역시 꿈이 아니었어요." 밴트리 부인은 단호하게 말했다.

"빨리 일어나요. 얼른 아래층에 가서 확인 좀 해봐요!"

"아래층에 가서 서재에 시체가 있는지 확인하고 오라는 거야? 분명히 미쳤다고 남들이 생각할 거야."

"남에게 물을 필요는 없잖아요. 물론 메리가 정신이 나가서 헛것을 봤을지도 모르지만, 정말로 서재에 시체가 있다면 당신이 묻기 전에 아래층의 누군가가 그렇다고 말할 거예요."

밴트리 대령은 투덜거리면서 가운을 입고 방을 나갔다. 복도를 지나 계단을 다 내려갔을 때 얼핏 둘러보니, 계단 밑에 하인들이 모여 있고 흐느껴 우는 사람도 있었다. 집사가 그의 모습을 발견하고 안심이라는 듯이 뛰어왔다.

"잘 내려오셨습니다. 주인님. 주인님께서 보러 오실 때까지 아무것에도 손을 대선 안 된다고 모두에게 일러두었습니다. 즉시 경찰에 연락하는 편이 좋겠다고 생각하는데, 어떻게 할까요?"

"경찰에 연락한다고? 무엇을?"

집사는 요리사의 어깨에 기대어 히스테릭하게 흐느끼고 있는 키 큰 젊은 하녀에게 꾸짖는 듯한 눈짓을 던졌다.

"아까 메리가 말씀드리지 않았던가요? 알려 드렸다고 하던데요."

메리가 헐떡거리면서 소리쳤다.

"전 너무 정신이 없어서 뭐라고 말씀드렸는지 기억도 나지 않아요. 그 광경이 어지럽게 눈에 어리고, 무릎이 덜덜 떨리고, 가슴이 두근두근해서……. 세상에 그렇게 끔찍할 수가, 아아, 무서워!"

그녀는 또 요리사인 에클스 부인의 어깨에 얼굴을 묻었다.

"자아, 자, 기운을 내요." 에클스 부인이 위로하듯이 말했다.

"이 끔찍한 일을 맨 처음에 발견한 사람이 메리라서, 저렇게 당황해 하는 것도 당연한 것 같습니다." 집사가 설명했다.

"여느 때처럼 그녀는 서재에 들어가서 커튼을 열려고 하다가, 그만 시체에 걸려 넘어질 뻔했다고 합니다."

"그러면, 서재에 사람의 시체가 있다는 거야? 아니, 내 서재에?"

밴트리 대령이 물었다.

집사는 헛기침을 했다.

"주인님이 직접 가서 보시지요."

3

"여보세요, 경찰입니다만, 그렇습니다. 어디시죠?"

파크 순경은 한 손으로 제복의 단추를 채우면서 다른 손으로 수화기를 쥐고 있었다.

"고싱톤 홀 저택……, 예? 어이구, 안녕하십니까?"

파크 순경의 어조가 갑자기 변했다. 상대가 경찰서에서 시행하는 여러 가지 스포츠의 유력한 후원자이고, 또 이 지방의 최고 치안판사(명예직이며, 보통 경범죄나 밀렵 등을 재판한다)라는 것을 알자마자 거만한 경관의 말투가 꼬리를 감추어 버렸다.

"저, 무슨 일이십니까? 여보세요, 잘 들리지 않는데요. 시체라고요. 예? 예, 알겠습니다. 아, 누군지는 모르는 여자의 시체가……, 예, 알겠습니다. 저희들이 알아서 처리하겠습니다."

파크 순경은 수화기를 놓자 휙 하고 길게 휘파람을 불고 나서는 서둘러 상관의 다이얼을 돌리기 시작했다.

그때 베이컨을 볶는 맛있는 냄새가 나고 부엌에서 그의 아내가 다가왔다.

"뭐예요?"

"사건이야." 파크가 대답했다.

"고싱톤 홀 저택에서 젊은 여자의 시체가 발견됐다는군. 대령의 서재에서."

"살해된 시체요?"

"목을 졸린 시체라고 하는군."

"그 여자는 누구래요?"

"대령이 전혀 모르는 여자인 것 같아."

"그러면, 그녀가 그 서재에서 무슨 짓을 하고 있었던 걸까요?"

파크 순경은 책망하는 듯한 시선으로 아내를 바라보고는, 사무적인 말투로 전화를 걸었다.

"슬랙 경감님이십니까? 저는 파크 순경입니다. 오늘 아침 7시 15분경 젊은 여자의 시체가 발견되었다는 연락이 지금 막……."

4

마플 양이 옷을 갈아입고 있을 때 전화벨이 울렸다. 그 소리는 조금 그녀를 당황하게 했다. 이런 시간에 전화가 걸려오는 일은 좀처럼 없었기 때문이다. 이 미혼인 노처녀는 생활이 매우 규칙적이었으므로, 그 예기치 않은 전화는 자연히 여러 가지 추측을 낳게 하는 것이었다.

"도대체 누굴까?"

마플 양은 망설이면서 계속 울리는 전화기를 바라보았다.

9시부터 9시 30분까지는 근처의 사람들에게 아침 인사 전화를 거는 시간이었다. 그날의 계획이나 초대, 그 밖의 용건도 그 시간에 연락한다. 정육점에서 고기가 떨어져서 배달을 못할 경우에는 9시 조금 전에 전화를 걸기로 되어 있었다. 가끔 낮에도 전화가 오기는 하지만, 어쨌든 마을 사람들은 밤 9시 이후에 전화를 거는 것을 실례라고 생각하고 있었다. 단, 작가로서 조금은 특이한 그녀의 조카 레이먼드 웨스트만은 늘 마음 내키는 대로 편한 시간에 전화를 걸어왔다. 언젠가는 한밤중인 12시를 훨씬 지나서 건 적도 있었다. 그렇지만, 그 조카가 아무리 특이하다고 해도 절대로 아침 일찍 전화를 거는 남자는 아니다. 아니, 마플 양이 아는 사람 중에는 아침 8시 전에 전화를 거는 사람은 하나도 없었다. 그러나 지금 8시 15분 전에 눈앞에서 벨이 울리고 있었다. 전보라고 해도 너무 이르다. 우체국은 8시가 되어야만 문을 열 테니까.

"분명히 잘못 걸려온 전화겠지." 마플 양은 생각했다.

그렇게 결정하고서 그녀는 애타게 계속 울리는 전화기로 다가가서 수화기를 집어들어 시끄러운 벨 소리를 멈추게 했다.

"여보세요, 누구시죠?"

"여보세요, 제인?" 상대가 되물었다.

마플 양은 깜짝 놀랐다.

"그래요, 제인이에요. 이렇게 일찍 어쩐 일이죠, 돌리?"

밴트리 부인의 매우 흥분한 목소리가 전해져 왔다.

"큰일 났어요!"

"무슨 일인데?"

"서재에서 시체가 발견되었어요."

마플 양은 순간적으로 친구가 정신이 어떻게 된 게 아닐까 하고 생각했다.

"아니, 무엇을 발견했다고?"

"아, 알고 있어요. 아무도 믿지 않을 테니까. 나도 그런 일은 소설에서밖에 일어날 수 없다고 생각해요. 그러니까, 아더가 아래층에 가보기 전까지는 우리 두 사람 다 생각이 달랐다니까요."

마플 양은 기분을 새롭게 하여 다그치듯 물었다.

"그건 그렇고, 누구의 시첸데?"

"금발 여자가 한 명 죽어 있어요."

"어떤?"

"금발 미인, 책에 씌어 있는 그대로예요. 게다가, 집 식구들은 아무도 그 여자를 본 적이 없대요. 그런 여자가 서재에서 죽어 있는 거예요. 그래서, 곧바로 당신에게 전화했어요."

"괜찮다면, 내가 그쪽으로 갈까요?"

"그렇게 해줘요. 곧 차를 보낼게요."

마플 양은 의심스러운 듯 말했다.

"그렇지만, 내가 가더라도 당신을 안심시킬 수 있을지 모르겠네."

"아니에요, 안심하고 자시고의 문제가 아니에요. 다만 당신에게 시체를 보이고 사건을 해결하고 싶은 거예요."

"그건 자신 없는데. 내가 사건을 해결한 하찮은 일들은 대개 요행이었거든."
"그렇지 않아요. 당신은 많은 살인사건을 해결했잖아요. 저, 그 여자는 살해되었어요. 목을 졸려서……, 책에서만 읽던 살인사건이 정말로 자기 집에서 일어났다면 뭐라고 할까, 좀 실감나게 즐기는 편이 좋지 않을까요? 나도 좀 그러고 싶어요. 당신의 힘을 빌어서 범인을 찾아내고 사건의 수수께끼를 풀어 보고 싶어요. 재미있지 않겠어요?"
"아, 물론 당신의 힘이 되고 싶다고 생각해요. 그렇지만 그건……."
"아, 좋아요! 아더는 별로 찬성하지 않아요. 내가 그런 일에 재미를 느껴서는 안 된다고 생각하나 봐요. 물론 나도 매우 슬픈 사건이라는 것은 알지만, 그 여자는 내가 모르는 사람이고, 또 마치 소설에서밖에 만날 수 없을 것 같은 여자예요. 무슨 의미인지 와 보면 알 수 있을 거예요."

5

밴트리의 차 운전사가 문을 열자 마플 양은 급하게 차에서 내렸다.
현관의 돌계단까지 마중하러 나온 밴트리 대령은 조금 놀란 모습이었다.
"아! 마플 양 아니십니까? 아니……, 잘 오셨습니다."
"당신 부인에게서 전화를 받았답니다." 마플 양이 설명했다.
"이거 참. 아무튼 아내는 누군가가 곁에 없으면 미쳐 버리지 않을까 걱정이 될 정도라니까요. 지금 태연한 체 꾸미고 있지만, 도저히 일이 일인만큼……."
그때, 밴트리 부인이 모습을 나타내더니 큰소리를 질렀다.
"식당으로 돌아와서 빨리 식사를 끝내세요, 아더. 베이컨이 식어요."
"난 그 경감이 온 줄 알았지." 밴트리 대령이 대답했다.
"곧 올 거예요. 그러니까, 빨리 식사를 끝내세요."
"당신은 어떻게 할 거야? 함께 먹지."
"곧 가요. 당신 먼저 드시고 계세요."
밴트리 대령은 고집이 센 수탉이 우리 안으로 쫓겨 갇히는 듯한 모습으로 식당으로 되돌아갔다.

"이리 와 보세요! 어서요!" 밴트리 부인이 우쭐거리는 듯한 투로 말했다.

그녀는 빠른 걸음으로 긴 복도를 따라 저택의 동쪽으로 마플 양을 안내했다. 서재의 문밖에는 파크 순경이 서 있었다.

그는 한참 신이 나서 의기양양한 밴트리 부인을 불러 세웠다.

"부인, 죄송하지만 여기엔 들어가실 수가 없습니다. 경감님 명령입니다."

"아니, 파크 씨. 당신은 마플 양을 모르세요?"

파크 순경은 마플 양을 안다고 대답했다.

"마플 양에게 꼭 시체를 보여 줘야 해요. 무슨 말인지 모르시겠어요? 그리고, 여기는 원래 우리 서재예요!"

파크 순경은 길을 비켰다. 상류사회 사람들에게 복종하는 버릇이 평생 몸에 배어 있었던 것이다. 그러나 경감에게 이 사실이 알려지면 곤란하다는 생각은 했다. 그는 두 사람에게 일러두었다.

"아무 데도 손을 대거나 만져서는 안 됩니다."

"알고 있어요, 그런 것쯤은." 밴트리 부인은 초조한 듯 대답을 했다.

"걱정되면 함께 들어가 보시죠."

그는 그 말에 따르기로 했다. 사실 그도 들어가고 싶어 좀이 쑤셨던 것이다.

밴트리 부인은 득의만만하게 친구를 데리고 서재에 들어가, 고풍스런 커다란 난로 쪽으로 안내했다. 그러고는 드라마의 클라이맥스 장면을 연기하는 듯한 기분으로 외쳤다.

"저기예요!"

살해된 여자가 소설에서밖에 볼 수 없는 여자라고 밴트리 부인이 말한 의미를 마플 양은 곧 알 수 있었다.

서재는 소유자의 성격을 상징하는 듯한 방으로, 그저 넓고 고풍스럽기만 했지 꽤 지저분했다. 망가진 커다란 팔걸이의자가 몇 개가 놓여 있고, 파이프와 책, 지방신문이 커다란 테이블 위에 난잡하게 놓여 있었다. 벽에는 훌륭한 선조의 초상화가 두셋 걸려 있고, 조잡스런 빅토리아 왕조풍의 수채화와 익살맞은 사냥 장면의 그림이 몇 갠가 걸려 있었다. 방 한구석의 커다란 화병에는 데이지 꽃이 쑤셔 박혀 있었다. 방 전체가 바랜 듯한 색으로 둘러싸여 편안하고 일상적인 느낌을 주었다. 이 서재는 오랜 세월 사용한 물건들의 익숙함과 전통이 뒤섞인 듯한 느낌을 주고 있었다. 그리고, 난로 앞에 깔린 곰의 모피 위에 낡은 방의 바랜 듯한 색조와는 두드러지게 다른, 몹시 강렬한 느낌이 드는 물체가 누워 있었다.

화려하게 치장한 여자의 시체였다. 금발에 아름다운 컬과 링을 만들어 땋아서 위로 올리고 있었고, 호리호리한 몸은 흰 금속 조각을 박아 넣고 등이 크게 패인 실크 이브닝드레스에 싸여 있었다. 얼굴에는 짙은 화장을 하고 있어서 시퍼렇게 부어오른 살결과 흰 분가루가 이상하게 떠보였다. 긴 속눈썹의 마스카라가 일그러진 뺨에 짙은 그림자를 던져 주고 있었으며, 새빨간 립스틱을 칠한 입술은 깊은 상처처럼 보였다. 손톱 역시 짙은 핏빛으로 칠해져 있고, 싸구려 은색 샌들을 신은 발톱도 같은 색으로 칠해져 있었다. 현란하고 천하고 화려한 그 모습은 밴트리 대령의 서재의 지나치게 고지식하고 고풍스런 분위기와는 도무지 어울리지 않는 것이었다.

밴트리 부인이 목소리를 죽여서 가만가만 말했다.

"어때요? 내가 말한 그대로죠?"

옆의 노부인이 크게 고개를 끄덕였다. 그러고는 몸을 구부려 누워 있는 여자의 모습을 오랫동안 가만히 바라보면서 생각에 잠겨 있었다.

이윽고 그녀가 조용히 입을 열었다.

"상당히 젊은 여잔데."

"그래, 그렇죠?"

밴트리 부인은 마치 대발견이라도 한 듯한 투로 말했다.

마플 양은 허리를 굽혔지만 여자에게는 손을 대지 않았다. 다만 드레스를 세게 잡아 뜯듯이 꽉 쥐고 있는 여자의 손가락을 가만히 쳐다보고 있었다. 그것은 호흡을 할 수 없었던 여자가 괴로워서 몸을 뒤튼 최후의 몸부림 같았다.

그때 밖에서 자갈을 버적거리는 차 소리가 들렸다.

"경감님입니다……." 파크 순경이 재촉하듯이 말했다.

상류계급 사람들은 결코 사람을 배반하지 않는다는 그의 꿋꿋한 신념대로 밴트리 부인이 곧 문 쪽으로 서둘러 나갔다. 마플 양이 뒤를 따랐다.

부인이 말을 했다.

"이러면 되겠죠, 파크?"

파크 순경은 안도의 숨을 쉬며 가슴을 쓸어내렸다.

6

입에 넣은 토스트와 마멀레이드를 커피로 황급히 삼키고는 서둘러 거실로 달려온 밴트리 대령은 군(郡) 경찰서장인 멜쳇 대령이 슬랙 경감을 따라 차에서 내리는 것을 보고 안심한 모양이었다. 멜쳇은 밴트리 대령의 친구였다. 그는 슬랙은 별로 좋아하지 않았다―슬랙은 이름과 어울리지 않게 매우 정력적인 남자로(Slack은 느슨하고 꾸물거린다는 뜻) 자신 이외의 다른 사람의 감정에는 관심을 갖지 않고 아무렇게나 무시하고 성급하게 일을 처리하는 경향이 있었기 때문이다.

"여어, 잘 있었나, 밴트리?" 경찰서장이 말했다.

"내가 오는 게 좋으리라고 생각했네. 상당히 이상한 사건 같아서 말이야."

"조금도……." 밴트리는 어떻게 표현해야 할지 잘 모르겠다는 듯 말했다. "믿을 수가 없어. 상상도 할 수 없는 사건일세. 자네가 보기엔 어떤가?"

"그 여자가 누군지 전혀 모르겠나?"

"전혀 짐작도 가지 않네. 한 번도 본 적이 없는 여자야."

"집사가 뭔가 좀 알고 있지 않을까요?" 슬랙 경감이 물었다.

"아니, 로리머도 나와 마찬가지요. 그 역시 놀라기만 했지 누군진 모르니."

"글쎄, 그럴까요?" 슬랙이 의심스러운 듯 중얼거렸다.

밴트리 대령이 말했다.

"식당에 아침식사 준비가 되어 있는데, 멜쳇 괜찮다면 사양 말고."

"아니, 곧 일에 착수해야지. 헤이독 의사도 곧 올 텐데. 아, 저기 오는 모양이군."

차 한 대가 들어오더니 몸집이 크고 어깨가 넓은 경찰의(警察醫)인 헤이독이 내렸다. 그리고 두 번째의 경찰차에서는 평상복 차림의 경관이 두 사람 내렸는데, 한 사람은 카메라를 가지고 있었다.

"준비는 되었소?" 경찰서장이 말했다.

"좋아, 그러면 시작합시다. 슬랙의 말로는 서재라고 하던데?"

밴트리 대령이 신음했다.

"도무지 믿을 수 없는 이야기야. 오늘 아침 가정부가 방에 들어와서 서재에 시체가 있다는 말을 했다고 아내에게 들었을 때는 정말 곧이듣지 않았었네."

"그래, 그랬을 거야. 부인도 놀랐겠군. 괜찮은가?"

"아내는 튼튼해. 대단한 여자야. 그 사람은 마을에서 마플 양을 이리로 불렀으니까 말이야."

"마플 양? 왜 그런 사람을 불렀지?" 서장이 눈썹을 모았다.

"글쎄, 여자끼리 통하는 뭐가 있나 보지. 이야기를 하고 싶었을 거네, 아마."

멜쳇은 희미하게 소리 없는 웃음을 흘렸다.

"아무래도 자네 부인은 풋내기 탐정놀이를 하려는 것 같군. 마플 양은 이 지방에서는 이름이 알려진 탐정이니까. 멋지게 우리들의 코를 납작하게 한 적도 있었지. 그렇지, 슬랙?"

"그렇다고 얘기할 수는 없죠." 슬랙 경감이 대답했다.

"왜 그렇지?"

"그 사건은 지방 특유의 사건이었으니까요. 그녀는 그 마을의 일을 거의 전부 알고 있거든요. 그러나 이번 사건은 그녀의 손에 맡길 수는 없습니다."

멜쳇은 쌀쌀맞게 말했다.

"자네라도 이 사건에 대해서는 그다지 자세한 걸 알 수는 없을 거네, 슬랙."

"글쎄요, 조금 기다려 주십시오. 그다지 시간이 걸리지 않을 겁니다."

7

식당에서는 밴트리 부인과 마플 양 두 사람이 식사를 하고 있었다.

상대가 다 먹기를 기다려서 밴트리 부인은 진지하게 이야기를 시작했다.

"어때요, 제인?"

마플 양은 조금 당황한 듯한 얼굴을 들었다.

밴트리 부인은 무언가 기대하는 표정으로 말했다.

"좀 생각나게 하는 것 없나요?"

마플 양은 사소한 마을의 사건들을 커다란 사건에 연결해서 사건 해결의 실마리를 찾아내는 사람으로 유명했다.

"글쎄, 지금으로서는 별로." 마플 양은 심각한 얼굴로 말했다.

"다만 체티 부인의 막내딸 에디를 조금 생각나게는 하지만, 그건 살해된 여자가 손톱을 물어뜯는 버릇이 있는 것 같고, 또 조금 덧니인 것에서 연상되었을 뿐이에요. 게다가……."

마플 양은 계속해서 에디와 살해된 여자와의 유사점을 늘어놓았다.

"에디도 저런 천하고 화려한 것을 좋아했거든."

"그 여자의 드레스 말인가요?" 밴트리 부인이 물었다.

"그래요. 그 반짝반짝 빛나는 실크 말이에요. 값싼 거지."

"나도 알아요. 1기니 하우스(팔고 있는 물건의 가격이 모두 1기니인 싸구려 상점)에서 쉽게 살 수 있는 물건이지."

그녀는 더욱더 기대를 걸고 계속해서 말했다.

"에디는 뭘 하고 있나요?"

"또 집을 나갔는데, 그래도 이번엔 잘 돼가는 것 같아요."

"아무리 생각해도 알 수가 없네." 밴트리 부인이 말했다.

"그 여자가 아더의 서재에서 뭘 하고 있었을까 하는 것 말이에요. 창문을 비틀어 연 것 같대요, 파크의 말로는. 어쩌면, 도둑과 함께 그곳으로 숨어 들어와서 무슨 일인가로 싸움을 하지 않았나 하고도 생각해봤지만, 그렇게 보기엔 좀 어처구니가 없어요."

"아무리 그래도 그런 복장으로 도둑질하러 들어올 사람은 없지요."

마플 양이 말했다.

"그래요. 댄스 복장이지. 아니면, 파티나 뭐 그렇겠지. 그렇지만, 이 부근에 그런 모임은 없었고, 부근 마을에도 없었어요."

"흠, 그래요?" 마플 양은 의심스럽게 대답했다.

밴트리 부인이 재빨리 되물었다.
"뭔가 짚이는 게 있나요?"
"조금 걸리는 일이……."
"무슨 일?"
"베이질 블레이크의 일이에요."
밴트리 부인은 무심코 소리를 질렀다.
"뭐라고요? 당치도 않아!" 그러고 나서 설명처럼 덧붙였다.
"나는 그 애 엄마를 잘 알고 있어요."
두 사람은 얼굴을 마주 쳐다보았다.
마플 양은 한숨을 쉬고는 고개를 흔들었다.
"당신의 기분은 알아요."
"셀리나 블레이크는 정말로 훌륭하고 좋은 사람이에요. 특히, 그녀가 가꾼 화단의 아름다움은, 부러울 정도죠. 게다가, 매우 시원스럽게 가지를 잘라 주는 거예요."
마플 양은 블레이크 부인을 감싸려는 이런 칭찬들을 가볍게 흘려 넘겼다.
"그러나, 그 집에는 여러 가지 소문이 많던데."
"그래요, 그것은 나도 알아요. 잘 알고 있죠. 아더는 베이질 블레이크라는 이름을 듣기만 해도 화를 내요. 그 애가 아더에게 무척 무례한 짓을 한 이후로는, 아더는 그 애를 칭찬하는 얘기는 듣고 싶지도 않은가 봐요. 그 애는 요즘 젊은이들이 흔히 하듯 남을 깔보는 말을 하기도 하고, 학교나 왕실 같은 것들을 소중히 여기는 사람들을 경멸하기도 하고, 게다가 또 그 이상한 복장을 봐요!"
밴트리 부인은·계속해서 말했다.
"시골에서 무엇을 입든 상관없지 않느냐고 말하는 사람도 있지만, 그런 바보 같은 말이 어디 있어요? 시골이기 때문에 오히려 모든 사람들이 보는데."
그녀는 잠시 사이를 두었다가 한탄조로 덧붙였다.
"그 애는 어렸을 때는 정말 귀여웠는데."
"지난주 일요일 신문에 체비옷 살인사건의 범인이 아이였을 때의 귀여운 사진이 나왔었다오." 미스 마플 양이 말했다.

"아, 제인, 당신은 정말로 그 애가……"

"아니, 물론 그런 의미는 아니에요. 이야기를 너무 비약시키지 말아요. 나는 다만 이 집에 젊은 여자의 시체가 왜 있게 되었을까 하는 것을 생각해보는 거예요. 세인트 메리 미드에 어울리지 않는 여자라서. 그래서, 우리 마을에서 그 여자와 연관지어 생각할 만한 사람은 역시 베이질 블레이크밖에 없다는 말이지. 그 애에겐 그 여자 같은 친구들이 있잖수? 런던이나 촬영소에서 많은 사람들이 왔던 것을 기억하고 있죠? 올해 7월이었을걸? 노래 부르고 소리 지르고 하여튼 대단한 야단법석이었지. 모두들 취해가지고서. 다음 날 아침에는 빈 병들하고 먹고 남은 찌꺼기들이 발을 디딜 곳도 없을 만큼 흩어져 있었다잖아요. 베리 부인 말로는, 젊은 아가씨가 정말로 옷을 하나도 안 걸치고 욕조 속에서 자고 있었다는 거예요."

밴트리 부인은 관대하게 말했다.

"아마 그들은 영화 관계 사람들일 거예요."

"그래요, 나도 그렇게 생각해요. 그러고 나서 아마 당신도 들었겠지만, 몇 주일 뒤에 또 어떤 젊은 여자를 데리고 왔었다잖아요. 은빛 나는 금발 여자를."

밴트리 부인이 큰소리를 질렀다.

"정말, 혹시 저 여자는 아닐까요?"

"글쎄……, 나는 바로 옆에서 그 여자를 본 게 아니라서. 다만, 그녀가 차에 타고 내릴 때 몇 번 보았을 뿐이에요. 한 번은 그 별장의 정원에서 반바지와 브래지어 차림으로 일광욕을 하는 것을 본 적은 있었다우. 그렇지만, 그녀의 얼굴을 자세히 본 적은 없었어요. 게다가, 저런 여자들은 대개 똑같은 화장과 머리와 손톱을 하고 있기 때문에 모두 똑같이 보이거든."

"그래요. 그렇지만, 어쩌면 그 여자일지도 몰라요. 좋은 실마리잖아요, 제인?"

제2장

1

바로 그때 멜쳇 대령과 밴트리 대령 사이에서도 하나의 실마리를 둘러싸고 얘기가 분분하게 벌어지고 있었다.

군 경찰서장은 시체를 검사하고 부하에게 필요한 일을 지시하고 나서, 이 집의 주인과 함께 집 반대쪽 끝에 있는 다른 서재로 자리를 옮겼다. 멜쳇 대령은 겉보기엔 성미가 급한 것 같은 남자였는데, 붉고 짧은 콧수염을 만지는 버릇이 있었다. 지금도 그는 그 버릇대로 하면서 무엇엔가 당황한 듯한 곁눈질로 상대방을 흘끗 쳐다보고 있었다. 그러다 갑자기 입을 열었다.

"밴트리, 내 가슴속에 있는 의문을 솔직히 털어놓겠네. 자네가 그 여자를 전혀 모른다는 것이 정말인가?"

밴트리 대령이 곧 대답하려 하는 걸 멜쳇이 막았다.

"아니, 아니, 자네의 기분은 잘 알아. 그러나 얘기를 좀 들어보게. 자네에게 있어서는 몹시 난처한 일일지도 모르지. 결혼한 몸이고, 게다가 아내를 진심으로 사랑하고 있으니까. 그러나 이건 우리 둘만의 이야기야. 만일 자네가 그 여자와 약간이라도 관계가 있었다면 지금 여기서 그렇다고 말하는 게 좋아. 물론 그런 사실이야 숨기고 싶다고 생각하겠지. 아주 당연해. 나라도 그렇게 생각할 거야. 하지만, 그러면 안 되네. 살인사건이니까 말이야. 사실은 어떻게 해서든 밝혀지게 마련이거든. 그렇다고 내가 자네더러 그 여자 목을 졸랐다고 말하는 건 아니네. 자네가 그런 짓을 할 리가 없지. 그렇지만, 어쨌든 그녀는 실제로 여기에 있잖아. 이 집에 말이야. 어쩌면 그녀가 자네와 만나려고 숨어 들어와서 기다리고 있는데, 어떤 놈이 뒤를 밟아 와서는 그녀를 죽였을지도 몰라. 적어도 있을 수 없는 얘기는 아니지, 알겠나?"

"농담이 아니야, 멜쳇. 나는 정말 저 여자를 한 번도 본적이 없어. 나는 그런 남자는 아니네."

"좋아, 좋다고. 나도 남자야. 자네의 말을 믿겠네. 그러나 그렇게 되면 문제는, 도대체 그 여자는 여기에 무엇을 하러 왔느냐 하는 거지. 그 여자가 이 근처 아가씨가 아닌 것은 확실하네."

"이건 악몽이야!" 밴트리는 화난 듯이 신음했다.

"문제는 그녀가 자네 서재에서 뭘 하고 있었냐는 거네."

"그걸 내가 어떻게 알겠나? 내가 부른 것도 아닌데."

"그래, 그래. 그러나 아무튼 그녀가 여기에 온 건 틀림없잖나. 자네를 만나러 온 것처럼 보이는데 뭘. 혹시, 이상한 편지 같은 건 받은 적이 없는가?"

"아니, 전혀."

"어젯밤 자넨 무엇을 했나?" 멜쳇 대령은 부드럽게 물었다.

"보수당 연합회의에 나갔었네. 9시에 머치 벤햄에 있었어."

"몇 시에 집에 돌아왔지?"

"머치 벤햄을 나온 것이 10시를 조금 지났을 때였고, 도중에 차가 고장 나서 타이어를 바꿔 끼웠으니까, 집에 돌아온 것은 12시 15분 전쯤이었다네."

"그 서재에는 들어가지 않았나?"

"아니, 안 들어갔어."

"유감이군."

"피곤해서 곧바로 침실로 갔네."

"누군가가 잠을 안 자고 기다리지는 않았나?"

"아니. 나는 언제나 열쇠를 갖고 다녀. 그래서, 특별한 지시가 없는 한 로리머는 11시에 자라고 해두었지."

"서재의 창문은 누가 닫는가?"

"로리머일세. 요즘은 대개 7시 30분경에 닫네."

"그 이후에 그가 또 서재 안으로 들어가는 일은 없나?"

"내가 없을 땐 들어가지 않아. 위스키와 잔은 쟁반에 담아 거실에 두네."

"알았네. 부인은 뭘 하고 있던가?"

"내가 집에 돌아왔을 땐 벌써 푹 잠들어 있었어. 아내가 어젯밤 서재에 들어갔는지, 아니면 계속 거실에 있었는지는 아직 안 물어봐서 잘 모르겠네만."

"글쎄, 그런 세세한 점은 모두 곧 알게 되겠지. 어쩌면 하인 중 누군가와 관계가 있을지도 모르거든."

밴트리 대령은 고개를 흔들었다.

"글쎄, 그런 생각은 할 필요도 없을 거야. 모두 착실한 사람들이거든. 우리 집에서 일한 지 벌써 몇 해가 지났다네."

멜쳇은 고개를 끄덕였다.

"그래, 하인들이 관계있다고는 도저히 생각할 수 없어. 그것보다도 그 여자는 런던에서 어떤 젊은 남자와 함께 왔다고 생각하는 것이 타당할 거구먼. 그러나 왜 이 집에 숨어들어 온 걸까?"

밴트리가 가로막고 말했다.

"런던에서? 그럴지도 모르지. 이 부근에는 그런 불량스런 여자는 없으니까. 어쩌면……."

"뭔가 짐작이 가나?"

"그래! 분명히 베이질 블레이크야!" 밴트리 대령은 갑자기 소리를 질렀다.

"누군데 그래?"

"영화사에 나가는 젊은 놈이지. 매우 불량스러워. 아내가 그놈의 어머니와 학창시절 친구였기 때문에 둘이 매우 친하긴 하지만, 그놈은 정말 구제할 수도, 쓸모도 없는 녀석이네. 보기만 해도 한번 차버리고 싶어지는 놈이야. 랜섬로의 별장에 살지. 자네도 알 거야. 그 몹시 화려한 집 말이야. 그 녀석은 거기서 가끔 파티를 열고 야단법석을 떨지. 주말에는 여자들을 데려오기도 하고 말이야."

"여자?"

"그래, 지난주에도 한 명 왔었지―금발의 여자였어."

서장은 입을 딱 벌리고 잠시 멍하니 상대방을 바라보았다.

"금발이라고!" 그가 깊이 생각한 끝에 말했다.

"그래. 그러나 자네는 정말……."

서장은 곧 그것을 가로막고 말했다.

"가능성은 있어. 그런 여자가 세인트 메리 미드에 왔었다는 사실만으로도 증명이 된 셈이지. 당장 달려가서 그 청년을 만나 말을 들어보아야겠군. 뭐? 블레이크? 블레이크? 뭐라고 그랬지, 그 남자의 이름이?"

"블레이크야, 베이질 블레이크."

"집에 있을까?"

"글쎄, 오늘이 무슨 요일이지? 토요일인가? 있을지도 모르겠군. 보통 때엔 토요일이면 이곳에 있으니까."

"만날 수 있을지 없을지는 가보면 알겠지." 멜쳇은 단호히 말했다.

2

베이질 블레이크의 별장은 반은 목재를 사용해서 튜더 왕조 양식을 흉내 내려고 한 듯한 외관에, 내부에는 현재 할 수 있는 모든 현대적인 설비를 갖춘 집이었다. 그래서 집배원이나 건축가인 윌리엄 부커 등은 그 집을 '화제(話題)의 집'이라 부르고, 베이질이나 그의 친구들은 '현대 건축', 세인트 메리 미드 사람들은 대개 '부커 씨의 새 집'이라고 부르고 있었다. 그 집은 마을 중심부에서 4분의 1마일 정도 떨어진 블루 보어 여관 맞은편의 새로운 주택지대에 세워져 있었다. 그 주변 지역은 사업욕에 불타는 부커 씨가 매입하여 택지를 조성한 곳으로, 그럴 듯한 도로가 택지의 앞쪽으로 나 있었다. 밴트리 대령이 사는 고싱톤 홀은 그 길을 따라 1마일 정도 더 간 곳에 있었다.

'부커 씨의 새 집'을 어느 영화 스타가 샀다는 소식이 퍼지자, 그 얘기는 금세 세인트 메리 미드의 모든 주민들의 커다란 관심사가 되었다. 소문의 주인공이 나타나기를 눈이 빠져라 고대하던 모든 사람들의 눈에 처음엔 베이질 블레이크는 확실히 영화 스타처럼 보였다. 그러나 점점 그의 정체가 탄로 났다. 베이질 블레이크는 영화 스타이기는커녕 영화배우 축에도 끼지 못했던 것이다.

그는 렌빌 촬영소의 무대장치 직원이었는데, 거기서도 직원 명단에 열다섯 번째로 이름이 실린 것을 자랑으로 여기는 그런 말단 애송이였던 것이다. 마을의 여인들은 완전히 흥미를 잃고, 남의 험담을 하기 좋아하는 올드미스들은 베이질 블레이크의 생활상을 입을 모아 비난했다. 그러나 블루 보어 여관의 여주인만은 베이질이나 그의 친구들을 계속 칭찬하고 있었다. 이 청년이 그곳에 나타나고부터 블루 보어 여관의 수입이 급증했기 때문이다.

경찰차가 부커 씨의 취향으로 억지로 맞춘 시골풍 문의 바깥쪽에 멈추자, 멜쳇 대령은 아주 어색하고 우스꽝스러운 목조 건축을 불쾌한 듯 바라보고 나서 성큼성큼 현관으로 다가가서는 고리쇠로 기운차게 문을 두드렸다. 생각보다 빨리 문이 열렸다. 오렌지색 코르덴바지에 눈부신 선명한 청색 셔츠를 입은, 검은 생머리를 조금 길게 늘어뜨린 청년이 무뚝뚝한 투로 물었다.

"무슨 일이시죠?"
"당신이 베이질 블레이크 씨요?"
"예, 그렇습니다만."
"실은 당신과 얘기 좀 했으면 해서요. 괜찮겠소?"
"당신은 누구시죠?"
"군 경찰서장인 멜쳇이라고 하오."
블레이크는 아주 거만한 투로 말했다.
"쳇, 별것도 아닌 주제에 웃기고 있군!"
멜쳇 대령은 그런 입장을 당하자 비로소 밴트리의 기분을 알 수 있었다. 그는 화가 치밀어서 참을 수가 없었다.

그러나 자제하면서 애써 쾌활한 어조로 말을 걸었다.
"꽤 일찍 일어났군요, 블레이크 씨."
"천만에요. 아직 자지도 않았어요."
"그래요?"
"그러나 당신이 내 취침시간을 물으러 일부러 여기에 왔을 리는 없을 테고, 만일 그렇다면 군(郡)의 돈과 시간낭비일 테니. 말씀하시지요. 도대체 무슨 일입니까?"
멜쳇 대령은 헛기침을 했다.
"지난 주말에 금발의 젊은 여인이 이곳에 왔었다고 하던데."
베이질 블레이크는 흘끗 상대를 노려보고 나서 상체를 젖히며 킬킬 웃었다.

"마을 여자들이 그렇게 일러 바쳤나! 내 품행에 대해서? 쳇, 우습군. 그렇지만, 품행 같은 거야 경찰이 상관할 바가 아닐 텐데요"

"물론이오." 멜쳇이 아무렇지도 않은 듯이 말했다.

"당신의 품행이 어떻든 나는 조금도 상관치 않소. 내가 여기에 온 것은 좀 이국적인 용모의 금발의 젊은 여성이 살해되었기 때문이오."

"예? 어디서요?"

블레이크는 깜짝 놀란 듯한 눈으로 상대를 쳐다보았다.

"고싱톤 홀의 서재에서."

"고싱톤? 아! 밴트리 영감의 집이군. 그 영감 아주 웃기는데. 그 능구렁이 영감. 설불리 볼 영감탱이가 아니야."

멜쳇 대령은 얼굴이 시뻘겋게 되었다. 그는 재미있어하는 상대방 청년에게 호통치는 듯한 날카로운 어조로 말했다.

"조금 말을 신중히 들으시지! 실은 그 일로 당신의 말을 듣고 싶어서 왔소"

"그래요? 나랑 같이 있는 금발 여자가 있는지 없는지 물으러 온 건가요? 아니, 저게 뭐야?"

차 한 대가 급 브레이크 소리를 내며 멈추고는, 흰색과 검은색의 줄무늬 파자마를 입은 젊은 여자가 옷자락을 펄럭거리면서 차에서 내렸다. 짙은 빨간 입술, 검은 인조 속눈썹, 금발. 그녀는 성큼성큼 돌계단을 뛰어 올라와 현관의 문을 홱 열어젖히고 벌컥 화를 내면서 외쳤다.

"어째서 나를 두고 도망갔죠?"

베이질 블레이크가 대답했다.

"뭐라고? 도망갔다고? 분명히 말하지만, 내가 아무리 돌아가자고 해도 당신이 못 들은 체했잖아."

"당신이 가잔다고 해서 곧장 돌아가야 한다는 법이 어디 있어요? 한창 재미있게 노는 중이었는데."

"그래, 그 지저분하고 계집애 같은 로젠버그 놈하고 말이지? 그런 놈과 사귀다니 당신의 마음을 모르겠어, 하나도"

"당신, 지금 질투하고 있어요?"

"착각하지 마. 아무튼 나는 내가 좋아하는 여자가 술을 너무 마시거나 왠지 싫은 중부 유럽 놈과 장난치는 꼴은 참고 볼 수가 없어."

"거짓말하지 말아요. 너무 마신 건 내가 아니라 당신이에요. 게다가, 검은 머리의 스페인 여자와 놀아난 주제에, 뭐라고요?"

"나와 함께 파티에 갈 때는 좀더 예의바르게 행동했으면 좋겠어."

"쓸데없는 참견 말아요. 당신은 파티를 기분 좋게 끝내고 여기에 돌아왔을지 모르지만, 나는 내 스스로 돌아오고 싶어질 때까지는 파티에서 절대로 돌아오지 않는 성격이라고요."

"그러니까, 당신을 두고 그냥 돌아온 거야. 난 돌아오고 싶었기 때문에 먼저 돌아왔다는 말이야. 여자를 설득하려고 조르는 바보 같은 짓은 안 해."

"흥, 아주 매너가 좋으시군!"

"결국 당신도 내 뒤를 쫓아서 돌아온 모양이군."

"내가 당신에 대해 어떻게 생각하는지를 말하러 왔어요."

"나를 멋대로 움직일 수 있다고 생각한다면 큰 오산이야. 착각 말라고."

"당신도 나더러 이래라 저래라 명령할 수 있다고 생각한다면 생각을 고치는 편이 좋을 거예요."

두 사람은 서로 노려보았다.

멜쳇 대령은 겨우 기회를 잡아 크게 헛기침을 했다.

베이질 블레이크는 홱 그를 돌아보았다.

"아, 당신이 여기에 계신 것을 완전히 잊고 있었군요. 이제 그만 돌아가시는 게 어떨까요? 잠깐, 소개하죠. 다이나 리, 이분은 군 경찰서장인 블림프 대령이셔. ('블림프 대령Colonel Blimp'은 고리타분하고 완고하다는 뜻의 속어) 자, 대령님, 나의 금발이 이렇게 팔팔한 것을 보셨으니까 어서 돌아가셔서 또 밴트리 영감의 집 수색이나 계속하셔야겠군요. 아주 고생이시네요. 그러면 안녕히!"

"충고하겠소. 입조심하지 않으면 한번 혼이 날거야."

멜쳇 대령이 말했다. 그러고는, 노여움에 얼굴을 붉히면서 터덜터덜 그 집에서 물러나왔다.

제3장

 머치 벤햄의 경찰서장실에서 멜쳇 대령은 부하의 보고를 듣고 그것을 검토하고 있었다.
 "명백해진 사실을 정리해 보면……." 슬랙 경감이 결론을 말했다.
 "밴트리 부인은 저녁식사 뒤 서재에 들어가서 10시 조금 전에 거기를 나왔습니다. 그 부인이 그때 방의 전등을 끄고 나와서는 그 이후엔 아무도 들어가지 않은 것 같습니다. 하인들은 10시 30분에 잠자러 가고, 로리머는 위스키를 거실에 두고서 11시 15분 전에 잤습니다. 세 번째 하녀 이외엔 아무도 소리를 듣지 못했지만, 그 가정부만은 이상한 소리를 들었다고 합니다. 신음소리 같기도 하고, 소름이 끼치는 비명과 기분 나쁜 발소리를 들었다는데, 사실인지 아닌지는 모르겠습니다. 함께 방에서 자고 있던 두 번째 하녀 말로는, 세 번째 하녀가 밤중 내내 쌕쌕 자고 있었다고 하니까요. 정말 그런 사람들은 여러 가지를 꾸며내서는 우리들을 골탕먹이고 있다니까요."
 "고리가 비틀려서 열린 창문에 대해서는 어떤가?"
 "초보자의 수법이라고 시몬이 말합니다. 보통 끌을 사용한 평범한 수법인데, 아마 큰소리는 나지 않았을 겁니다. 집 주위를 조사해 봤지만, 범행에 사용한 끌은 결국 찾지 못했습니다. 그러나 어쨌든 특별한 도구를 사용하지 않은 것만은 확실합니다."
 "하인들 중에 누군가 실마리가 될 만한 것을 아는 사람은 없을까?"
 경감은 그다지 내키지 않는 어조로 대답했다.
 "없는 듯합니다. 모두 정말로 놀란 것 같습니다. 로리머에게 의심을 가져 봤는데, 그는 이상하게도 말이 없기 때문에 말이죠. 그러나 별로 이상한 점은 없는 것 같습니다."

멜쳇이 고개를 끄덕였다. 그는 로리머가 아무 말도 하지 않았다는 사실엔 그리 큰 중요성을 느끼지 않았다. 앞뒤 생각 없이 덮어놓고 일을 하는 슬랙 경감의 스타일로 보아, 질문을 받은 상대방이 그런 태도를 취하는 경우가 종종 있었기 때문이다.

문이 열리고 헤이독 의사가 들어왔다.

"말씀 중인 것 같습니다만, 검시 결과를 대강 설명하려고 하는데요."

"마침 잘 되었군. 자, 어서……, 결과는 어떻게 나왔소?"

"뭐 꼭 집어낼 만한 특별한 점은 없습니다. 대체로 예상한 그대로였습니다. 교살입니다. 그 여자가 입고 있던 실크 드레스의 허리띠를 가지고 목을 감고서 뒤에서 묶듯이 졸랐더군요. 아주 간단한 방법입니다. 별로 힘도 들지 않았을 겁니다. 여자는 깜짝 놀란 듯하긴 하지만, 저항의 흔적이 전혀 없습니다."

"사망시간은?"

"글쎄요……, 10시부터 자정 사이입니다."

"그것 말고 뭐 또 확실히 얘기할 만한 건 없겠소?" 멜쳇 대령이 물었다.

헤이독은 엷게 쓴웃음을 짓고서 머리를 흔들었다.

"확실하지 않은 것을 말해서 신용을 떨어뜨리고 싶지는 않습니다. 글쎄요, 분명한 건 사망시간이 10시 전도 아니고, 12시 이후도 아니라는 사실입니다."

"당신 생각엔 빠른 쪽이오, 늦은 쪽이오? 어느 쪽에 가깝소?"

"어느 쪽이라고도 할 수 없습니다. 다만, 난로에 불이 피워져 있어서 방이 따뜻했던 것 같으니까, 시체의 사후 경직이 좀 느렸다고 생각됩니다."

"그밖에 뭔가 피해자에 대해서 얘기할 것은 없소?"

"이렇다 할 것은 별로 없고, 그녀는 매우 젊고—아마 17~18세 정도로 추측됩니다. 아직 완전히 성숙하지는 않은 느낌이지만, 근육은 잘 발달해 있었습니다. 건강상태는 최상이었던 것 같습니다. 게다가, 완전한 처녀막도 갖고 있고요."

의사는 가볍게 인사를 하고 방을 나갔다.

멜쳇이 경감에게 말했다.

"그 여자가 고싱톤 홀을 찾아간 적이 한 번도 없다는 것이 정말일까?"

"하인들은 확실히 그렇다고 합니다. 의심할 여지가 없는 것 같습니다. 만일 그 근처에서 얼굴을 본 적이 있었다면 그렇다고 말했을 겁니다."

"그렇겠지. 그런 타입의 여자라면 1마일 밖에서도 사람의 눈을 끌 테니까. 블레이크가 데려온 젊은 여자처럼 말이야."

"그 여자가 아니라서 아주 유감이었습니다. 만일 그 여자라면 조금은 실마리를 잡은 거나 다름없는데." 슬랙이 말했다.

"이 여자도 역시 런던에서 오지 않았을까?" 서장이 생각에 잠겨서 말했다.

"아무래도 이 지역에만 수사를 집중해서 실마리를 찾을 사건이 아닌 것 같네. 그렇다면, 런던경시청에 연락을 해야만 되겠군. 이제 이 사건은 우리들 소관이 아니라 그들의 소관이야."

"그러나 누군가가, 또는 무엇인가가 그녀를 이곳으로 데리고 온 것만은 틀림없습니다." 슬랙이 말하고는 진지하게 덧붙였다.

"어떨까요, 밴트리 부부에게 초점을 맞춰 보면? 그 두 사람은 분명히 뭔가를 알고 있을 겁니다. 물론 서장님의 친구 분이긴 하지만……."

멜쳇 대령은 차가운 눈으로 그를 흘끗 쳐다보고는 엄하게 꾸짖듯이 말했다.

"자네가 말하지 않아도 나 역시 가능성이 있는 부분은 모두 검토해 보고 있으니까 그 점은 안심하게. 아무튼 모든 수단을 써보는 거야."

그는 덧붙여서 말했다.

"최근의 실종자 명단은 조사해 보았나?"

슬랙이 끄덕이고 나서 타이프친 종이를 꺼냈다.

"여기에 쳐두었습니다. 사운더스 부인, 1주일 전에 실종. 머리는 검고 눈은 푸른색. 36세. 이 여자는 아니죠. 이 여자가 리즈에서 장사를 하는 어떤 남자와 눈이 맞아 도망간 것을 모르는 사람은 그녀의 남편뿐이니까요……. 패밀라 리브스, 16세. 어젯밤 자택에서 실종. 소녀단 단원이며, 암갈색 머리카락을 땋아 늘어뜨렸고, 키는 5피트 5인치(약 156cm)……."

멜쳇이 참다못해서 소리쳤다.

"쓸데없는 것까지 읽을 필요는 없어, 슬랙. 그 여자는 여학생이 아니잖아, 내 생각엔……." 전화벨이 울렸으므로 그는 말을 끊었다.

"예, 그렇소. 머치 벤햄의 군 경찰서장입니다만. 예? 잠깐 기다려 주십시오."

그는 전화의 내용을 물으면서 재빨리 적기 시작했다. 잠시 뒤 그 내용을 확인하는 그의 목소리는 생생한 활기가 넘쳐 있었다.

"루비 킨, 18세, 직업은 댄서. 5피트 4인치(약62cm), 몸은 야윈 편이고 머리는 금발. 눈은 푸르고 코는 끝이 뾰족하다. 금속 조각을 박은 흰 이브닝드레스를 입고 은색 샌들을 신고 있다. 맞습니까? 예, 그래요? 알겠습니다. 틀림없는 것 같은데요. 곧 슬랙을 보내겠습니다."

그는 수화기를 놓고 흥분을 억누를 수 없는 모습으로 그의 부하를 빛나는 눈으로 쳐다봤다.

"이제야 알았네. 틀림없군. 글렌셔 군 경찰서장이네."

글렌셔는 바로 이웃에 있는 군이었다.

"데인머스의 마제스틱 호텔에서 여자가 한 명 실종되었다고 하는군."

"데인머스라고요?" 슬랙 경감이 되물었다.

"거기라면 대충 얘기가 되는군요."

데인머스는 여기에서 그리 멀지 않은 해안에 있는 커다랗고 번화한 해수욕장이었다.

"음, 여기에서부터 18마일 정도밖에 떨어져 있지 않으니까." 서장이 말했다.

"그 여자는 마제스틱 호텔의 댄서쯤 되는 것 같아. 어젯밤 출연할 차례가 되어도 나타나지 않아서 호텔 측이 매우 당황했었다고 하네. 그런데 오늘 아침이 되어도 모습이 보이지 않아서 다른 댄서인지 누군지가 경찰에 연락한 모양이야. 조금 애매모호한 점이 있긴 하지만. 미안하지만, 자네가 곧 데인머스에 가서 확인해 주게. 그곳에 가서 하퍼 총경을 만나면 자네를 도와줄 걸세."

 항상 움직인다는 것은 슬랙 경감의 취향에 잘 맞았다. 차로 즉시 달려가서 우악스럽게 붙잡거나 긴급한 용건이라는 구실로 이야기를 중단시켜 버리는 그런 행동을 통해 슬랙은 생기를 얻었기 때문이다.

 그는 믿기 어려울 만큼 빨리 데인머스에 도착해 군 경찰서장을 찾아갔다. 그러고는 불안과 곤혹감으로 허둥대는 호텔 지배인과 극히 간단히 얘기를 나눈 뒤, "더 소란스러워지기 전에 우선 시체가 그 여자인지를 확인해야만 됩니다."라고 위로도 안 되는 말로 상대를 달래고 나서 루비 킨과 제일 가까운 친척과 함께 다시 머치 벤햄으로 돌아왔다.

 그는 데인머스를 출발하기 전에 서장에게 자신의 출장으로 얻은 소득에 대해 머치 벤햄으로 전화를 걸어 두었다. 그래 봐야 실제로는 아주 간단히 자기와 동행하는 사람의 신분을 얘기하는 데 불과했지만.

 "서장님, 이분이 제가 말씀드린 조시입니다."

 멜쳇 대령은 차갑게 자기 부하를 쳐다보았다. 슬랙이 정신이 나간 것은 아닐까 생각했던 것이다.

 막 차에서 내린 젊은 여자가 손을 내밀었다.

 "조시는 제 예명이에요. 저와 함께 춤추는 파트너와 맞추어 '레이먼드 앤드 조시'라고 이름을 지었기 때문에 호텔에서는 모두 저의 이름을 조시라고 생각하지만, 진짜 이름은 조세핀 터너예요."

 그녀는 크고 아름다운 흰 이를 살짝 내보이면서 말했다.

 멜쳇은 겨우 이해가 간다는 듯이 그녀에게 의자를 권하면서 경찰관다운 날카로운 눈으로 그녀를 바라보았다.

 20대보다는 30대에 가까운 나이의 젊은 미인이었다. 실제의 용모보다는 열심히 가꾸어서 아름답게 느껴지는 여자였다. 아주 현명하고 성격도 좋아 보이는 여자 같았고, 소위 극적인 것을 좋아하는 타입은 아니었지만, 그래도 매력이 넘치고 있었다. 화장도 그리 진하지 않게 하는 흔적이 엿보였고, 맞춤복처럼 보이는 그녀의 옷은 어두운 색깔이었다. 걱정스러운 듯한 모습이었지만, 그다지 슬퍼하지는 않는 것 같다고 서장은 생각했다.

그녀는 앉자마자 곧바로 말했다.

"너무나 무서운 일이라서 도저히 실감이 안 나지만요. 정말 루비인가요?"

"그 여부를 당신이 확인해 주어야겠습니다. 별로 기분 좋은 일은 아니지만 부득이해서."

터너 양은 불안스럽게 말했다.

"저, 얼굴이 혹시 엉망진창이 된 건 아니죠?"

"글쎄……, 보시면 아시겠지만, 어쨌든, 굉장히 충격받을 겁니다."

"꼭 제가 확인해야만 하나요?"

"그래 주시면 도움이 되겠습니다. 우선 그것부터 확인을 해야 다음 일을 진행할 수 있으니까요. 즉시 가보시겠습니까?"

"예, 꼭 그러시다면."

그들은 함께 시체가 놓인 곳으로 내려갔다.

이윽고 방을 나온 그녀의 얼굴은 좀 창백해져 있었다.

"분명히 루비예요." 그녀는 떨면서 말했다.

"오, 불쌍한 루비! 무서워요. 저……."

그녀는 뭔가 찾는 듯한 표정으로 주위를 둘러보았다.

"진이나 마실 것 좀 주시겠어요?"

진은 없었지만, 브랜디를 갖고 오게 했다.

터너 양은 그것을 조금 마시고서 겨우 안정을 되찾고는 솔직하게 말했다.

"서장님이라도 저라면 놀라실 거예요. 오, 불쌍한 루비! 어떤 못된 놈의 짓일까?"

"범인이 남자라고 생각하십니까?"

조시는 좀 깜짝 놀란 모습으로 말했다.

"아니, 그렇지 않나요? 저런 짓을 하려면 당연히……."

"누군가 짚이는 남자라도 있습니까?"

그녀는 마구 고개를 흔들었다.

"아니에요, 그런 뜻이 아니에요. 짐작 가는 사람은 하나도 없어요. 루비는 저에게 얘기하지 않았을 거예요, 설령……."

"설령?"

조시는 머뭇거렸다.

"설령……, 누구와 사귀었다고 해도 말이에요."

멜쳇은 그녀에게 날카로운 눈초리를 보냈지만, 그들이 서장실로 돌아올 때까지는 그 대화 이외에는 아무 말도 하지 않았다.

그러나 의자에 앉자마자 그는 곧 이야기를 시작했다.

"터너 양, 몇 가지 묻고 싶은데, 괜찮으시다면 대답해 주시겠습니까?"

"예, 물론 말씀드리겠어요. 그렇지만, 어떤 것부터 말해야 좋을지……."

"그녀의 이름과 주소, 당신과의 관계나 그 밖에 그녀에 대해서 알고 있는 것은 전부 설명해 주셨으면 합니다."

조세핀 터너는 고개를 끄덕였다. 멜쳇은 그녀가 그다지 슬퍼하지 않는다는 느낌이 점점 강해졌다. 충격을 받아서 당황하기만 한 것 같았다.

그녀는 술술 대답했다.

"그 애의 이름은 루비 킨이라고 하는데, 그것은 예명이고 본명은 로지 레그예요. 그 애의 어머니와 제 어머니는 사촌 간입니다. 어렸을 때부터 그 애를 알긴 했지만, 아주 깊이 알지는 못해요. 저는 사촌이 많습니다—회사에 다니는 사람도 있고, 무대에 나가는 사람도 있어요. 루비는 춤을 배워서 작년쯤부터 팬터마임 등에 출연해 왔었습니다. 일류 극단은 아니고 지방의 작은 극단이었지만……. 그런 뒤 얼마 안 있다가 남 런던의 브릭스웰에 있는 '팔레 드 댄스'에 댄서로 취직했어요. 그 직장은 괜찮고, 평판도 좋고 무용수들에게도 잘해 주었지만, 그다지 수입은 좋지 않았어요."

그녀는 잠시 말을 끊었다.

멜쳇은 재촉하듯 고개를 끄덕였다.

"여기서 저에 대해 조금 설명해 드려야겠군요. 저는 데인머스의 마제스틱 호텔에서 3년 전부터 댄서와 브리지 호스티스를 하고 있습니다. 수입도 상당히 좋고, 또 재미있는 일이에요. 호텔에 오는 손님들 중 혼자 조용히 쉬고 싶은 분도 있지만, 그중에는 기분 전환으로 춤추거나 놀고 싶어 하는 분도 있으니까요. 그런 분을 브리지 테이블로 끌어들이기도 하고 젊은 사람들을 붙잡아 춤을 추기도 하는 거예요. 그저 약간의 재주와 경험만 있으면 되는 일이지요."

멜쳇은 또 고개를 끄덕였다. 이 여자라면 그런 일을 잘할 거라고 생각했다.

그녀는 인상이 좋고 친근감이 느껴지는 여자이고, 게다가 조금도 잘난 체하지 않았으며 빈틈도 없어 보였다.

조시는 이야기를 계속했다.

"그 외에도 저는 매일 밤 레이먼드와 함께 춤 공연을 2회 하고 있었습니다. 레이먼드 스타는 테니스와 댄스에는 프로예요. 그런데 올해 여름에 전 해수욕 하러 갔다가 바위에서 미끄러져서 발목을 삐어 버렸어요."

멜쳇은 그녀가 조금 절름거리는 것을 눈치 채고 있었다.

"결국 당분간은 댄스를 그만두어야만 했죠. 그런데 전 그 사실이 무척 불안했어요. 호텔 측이 저 대신에 다른 사람을 쓰게 되면 저는 직장을 잃게 되거든요."

그녀의 부드러운 푸른 눈이 한순간 번쩍 빛났다. 그녀는 생존경쟁 속에서 살고 있는 여자였던 것이다.

"그래서, 루비를 생각해내고는 호텔 지배인에게 그 애를 이쪽으로 부르면 어떻겠느냐고 말씀드렸지요. 브리지 호스티스는 지금까지 그대로 제가 하고, 루비는 댄스만을 맡게 하려고 생각했어요. 말하자면, 친척을 제 자리에 집어넣으려 한 거지요."

멜쳇이, "그렇군요." 하면서 가볍게 대꾸했다.

"지배인이 좋다고 해서 루비에게 전보로 알렸더니 루비는 곧 절 찾아왔어요. 사실 그 애에겐 좋은 기회였던 셈이지요. 그 애가 지금까지 해온 어떤 일보다도 훨씬 나은 일이었으니까요. 그게 약 1개월 전의 일입니다."

멜쳇 대령이 말했다.

"알겠습니다. 그런데, 그녀가 그 일을 잘하던가요?"

"예, 아주 훌륭히 해냈어요." 조시는 어렵지 않게 꾸밈없이 말했다.

"저만큼 능숙하게 춤을 추진 못 했지만, 상대인 레이먼드가 똑똑한 사람이어서 그 애를 잘 리드해 주었고, 또한 그 애는 몸매도 늘씬하고 머리카락도 그렇고, 다리도 아름답고 얼굴도 귀여워서……. 다만 조금 화장을 지나치게 해서 언제나 제게 주의를 받곤 했죠. 그렇지만, 요즘 젊은 애들은 대개 그런가 봐요. 그 앤 아직 열여덟 살이에요. 그 나이 또래에선 이상하게 화장을 지나치게 하는 게 유행인 모양이지요. 그러나 마제스틱 호텔과 같은 품위 있는 곳에서는 보기가 안 좋으니까 화장을 좀 약하게 하라고 언제나 주위를 줬습니다."

멜쳇이 물었다.

"평판은 좋았나요?"

"예. 심한 악평은 없었어요. 좀 말이 없는 애였으니까, 젊은 사람들보다는 중년층이 더 좋아했던 것 같아요."

"특별히 친한 친구가 있었나요?"

그녀의 시선이 그와 마주쳤다. 표정으로 보아 그의 질문의 의미를 제대로 이해한 것 같았다.

"서장님이 말씀하시는 의미의 친구는 없었던 것 같아요. 그렇지만, 사실은 잘 모르겠다고 말씀드려야겠군요. 그 앤 그런 걸 저에게 통 얘기하고 싶어 하지 않았으니까요."

무슨 이유일까 하고 멜쳇은 생각해보았다—조시가 그렇게 엄한 사람으로 보이지는 않는데, 그러나 그는 곧 이렇게 말했다.

"그러면, 당신이 사촌의 모습을 마지막으로 봤을 때를 자세히 설명해 주시겠습니까?"

"어젯밤이에요. 그 애와 레이먼드는 항상 춤 공연을 2회 하게 되어 있었어요—10시 30분과 12시에요. 그런데, 제일 처음 공연을 끝낸 뒤에 저는 그 애가 호텔에 묵고 있는 젊은 남자와 춤추는 모습을 잠깐 봤습니다. 그때 전 몇몇 손님들과 라운지에서 브리지를 하고 있었거든요. 라운지와 댄스홀 사이에는 유리로 된 칸막이가 있어요. 결국 그것이 제가 그녀를 본 마지막이었지요. 그러고 나서 12시 조금 지나 레이먼드가 매우 당황해 하면서 저에게 와서는 루비가 어디에 갔느냐고 하는 겁니다. 막 공연을 시작해야 될 시간이었어요. 저는 화가 났죠. 자기 차례가 되었는데도 늦거나 해서 호텔에 폐를 끼치면 즉시 해고당하게 되어 있었거든요. 그래서, 저는 급히 그와 함께 그 애의 방에 가보았는데, 거기에도 없는 거였어요. 그때 저는 그 애가 옷을 갈아입고 나간 것을 눈치 챘어요. 춤을 출 때 항상 입는 분홍색 너풀너풀한 드레스가 의자에 걸려 있었으니까요. 수요일의 스페셜 댄스를 출 때 이외엔 언제나 그 옷을 입고 공연을 했거든요. 저는 그 애가 어디로 갔는지 전혀 짐작도 할 수가 없었어요. 악단에게 다시 한 번 폭스 트로트를 연주하게 하고는 시작 시간을 늦춰 봤지만, 그래도 루비는 모습을 보이지 않는 거예요. 할 수 없이 제가 레이먼드와 공연을 하기로 마음을 먹었죠. 그래서, 별로 발목에 무리가 안 갈 듯한 곡목을 선택해서 대충 춤을 추었지만, 그래도 무리가 갔던 모양이에요. 오늘 아침에 보니 많이 부어올라 있더군요. 어쨌든 저희들의 공연이 끝나도 루비는 나타나지 않았어요. 저는 새벽 2시까지 자지 않고 그 애가 돌아오기를 기다려 보았죠. 정말로 화가 나서 참을 수가 없었어요."

그녀의 목소리는 조금 떨리고 있었다.

멜쳇은 그 어조에서 그녀가 정말 화가 났었음을 느꼈다. 하지만, 그런 반응은 당연하다고는 해도 다소 도를 넘은 게 아닌가 하는 생각이 들었다. 그녀가 뭔가를 감추고 있는 듯한 느낌이 들었다. 그가 말했다.

"그러면, 오늘 아침 루비 킨이 그 방에 돌아와서 자지 않았다는 것을 알고서 곧 경찰에 연락한 것이로군요?"

그는 데인머스에서 걸려온 슬랙의 전화로 이미 실상은 알고 있었지만, 한번 넘겨짚어서 조세핀 터너가 어떻게 대답할지를 듣고 싶었던 것이다.

그녀는 조금도 주저 없이 대답했다.

"아뇨, 저는 연락하지 않았어요."

"어째서?"

그녀의 시선이 그와 정면으로 부딪쳤다.

"서장님이 제 입장이 되시더라도 마찬가지일 거예요."

"그건 무슨 뜻이죠?"

조시가 대답했다.

"제 일을 한번 생각해보세요. 어느 호텔이라도 그렇지만, 좋지 않은 소문이 떠도는 것을 좋아할 곳은 없어요. 더군다나, 경찰이 개입되기라도 하면 그야말로 큰일이지요. 게다가, 저는 루비가 이렇게 되리라고는 꿈에도 생각해보지 않았거든요. 다만 어떤 젊은 남자의 꾐에 빠져서 바보 같은 짓을 저질렀으리라는 것 정도로만 생각했으니까요. 그렇다면 어차피 곧 돌아올 거잖아요. 돌아오면 호되게 야단쳐야겠다고는 생각했습니다. 아직 열여덟 살짜리 애였으니까 그런 바보 같은 짓을 저지르는 것 아니겠어요?"

멜쳇은 수첩을 들여다보는 시늉을 했다.

"호, 그랬었나요? 아, 경찰에 알린 사람은 제퍼슨이라는 사람이군요. 이 사람은 호텔 손님입니까?"

"예."

멜쳇이 계속 질문했다.

"왜 이 제퍼슨 씨가 그런 신고를 했을까요?"

조시는 그때 윗도리 소매를 가볍게 어루만지고 있었다. 그 태도에는 뭔가 어색한 점이 있었다. 멜쳇은 그녀가 뭔가를 숨기고 있는 게 아닌가 하는 느낌이 들었다.

이윽고 그녀는 조금 쌀쌀맞게 말했다.

"그 사람은 병자예요. 그러니까, 금방 흥분해 버려요."

멜쳇은 화제를 바꾸었다.

"당신의 사촌이 마지막으로 함께 춤췄던 청년은 누구입니까?"

"바틀렛이라는 사람이에요. 한 열흘 전쯤부터 묵고 있어요."

"두 사람은 상당히 친한 사이였나요?"

"글쎄, 그 정도라고는 생각하지 않지만, 아무튼 그 문제에 대해선 제가 아는 게 별로 없어요."

다시 한 번 그녀의 말투에서 화가 난 듯한 묘한 느낌이 들었다.

"그 사람은 뭐라고 하던가요?"

"두 사람이 춤춘 뒤 루비는 화장을 고치러 2층에 갔다고 하더군요."
"그러면, 그때 옷을 갈아입은 모양이군?"
"아마 그럴 거예요."
"그러면, 당신은 거기까지밖에 모르는 셈이고, 그 직후에 그녀는……"
"사라져 버린 거예요." 조시가 받아서 말했다.
"세인트 메리 미드나 그 근처에 누군가 아는 사람이 있지는 않았을까요?"
"모르겠어요. 있었는지도 모르죠. 이 근처에서도 많은 청년들이 데인머스의 마제스틱 호텔에 와요. 그렇지만, 자신들이 어디에서 왔다고 스스로가 말하면 모를까, 대개는 어디에 사는지 모르죠."
"당신의 사촌이 고싱톤 홀 저택에 대해 말한 적은 없었습니까?"
"고싱톤?" 조시는 분명히 어리둥절해하는 모습이었다.
"고싱톤 홀입니다."
그녀는 고개를 흔들었다.
"그런 이름은 들어 본 적 없어요."
그녀의 목소리엔 확신이 담겨 있었지만, 동시에 호기심을 품고 있는 듯한 느낌도 들었다.
"고싱톤 홀은 그녀의 시체가 발견된 장소입니다." 멜쳇이 설명했다.
"고싱톤 홀이라고요?" 그녀는 눈을 크게 떴다.
"매우 이상한 이야기네요!"
멜쳇은 마음속으로 중얼거렸다.
'그래, 아주 이상한 이야기야.'
그는 질문을 계속했다.
"당신은 밴트리 대령이나 그 부인을 알고 있습니까?"
조시는 또 고개를 흔들었다.
"그러면, 베이질 블레이크는?"
그녀는 약간 눈썹을 찡그렸다.
"그 이름은 들어본 적이 있는 것 같아요. 예, 분명히 들어본 적이 있어요. 그렇지만, 그 사람에 대해서는 아무것도 기억나지 않아요."

업무에 충실한 슬랙 경감은 수첩을 찢어 자기 상관에게 건넸다. 거기에는 연필로 이렇게 쓰여 있었다.

'밴트리 대령은 지난주 마제스틱 호텔에서 식사한 적이 있었습니다.'

멜쳇이 얼굴을 들자 경감의 시선과 마주쳤다.
서장은 얼굴을 붉혔다. 슬랙은 지나칠 정도로 부지런하고 일에 열중했기 때문에 멜쳇은 그를 싫어하고 있었다. 그러나 이 도전을 무시할 수는 없었다. 경감은 서장이 자기와 같은 수준의 사람을 편파적으로 역성드는 것을, 오래된 학교 친구를 감싸려는 것에 대해 비난을 하는 셈이었다.
그는 조시를 향해 다시 말했다.
"터너 양, 괜찮으시다면 함께 고싱톤 홀에 가보시겠습니까?"
그는 조시가 작은 소리로 말한 승낙의 말을 거의 무시하면서, 차갑고 반항적인 눈으로 슬랙의 시선을 다시 따돌려 버렸다.

제5장

1

세인트 메리 미드는 예전에 없던 흥분에 둘러싸여 아침을 맞이했다.

코가 길고 성격이 까다로운 올드미스 웨더비가 그 놀랄 만한 정보를 퍼뜨린 최초의 사람이었다. 그녀는 우선 근처의 친구인 하트넬 양의 집에 들렀다.

"이렇게 일찍 찾아와서 방해가 될지도 모르지만, 꼭 당신에게 알리고 싶은 소식이 있어요."

"무슨 소식?"

하트넬 양이 캐묻듯이 말했다. 이 뚝배기 깨지는 목소리의 주인공은 자신의 도움을 계속 거절하는데도 열심히 빈곤한 가정을 찾아다니기를 좋아했다.

"밴트리 대령의 서재에 시체가 있었대요—그것도 여자 시체가."

"밴트리 대령의 서재에?"

"응, 그래요. 정말 무서운 일이지."

"어휴, 그 부인이 불쌍하구나."

하트넬 양은 가슴속에 몰래 짜릿한 기쁨을 느끼면서도 짐짓 그것을 감췄다.

"그건 그래요. 그 부인은 뭐가 뭔지 전혀 모를 테니까 말이야."

하트넬 양은 비난 섞인 투로 말했다.

"그 부인은 자기 정원에만 신경을 쓰고, 남편에 대해서는 너무 무신경해. 남자에겐 항상 눈을 떼지 말아야 해요. 조금이라도 마음을 놓으면 큰일 나지. 마음을 놓지 말아야 해요." 하트넬 양은 입에 거품을 물고서 반복했다.

"그래, 그래요, 정말 큰일 나는 거지."

"제인 마플이 들으면 뭐라고 할까? 그녀는 벌써 뭔가 좀 알고 있을 텐데. 그 사람은 이런 일에는 남다르다니까."

"제인 마플은 이미 고싱톤에 갔어요."

"어머나, 벌써?"

"그렇다니까. 아침 일찍 식사도 하지 않고 말이에요."

"어머! 놀랍네. 그렇지만, 그건 뭐랄까, 제인은 무엇에든 말을 하고 싶어 하겠지만, 좀 주제넘은 일 아닐까?"

"아니, 밴트리 부인이 그녀를 불렀대요."

"밴트리 부인이 일부러?"

"그래요. 차까지 보냈어요. 머스웰이 운전을 하고……."

"어머나! 이상한 일도 다 있네."

두 사람은 잠시 가만히 그 일에 대해 이것저것 생각해보았다.

"도대체 그 시체는 누굴까?" 하트넬 양이 물었다.

"아마 베이질 블레이크가 데려온 이상한 여자일 거예요."

"그 과산화수소를 써서 만든 꼴 보기 싫은 금발?"

하트넬 양은 다소 시대감각이 뒤떨어져 있었다. 그녀는 아직 과산화수소에서 금발로 진보하지 못했던 것이다.

"거의 홀랑 벗고 정원에서 엎드려 있던 여자예요."

"그래, 그 여자가, 난로 앞의 양탄자 위에서, 목 졸려 살해되어 있었다니!"

"그렇지만 이상해. 왜 하필 고싱톤일까?"

웨더비 양은 어떤 깊은 의미를 담고 있는 듯이 고개를 크게 끄덕였다.

"그러면, 밴트리 대령도 역시?"

웨더비 양은 다시 한 번 고개를 끄덕였다.

"아!"

두 사람의 독신 여인은 마을의 스캔들에 새롭게 추가된 이 정보를 잠시 기분 좋게 음미하고 있었다.

"마치 매춘부 같군! 정말 말세야, 말세."

하트넬 양은 의분에 차 참을 수 없는 듯 소리쳤다.

"게다가, 밴트리 대령까지, 그런 훌륭하고 조용한 신사가……."

웨더비 양이 열을 내며 말했다.

"조용한 남자가 실은 가장 위험해요. 제인 마플도 그렇게 말했지."

2

프라이스 리들리 부인은 그 소식을 마지막에 들은 사람이었다. 부자에다 독재적인 이 미망인은 교구 목사관 옆의 커다란 집에 살고 있었다. 그녀에게 정보를 제공한 사람은 젊은 하녀 클라라였다.

"여자 시체가 발견됐다고, 클라라? 밴트리 대령의 서재 양탄자 위에서?"

"예, 마님. 모두가 그렇게 말하고 있어요. 그것도 실 한 오라기 걸치지 않은 나체였다고 해요."

"요점만 얘기해 봐, 클라라."

"예, 제일 처음엔 사람들이 모두 블레이크 씨가 데려온 여자일 거라고 생각했대요—주말에 그 사람과 함께 '부커 씨의 집'에 온 여자 말이에요. 하지만, 곧 전혀 다른 여자라는 것을 알았다나 봐요. 생선가게 총각들은 밴트리 대령이 그런 짓을 하리라고는 꿈에도 생각지 못했다고 수군거리고 있어요—일요일에 교회에서 헌금 접시를 돌리는 그런 분이 말이에요."

"세상엔 겉과 속이 다른 남자들이 많아. 너도 그런 일을 당하지 않도록 조심해라." 프라이스 리들리 부인이 말했다.

"어머, 그 점은 안심하셔도 좋아요, 마님. 저는 남자가 있는 집엔 절대로 들어가지 않을 테니까, 그런 일을 당할 리가 없죠."

"그러면야 괜찮지만." 프라이스 리들리 부인이 말했다.

3

프라이스 리들리 부인의 집에서 교구 목사관까지는 몇 걸음 되지 않았다.

프라이스 부인은 다행히 서재에서 목사인 클리멘트 씨와 만날 수 있었다.

조용한 중년의 이 목사는 어떤 일이든 제일 마지막에 소문을 듣는 것이 보통이었다.

"정말 무서운 일이에요."

너무나 당황해서 뛰어 들어갔기 때문에, 부인은 조금 숨을 몰아쉬면서 말했다.

"꼭 당신의 조언을 듣고 싶어서 왔어요, 목사님."

"무슨 일이 있었나요?" 클리멘트 목사는 꽤 놀란 모양이었다.

"무슨 일이라뇨?" 프라이스 부인은 허풍스런 어조로 그 질문을 되풀이했다. "굉장한 스캔들이에요. 누구 하나 꿈에도 생각지 못했죠. 어떤 그렇고 그런 여자가 그야말로 실 한 오라기 걸치지 않은 나체로 목을 졸려서 밴트리 대령의 서재에서 죽어 있었대요!"

목사는 눈을 휘둥그렇게 뜨고 상대방을 쳐다보았다.

"부인, 지금 제 정신으로 하는 말입니까?"

"목사님이 믿지 못하시는 것도 당연해요. 저도 처음 들었을 때에는 도저히 믿을 수가 없었으니까. 아, 그 사람은 굉장한 위선자예요!"

"무슨 일인지 자세히 설명해 주시겠습니까?"

프라이스 부인은 맹렬한 기세로 말을 마구 쏟아놓았다.

그녀가 말을 끝내자 클리멘트 목사는 부드러운 어조로 말했다.

"그러나 밴트리 대령이 그 사건에 관계있단 증거는 하나도 없지 않습니까?"

"아, 그러니까 목사님은 세상을 모른다고 하지요! 그러면 다른 이야기를 들려 드릴게요. 지난주 목요일―아니, 전전주였는지도 모르지만, 그것은 아무래도 상관없을 거예요. 아무튼 제가 3등차로 런던에 갔죠. 그때 밴트리 대령이 같은 차에 타고 있었어요. 그런데, 그 사람은 이상하게도 안절부절못하면서 계속 타임스지를 앞에 펼친 채 얼굴을 가리고 있더라고요. 마치 말을 걸까봐 두려워하는 것처럼 말이에요."

목사는 과연 이해가 가는 듯, 동정의 빛을 띠면서 크게 고개를 끄덕였다.

"패딩턴 역에서 저는 안녕히 가시라고 인사했죠. 그러자 그 사람이 저에게 택시를 잡아줬는데, 저는 버스로 옥스퍼드 가로 갈 예정이었기 때문에 사양했죠. 그러니까 그냥 택시에 타더군요. 저는 그 사람이 운전사에게 어디로 가자고 하는 얘기를 똑똑히 들었어요. 도대체 어디로 가려고 했다고 생각하세요?"

클리멘트 목사는 되묻는 듯한 눈짓으로 그녀를 보았다.

"세인트존스 우드(런던의 환락가)였다고요!"

프라이스 리들리 부인은 자랑스러운 듯 숨을 멈추었다. 목사는 전혀 얘기가 통하지 않는 것 같은 얼굴을 하고 있었다.
"그의 위선적인 행동이 이것으로 충분히 증명되리라 생각해요."
프라이스 리들리 부인이 말했다.

4

고싱톤에서 밴트리 부인과 마플 양이 응접실에서 서로 이야기하고 있었다.
"시체를 치워서 안심이에요. 집 안에 시체가 있다니, 기분이 좋지 않아요."
밴트리 부인이 말했다.
"응, 그 기분은 잘 알아요." 마플 양이 고개를 끄덕였다.
"그렇지만, 실제로 이런 일을 당해 보지 않으면 모르리라 생각해요. 당신의 옆집에서 시체가 발견된 적이 한 번 있었지만, 이것과는 상당히 다른 거잖아요."(《목사관 살인사건》 참조)
밴트리 부인은 이야기를 계속했다.
"아더가 서재를 싫어하지 않으면 좋을 텐데. 우리들은 서재에 함께 있었던 적이 많아요. 아니, 제인, 어디로 가는 거예요?"
마플 양은 손목시계를 바라보고 나서 일어났다.
"슬슬 집에 가야지. 여기에 있어도 큰 도움이 되지 않잖아요."
"조금 있다 가도 되잖아요?" 밴트리 부인은 그녀를 만류했다.
"경찰들이 지문이나 현장 사진을 다 찍고 모두 돌아가 버렸지만, 아직도 뭔가가 시작될 것 같은 기분이 들어요. 당신도 그걸 놓치고 싶지는 않을 테죠?"
그때 전화벨이 울리자 부인이 전화를 받기 위해 방을 나갔다. 이윽고 되돌아온 그녀의 얼굴엔 기쁜 듯한 빛이 감돌고 있었다.
"내가 뭔가가 시작될 것 같다고 했는데, 바로 그대로예요. 멜쳇 대령의 전화였다고요. 죽은 여자의 사촌을 데리고 이쪽으로 온대요."
"왜 그럴까?" 마플 양이 조금 고개를 갸웃했다.
"아마 그 사람에게 현장을 보이려는 게 아닐까요?"

"그럴까? 그 이상의 목적도 있는 것 같은 기분이 드는데……"
"뭐가요?"
"아마, 그 사람은 그 여자와 밴트리 대령을 만나게 하려고 그럴 거예요."
밴트리 부인이 날카롭게 물었다.
"남편을 아는지 확인해 보려고? 글쎄, 하긴 모두가 아더에게 의심을 갖는 것도 무리가 아니지."
"그렇죠."
"마치 아더가 이 사건에 관계있는 듯 모두들 말하고 있어요!"
마플 양은 가만히 있었다. 밴트리 부인이 그녀를 향해 따지듯 말했다.
"하녀를 건드리는 호색한 같은 늙은이들 얘기는 하지 마세요. 아더는 그런 남자가 아니에요."
"그야 물론이죠. 그분은 그런 사람이 아니에요."
"절대 그런 남자가 아니에요. 가끔 테니스장에서 만나는 예쁘고 젊은 여자에게 농담을 거는 적은 있지만, 그런 정도야 조금도 문제가 되지 않죠. 마음에 걸리는 게 있는지 없는지 생각 중이에요. 나는……"
밴트리 부인은 좀 애매모호하게 말을 끝맺었다.
"집에 가서 정원 손질을 해야 되기 때문에 그래요?"
마플 양은 미소 지었다.
"아니, 걱정할 필요는 없어요, 돌리."
"알았어요. 그렇지만, 역시 조금 걱정이 돼요. 아더도 그렇고, 아주 신경을 건드리거든요. 경찰들이 수상한 듯 집 주위를 서성거리는 거예요. 그래서 남편은 농장으로 가버렸어요. 마음이 답답할 때는 돼지를 보살피거나 하면 마음이 편안해지죠. 저기 왔네."
군 경찰서장의 차가 집 앞에 멈추었다.
멜쳇 대령이 멋진 복장의 젊은 여자를 데리고 집에 들어왔다.
"밴트리 부인, 이쪽은 터너 양입니다. 피해자의 사촌이지요."
"처음 뵙겠어요." 밴트리 부인은 앞으로 손을 내밀며 말했다.
"이번 일로 상당히 놀라셨지요?"

조세핀 터너는 솔직히 대답했다.
"예. 정말로 악몽 같고, 아직도 믿어지지 않아요."
밴트리 부인은 마플 양을 소개했다. 멜쳇이 아무렇지 않은 듯 말했다.
"남편께서는?"
"아까 농장으로 갔는데, 곧 돌아올 거예요."
"그래요……." 멜쳇은 좀 실망한 것 같았다.
밴트리 부인이 조시에게 말했다.
"그 사건이 있었던 서재를 보시겠어요? 기분이 좋진 않겠지만요."
조세핀은 조금 생각하고 나서 대답했다.
"예, 보여 주시겠어요?"
밴트리 부인은 그녀를 서재로 안내했다. 마플 양과 멜쳇이 뒤를 따라갔다.
"그녀는 이 양탄자 위에 있었어요."
밴트리 부인이 과장스런 몸짓으로 시체가 있었던 자리를 가리켰다.
"아!"
조시는 몸서리를 쳤다. 그러나 좀 당황하는 모습이었다.
그녀는 눈썹을 찡그렸다.
"왜 이런 일이 일어났는지 정말 모르겠어요."
"예, 우리들도 이유를 모르겠어요." 밴트리 부인이 말했다.
조시가 천천히 중얼거렸다.
"이런 어울리지 않는 곳에서 그런 일이……." 그녀의 말이 중단되었다.
마플 양은 그 미완성의 말에 동의하는 듯 고개를 끄덕이고는, "그래요. 바로 그게 매우 흥미가 있는 점이에요."라고 중얼거렸다.
"그러면 마플 양, 당신이라면 설명할 수 있겠습니까?" 멜쳇이 물었다.
"예, 물론이죠. 물론 내 추측에 불과합니다만, 그래도 꽤 중요한 것 같아요."
그녀는 이야기를 계속했다.
"즉, 토미 본드와 마을의 새 학교 선생님인 마틴 부인의 이야기 같은 거예요. 그녀가 벽시계의 태엽을 감고 있을 때 개구리가 한 마리 뛰어들었답니다."
조세핀 터너는 당황한 듯한 표정이었다.

모두와 함께 서재를 나오자 그녀는 밴트리 부인에게 속삭였다.

"저 할머니는 좀 머리가 이상한 분이 아니세요?"

"아니에요, 당치도 않아요." 밴트리 부인은 울컥 화가 치밀어 말했다.

"아, 미안해요. 저는 그분이 루비를 개구리나 뭐 그런 종류로 생각하는 게 아닐까 하는 기분이 들어서요." 조시가 말했다.

그때 밴트리 대령이 뒷문으로 들어왔다. 멜쳇은 그에게 말을 걸면서 조세핀 터너의 표정을 살피며 두 사람을 소개했다. 그러나 그녀의 얼굴에는 아무런 관심도, 상대방을 아는 듯한 표정도 전혀 나타나지 않았다. 멜쳇은 안도의 숨을 쉬고는, 슬랙이 심하게 빈정거리던 것을 생각하며 저주를 퍼부었다.

밴트리 부인의 질문에 대답하느라고 조시는 루비 킨의 실종에 대한 경위를 다시 한 번 자세히 설명했다.

"상당히 걱정이 되셨겠어요." 밴트리 부인이 말했다.

"걱정하기보다는 화가 났었어요." 조시가 말했다.

"그저 그때는 그 애의 신변에 이런 일이 일어나리라고는 생각해보지도 않았으니까요."

"그렇지만, 당신이 경찰에 연락하지 않으셨나요?" 마플 양이 말했다.

"만일 그렇다면 실례의 말이긴 하지만 좀 너무 이르지 않았나요?"

조시는 진지하게 대답했다.

"아뇨, 제가 하지 않았어요. 연락한 사람은 제퍼슨 씨였어요."

"제퍼슨 씨라니?" 밴트리 부인이 되물었다.

"예. 휴양하러 오신 분이에요."

"콘웨이 제퍼슨? 그 사람이라면 잘 아는데. 옛 친구거든요. 저, 아더, 지금 얘기 들었어요? 콘웨이 제퍼슨이 마제스틱 호텔에 머물고 있고 경찰에 연락한 것도 그 사람이었대요. 정말 우연의 일치로군요!"

"제퍼슨 씨는 작년 여름에도 그 호텔에 계셨어요." 조세핀 터너가 말했다.

"그래요! 그건 몰랐는데. 못 만난 지 꽤 오래되었거든요."

그녀는 조시에게 물었다.

"그 사람, 요즘엔 어때요?"

조시는 잠깐 생각에 잠겼다.

"매우 멋진 분이라고 생각해요. 언제나 밝고 자주 재미있는 농담을 하시죠."

"가족도 함께?"

"개스켈 씨요? 예. 그리고 젊은 여자하고 피터라는 아들 말씀이시죠? 예, 계세요."

조세핀 터너의 말은 아주 솔직하고 친근감을 주었지만, 그래도 뭔가 감추는 듯한 점이 느껴졌다. 특히, 제퍼슨의 가족 이야기를 할 때엔 어딘지 어색했다.

밴트리 부인이 얼른 물었다.

"두 사람 모두 매우 인상이 좋죠? 젊은 사람들이지만."

"예? 예. 그래요, 저……, 음, 그 사람들은 정말 그래요."

5

밴트리 부인은 군 경찰서장의 차가 돌아가는 것을 창문 너머로 바라보면서 말했다.

"저 여자가 '그 사람들은 정말 그렇다.' 하고 말한 것은 무슨 의미일까? 제인, 뭔가가 있는 것 같은 느낌이 들지 않아요?"

마플 양은 이 질문에 끌리는 모습이었다.

"그래, 나도 그렇게 생각해요. 틀림없어! 제퍼슨 가족 이름이 나오자 그녀의 태도가 갑자기 변했으니까 말이에요. 그때까지는 아주 자연스런 어조로 얘기했거든."

"무엇 때문일까요, 제인?"

"당신은 그 가족을 알고 있죠? 어쩌면 그들에게 뭔가 특별한 사정이 있어서 그 여자가 얘기하기 곤란해 했는지도 모르지. 그리고 또 하나, 그 여자에게 사촌 동생의 실종에 대해 얼마나 걱정이 되었느냐고 당신이 물었을 때, 그녀는 화가 나 있었다고 대답했잖아요! 그녀는 정말 화가 난 얼굴이었어요. 아주 흥미진진한 대답이야. 혹 내 착각인지도 모르지만, 루비라는 그 여자가 죽은 것을 알았을 때 그녀의 기분도 대개 그렇지 않았을까? 그 여자의 일에는 그다지 신경 쓰지 않는 것 같아요. 적어도 슬퍼하지는 않았거든. 오히려 루비 킨이라는 여자를 생각하기만 해도 그녀는 화가 나는 모양이에요. 도대체 왜 그럴까? 정말 흥미 있는 문제 아니에요?"

"그 이유를 밝혀 봐요." 밴트리 부인이 말했다.

"데인머스로 가서 그 호텔에 머물며 조사하는 거예요―응, 물론 당신도 함께 가요. 여기서 이런 사건이 일어나는 바람에 나도 조금 기분 전환을 하고 싶거든요. 마제스틱 호텔에서 4~5일 묵으면 충분할 거예요. 콘웨이 제퍼슨도 만나보고. 매우 친절한 사람이거든요. 아들과 딸이 있는데, 자식들을 매우 귀여워했답니다. 그 둘은 결혼하고 나서도 항상 집에 놀러왔었지. 부인은 아주 착한 사람이었고, 그 사람도 아내를 매우 사랑했지만, 몇 년 전엔가 비행기로 프랑스에서 돌아오는 도중에 사고로 모두 죽어 버렸어요. 조종사와 제퍼슨 부인, 딸인 로자먼드, 아들 프랭크도. 콘웨이는 목숨은 건졌지만, 양다리를 크게 다쳤기 때문에 잘라내야만 했죠. 그렇지만, 그는 굉장히 강한 사람이에요. 결코 꺾이지 않았어요. 그토록 활동적이었던 그가 완전한 신체장애자가 되어도 불평 하나 하지 않는 거예요. 그는 지금 며느리와 함께 살고 있죠. 죽은 프랭크가 그녀와 결혼할 때 그녀는 미망인이었는데, 먼저 결혼에서 낳은 아들이 하나 있어요―피터 카모디라는 아이죠. 그래서 이 두 사람이 모두 콘웨이와 함께 사는 것 같던데, 로자먼드의 남편 개스켈도 대충 함께 사는 모양이죠. 글쎄, 어딘지 좀 비극적인 가족이라고 할까?"

"거기다가, 또 하나의 비극이." 마플 양이 말했다.

밴트리 부인이 상대를 바라보며 말했다.

"그렇지만, 이번 사건은 제퍼슨 집안과는 아무런 관계도 없을 거예요."

"그럴까? 경찰에 연락한 것은 제퍼슨이었다잖아요." 마플 양이 말했다.

"아, 그렇지…… 정말 이상하군요, 제인!"

제6장

1

멜쳇 대령은 매우 당황하는 호텔 지배인과 마주 서 있었다. 그와 함께 글렌셔 경찰서의 하퍼 총경과 슬랙 경감이 있었다. 경감은 서장이 직접 수사에 나서서 자신의 고유 영역을 침범하는 데 대해 다소 불만을 느끼는 것 같았다.

하퍼 총경은 눈물이 글썽글썽한 프레스트콧 씨를 위로하느라고 바빴지만, 멜쳇 대령은 그를 인정사정없이 꼼짝 못하게 다그치고 있었다.

"그렇게 훌쩍거릴 때가 아니오." 그는 꾸짖듯이 말했다.

"그 여자는 살해된 겁니다. 목을 졸라서 말이오. 당신 호텔에서 살해되지 않은 것만으로도 당신은 다행인 겁니다. 다른 군 경찰이 수사를 담당하게 되었기 때문에 당신 호텔은 사건에 말려들지 않고 끝났으니까 말이오. 그러나 어느 정도 조사는 받아야 합니다. 우리들도 되도록 빨리 사건을 마무리 짓고 싶으니까. 물론, 은밀하고 감쪽같이 조사를 진척시키겠으니까, 그 점은 충분히 우리들을 믿으셔도 됩니다. 그러니까, 당황하지는 마시고 기분 좋게 협력해 주시지요. 우선, 그 여자에 대해 알고 있는 거라면 무엇이든 털어놓으시오."

"저는 아무것도 모릅니다. 조시가 데리고 왔거든요."

"조시가 여기서 일한 게 꽤 오래전 일입니까?"

"2년—아니, 이제 3년이 될 겁니다."

"당신의 마음에 드는 편이었겠군요, 그녀는?"

"예, 조시는 착한 여자라서, 정말 착한 아가씨입니다. 재주도 있고, 능숙하게 손님을 다룰 줄도 알죠. 사실 브리지는 감정적인 언쟁이 많은 게임이거든요."

멜쳇은 동감이라는 듯이 크게 고개를 끄덕였다. 그의 아내는 무척 애를 쓰기는 했지만 서툴렀다.

프레스트콧 지배인은 말을 계속했다.

"조시는 손님 사이에 일어나는 언쟁을 아주 잘 처리한답니다. 손님 접대가 능숙해요. 게다가, 의지도 강한 여자고요."

멜쳇은 또 고개를 끄덕였다. 그는 조세핀 터너의 인상을 떠올려 보았다. 화장을 하고 아름답게 꾸몄지만, 그녀의 어딘가에는 보모 같은 분위기가 있음이 분명히 느껴졌다.

"그녀는 정말 이 호텔의 대들보인 셈이지요." 프레스트콧 씨가 말했다.

그의 말투가 푸념조가 되었다.

"그런데, 도대체 무슨 이유가 있어서 그런 미끄러지기 쉬운 바위산에 놀러 갔는지 원. 일부러 그런 곳을 찾지 않아도 여기에 깨끗한 해변이 있는데 말입니다. 그러다가 미끄러져서 발목을 삐기까지 하다니. 정말 난감했죠. 나는 그녀가 춤 공연을 하고 브리지를 해서 손님을 즐겁게 만들어 준다는 조건으로 급료를 주고 있으니까. 그런 곳에서 해수욕을 해 발을 삐라고는 부탁하지 않은 겁니다. 더구나, 춤을 추어야 하는 사람이 발목을 삘 위험이 있는 곳에 가다니, 당치도 않은 일이지요. 사실 그때 저는 매우 곤란한 입장이었습니다. 호텔 측에서 보더라도 몹시 난감한 문제였으니까요."

멜쳇은 상대방의 말을 중단시켰다.

"그래서, 그녀는 그 여자를—즉, 자기의 사촌을 소개하겠다고 한 거로군요?"

프레스트콧은 떨떠름한 얼굴로 고개를 끄덕였다.

"그런 겁니다. 가장 좋은 생각이라고 받아들였지요. 게다가, 조시의 사촌에게 따로 급료를 지불하지 않고, 지금까지 조시가 받는 급료 내에서 조시와 그 여자가 적당히 나눈다는 조건으로 그녀를 채용한 겁니다. 나는 처음부터 그 여자에 대해선 아무것도 몰랐고, 그저 조시를 믿은 거지요!"

"하지만, 그녀는 제대로 해냈잖습니까?"

"예, 별로 나쁜 점은 없었습니다. 적어도 겉보기에는 말이죠. 매우 젊고—사실 그것 하나밖엔 볼 것도 없었고, 오히려 이런 장소에 어울릴까 하는 생각을 하게 할 정도로 천박한 스타일이긴 했지만. 그래도 행실도 좋고 얌전하고 춤도 잘 춰서 손님들의 평판은 좋았지요."

"예뻤군요."

이 질문에 대한 답을 시퍼렇게 부어오른 죽은 얼굴에서 판단하기란 어려운 문제였다. 프레스트콧은 조금 생각하고 나서 대답했다.

"글쎄요, 미인 축에 들 겁니다. 너무 야위긴 했지만, 맨 얼굴은 그 정도는 아니지만, 그녀는 화장에 정성을 무척 쏟았죠."

"젊은 남자들 중에 그녀를 쫓아다니던 사람도 꽤 있지 않았나요?"

"서장님이 질문하시는 취지는 잘 압니다만(프레스콧은 흥분했다), 그런 모습은 전혀 보지 못했습니다. 특별한 관계인 남자는 한 사람도 없는 것 같았어요. 두세 청년이 좀 열을 내긴 했지만, 그것도 그때뿐이었지요. 이성을 잃을 정도는 아니었다고 생각합니다. 중년 이상의 남자들에게는 매우 인기가 좋고―뭐라고 할까요, 요컨대 귀여움을 받았었지요. 천진난만한 딸 같았으니까."

하퍼 총경은 굵고 우울한 듯한 목소리로 말했다.

"예를 들면, 제퍼슨 같은 사람이지요?"

"그렇습니다. 저도 제퍼슨 씨를 염두에 두고 말씀드린 겁니다. 그녀는 자주 그분이나 그분 가족들과 함께 있었습니다. 제퍼슨 씨 가족은 젊고 사람을 좋아했으며 또 젊은 사람들에게 매우 잘해 주었지요. 오해가 없도록 말씀드리는데, 제퍼슨 씨는 신체장애자여서 몸이 자유롭지 않아 휠체어를 타고 돌아다닐 수 있는 곳 이외엔 갈 수 없는 분입니다. 그러나 그분은 젊은이들이 노는 모습을 보는 것을 매우 좋아했지요―테니스나 해수욕하는 모습을 보고 즐거워하는 겁니다. 때때로는 여기서 젊은 사람들을 위해 파티를 열어주기도 했지요. 그는 젊은 사람들을 좋아합니다. 어떤 경우에도 약해지지 않고 전혀 어두운 곳이 없는 사람입니다. 매우 평판도 좋고 정말 훌륭한 분이지요."

"그러면 그는 루비 킨에게 관심을 갖고 있었던 셈이군요." 멜쳇이 말했다.

"그녀의 얘기를 듣는 게 재미있었을 겁니다, 분명히."

"그의 가족도 역시 그녀를 좋아했나요?"

"예. 언제나 그녀에게 친절했지요."

"그녀가 실종된 걸 경찰에 알린 것은 그 사람이었습니까?" 하퍼가 물었다.

그는 그 말에 어떤 중대한 의미와 비난을 담아 말했는데, 지배인은 즉시 대답했다.

"제 입장이 되어 생각해보십시오. 저는 정말 그녀가 잘못되었으리라고는 생각해보지도 않았어요. 그런데, 제퍼슨 씨는 몹시 긴장한 모습으로 제 사무실에 왔습니다. 그녀는 어젯밤 공연에도 출연하지 않았고 방에서 잔 흔적도 없으니까 드라이브라도 가서 도중에 사고를 일으켰을지도 모른다. 그러니 어서 경찰에 알려라! 조사시켜 봐라! 하고 마치 명령하듯이 말하고는 바로 그곳에서 경찰에 전화를 한 겁니다."

"터너 양에게 상의도 하지 않고?"

"조시는 그런 이야기를 하는 것을 싫어했습니다. 제가 보기에도 그랬어요. 그녀도 이 일로 아주 곤란해 했으니까요—루비에게 화를 내고 있었거든요. 그녀에게 상의해 봤자 이렇다 할 방법이 나올 리도 없었을 겁니다."

멜쳇은 하퍼에게 말했다.

"아무래도 제퍼슨 씨와 만나는 편이 좋을 것 같군."

하퍼 총경이 동의했다.

2

프레스트콧은 그들을 안내하여 콘웨이 제퍼슨의 방으로 갔다. 2층에 있는, 바다가 잘 내려다보이는 좋은 방이었다. 멜쳇이 노골적으로 물었다.

"굉장히 부자 같은데, 맞습니까?"

"예, 상당히 부자인 것 같습니다. 여기에서도 돈을 아끼는 적이 한 번도 없었죠. 최고급 방을 사용하고, 식사는 보통 일품 요리 정식과 값비싼 와인 등 최상의 것만 드십니다."

멜쳇은 고개를 끄덕였다.

프레스트콧이 방문을 노크하자 여자 목소리가 들려왔다.

"예, 들어오십시오."

지배인이 들어가고 다른 세 사람이 뒤를 따라 들어갔다.

프레스트콧은 창문 옆의 의자에 앉아 이쪽을 뒤돌아보는 부인을 보고 손을 비비면서 말을 걸었다.

"갑자기 방해를 해서 죄송합니다. 실은 경찰이 오셔서 꼭 제퍼슨 씨와 만나고 싶어 하셔서요. 이쪽이 멜쳇 대령님, 하퍼 총경, 그리고……, 슬랙 경감입니다. 저분이 제퍼슨 부인입니다."

제퍼슨 부인은 가볍게 고개를 숙였다.

평범한 여자라고 멜쳇은 생각했다. 그러나 그녀가 입을 벌려 이야기를 시작했을 땐 그 생각을 바꾸었다. 일종의 독특한 매력을 느꼈던 것이다. 동정심이 깃들어 있는 목소리였고, 밝은 개암나무 색깔의 눈이 아름다웠다. 복장은 수수했지만, 그녀에게 잘 어울리고 있었다. 나이는 35~36세 정도 같았다.

"아버님은 지금 쉬고 계세요. 본래 몸이 좋지 않으셨고, 이번 사건에 매우 충격을 받으신 것 같아요. 아까 의사에게 진찰을 받으니 수면제를 먹고 좀 쉬라고 하더군요. 그러나 잠이 깨시면 기꺼이 여러분을 만나실 겁니다. 그동안 우선 저와 말씀을 나누시면 어떻겠습니까? 이리 앉으시죠."

프레스트콧은 나가려고 멜쳇에게 말했다.

"저……, 제가 할 일은 끝난 것 같은데요."

그는 허락을 받고는 즉시 방에서 나갔다. 그가 문을 닫고 나가자 방 분위기는 아주 기분 좋고 아늑한 느낌을 주었다. 애들레이드 제퍼슨은 편안한 분위기를 만드는 힘을 가지고 있는 듯했다. 그녀는 말을 재치 있게 하는 사람으로 보이지는 않았지만, 다른 사람으로 하여금 기분 좋게 말하게 하고 즐거운 기분이 되도록 할 수 있는 여자였다.

이윽고 그녀는 차근차근한 어조로 말했다.

"이번 사건의 소식을 듣고 우린 모두 정말 깜짝 놀랐어요. 그 아가씨를 자주 만났었는데, 살해되었다니 정말 믿지 못하겠어요. 아버님께서는 크게 낙담하셨어요. 루비를 매우 귀여워해 주셨거든요."

"그녀가 실종된 것을 경찰에 알린 사람은 제퍼슨 씨였습니다."

멜쳇이 말했다. 그는 그녀가 어떤 반응을 보일지 시험해 보았던 것이다.

그녀는 조금 눈을 깜박거렸다―아주 조금. 그것이 당황함에서 비롯된 것인지, 아니면 걱정이 되어서 그러는지 정확하게는 모르겠지만, 아무튼 뭔가가 있었다. 그리고 그녀는 대답하기 전에 기분이 내키지 않는 일을 할 때처럼 억지로 자신을 가다듬는 듯했다. 그녀가 말했다.

"예, 그래요. 아버님은 환자라서 그런지 무척 허둥거리시기도 하고 조바심도 내셨어요. 아무리 괜찮다고 해도 막무가내였답니다. 뭔가 부득이한 사정이 있을지도 모르고, 또 그녀로선 경찰이 알면 곤란해 할지도 모르니까 그만두시라고 말렸지만 소용이 없었어요. 그렇지만……." 그녀는 가볍게 몸서리를 쳤다.

"아버님이 걱정했던 대로였어요. 우리들이 틀렸던 거지요."

"루비 킨에 대해 당신은 어느 정도 알고 있습니까?" 멜쳇이 물었다.

그녀는 잠시 생각했다.

"뭐라고 말씀드려야 할지……. 제 아버님께서는 젊은 사람들을 매우 좋아하시고, 젊은 사람들이 옆에서 시중을 들면 정말 기뻐하세요. 게다가, 루비는 아버님으로서는 보기 드문 새로운 타입의 아가씨라서 그녀가 하는 얘기를 듣는 것을 좋아하셨던 것 같아요. 그래서, 그녀는 이 호텔 안에서는 항상 우리들과 함께 있었고, 아버님은 그녀를 불러 드라이브하러 나가기도 했어요."

그녀는 말해도 지장이 없는 것만 말하려고 애쓰는 것 같았다.

멜쳇은 마음속으로 이렇게 생각했다.

'이 여자는 마음이 내키기만 하면 더 깊이 있는 얘기를 해줄 것 같은데.'

"어젯밤의 일을 되도록 상세히 설명해 주시지 않겠습니까?" 그가 물었다.

"예, 별로 도움이 되지 않을지도 모르지만……. 어제 저녁 식사 후 루비는 라운지로 와서 우리들과 함께 있었어요. 그녀는 춤 공연이 시작되었는데도 계속 우리와 함께 있었죠. 자신의 차례가 아직 되지 않았거든요. 우리들은 브리지를 하기로 되어 있어서, 마크와 조시가 오기를 기다리고 있었어요. 마크 개스켈은 아버님의 죽은 딸의 남편이고, 제 시누이의 남편 되는 사람인데, 중요한 편지를 써야만 했기 때문에 그것을 쓰고 나서 오기로 되어 있었어요. 그곳에 조시도 포함해서 네 사람이 브리지를 하기로 되어 있었죠."

"언제나 그런가요?"

"예, 대개는 그래요. 조시는 아주 일류급에다 매우 착한 사람이라서, 브리지를 잘하시는 아버님께서는 되도록 조시를 상대에 넣고 싶어 하셨어요. 그녀는 다른 조(組)도 보살펴야 하니까 항상 우리들과 함께 있을 수는 없었지만, 틈이 날 때는 언제나 우리들의 상대가 되어 주었죠. 게다가, 제 아버님은 이 호텔에서 많은 돈을 쓰고 계셨기 때문에, 호텔 경영자 측에서도 조시가 우리들에게 특별히 호의를 보이는 것에 대해 뭐라 할 이유가 없었거든요."

멜쳇은 질문을 계속했다.

"부인은 조시를 좋아하나요?"

"예, 좋아해요. 항상 쾌활하고, 일도 잘하고, 자신의 일을 즐거워하는 것 같았어요. 별로 교육은 받지 않은 것 같았지만 매우 머리가 좋고, 또 아는 체를 하지 않았어요. 정말 순수하고 때가 묻지 않은 아가씨예요."

"아까의 얘기를 계속해 주시지요."

"지금 말씀드린 대로 조시는 다른 브리지 손님들의 시중도 들어야 됐고, 마크는 편지를 쓰고 있었기 때문에 루비는 여느 때보다도 오랫동안 거기에 앉아서 우리들과 이야기를 하고 있었어요. 그러고는 곧 조시가 왔고, 루비는 레이먼드와 함께 첫 번째 공연을 하기 위해 자리를 떴습니다. 그러고 나서 그녀는 또 우리들에게 돌아왔는데, 바로 그때 마크도 돌아왔죠. 그러는 동안 그녀는 어떤 청년과 춤추러 가고, 우리 네 사람은 브리지를 하기 시작했어요."

그녀는 이야기를 멈추고 좀 절망적인 표정을 지어 보였다.

"그것뿐입니다. 그녀가 춤추는 것을 한번 언뜻 보긴 했지만, 우리는 브리지에 열중해 있었고 댄스홀과의 사이에 유리 칸막이가 있어서 맞은편은 잘 보이지 않았어요. 그러고 나서 12시경 레이먼드가 당황해 하며 조시에게 와서 루비가 어디 갔느냐고 묻더군요. 조시는 당연히 그의 입을 다물게 하려고 했지만……."

하퍼 총경이 그녀의 말을 막고 부드러운 목소리로 말했다.

"당연하다니요?"

"글쎄요……."

그녀는 주저했다. 멜쳇에게는 그녀가 조금 당황한 것처럼 보였다.

"아마 조시는 루비가 정해진 공연 시간에 나타나지 않은 것에 대해 큰 소란을 피우고 싶지 않았을 거예요. 그래서, 그녀는 루비가 조금 전에 머리가 아프다고 했으니까 침실에 있을지도 모른다고 했지요. 물론 전 그 말이 거짓말일 거라고 생각했어요. 조시는 그 자리를 우선 넘겨보려고 그런 말을 한 거예요. 그러자, 레이먼드가 즉시 루비의 방으로 전화했습니다. 그러나 아무리 해도 대답이 없는지 안절부절못하면서 돌아갔어요. 조시도 그와 함께 자리에서 일어나 그를 안심시키며 찾아다니다가, 결국 루비 대신 그녀가 춤을 췄지요. 얼마나 아픈 것을 참고 춤을 추었는지, 나중에 보니 그녀의 발목이 잔뜩 부어올랐더군요. 아무튼, 간신히 공연을 끝내고 돌아와서 그녀는 저희 아버님을 위로해 주었습니다. 아버님은 루비가 걱정이 되어서 안절부절못하고 계셨으니까요. 그래서, 루비는 드라이브하러 나갔다가 도중에 차가 고장 났을 거라며 아버님을 안심시켜서 간신히 잠들게 했지요. 아버님은 걱정하면서 잠이 드셨는데, 오늘 아침 잠이 깨시자마자 또 난리를 피우기 시작하셨던 거예요."

그녀는 조금 사이를 떼고 나서 말했다.

"그러고 나서는 아까 말한 대로예요."

"정말 감사합니다. 그런데, 누가 그런 짓을 했는지 짐작이 가십니까?"

그녀는 곧 대답했다.

"아뇨, 유감스럽게도 아무도 짐작이 가지 않아요."

그는 다시 한 번 조심스럽게 물었다.

"그녀가 아무 말도 하지 않았나요? 누가 자기를 시기한다든가, 그녀가 무서워하는 남자나, 또는 그녀와 친한 남자 이야기는 하지 않던가요?"

애들레이드 제퍼슨은 그 질문에 일일이 고개를 저었다.

그녀는 이제 말할 것이 더 이상은 없는 듯했다. 하퍼 총경은 이제부터 조지 바틀렛을 만나고, 그 뒤 다시 제퍼슨 씨의 이야기를 들으러 되돌아오자고 제안했다. 멜쳇은 그러자고 하고서 세 사람은 방을 나갔다. 제퍼슨 부인은 시아버지가 깨어나면 곧 알리겠다고 약속했다.

"인상이 좋은 여자로군." 대령은 문을 닫으며 그렇게 말했다.

"예, 상당히 인상이 좋은 부인이네요." 하퍼가 대답했다.

제7장

조지 바틀렛은 목이 길고 야윈 청년으로 자신이 생각하는 것을 표현하는 능력이 부족했다. 게다가, 그는 매우 당황해 하고 있어서 냉정한 진술을 듣기는 어려웠다.

"저는 정말 깜짝 놀랐습니다. 일요신문 등에 자주 실리는 사건이긴 하지만, 사실 같은 기분이 들지 않네요."

"유감스럽지만 사실이오, 바틀렛." 총경이 말했다.

"그야 거짓말은 아니겠죠. 그렇지만, 이상해요. 여기에서 몇 마일이나 떨어진 곳에서, 어떤 대지주의 저택에서 발견되었다고요? 굉장한 명문이라고 하던데. 그 근처에서는 꽤 소동이 일어났을 텐데, 도무지 모르겠네요."

멜쳇 대령이 말했다.

"당신은 살해된 여자를 상당히 잘 안다고 하던데……."

조지 바틀렛은 당황해 하며 말했다.

"아, 아닙니다. 당치도 않아요. 잘 몰라요. 그녀와 한 번인가 두 번 춤춘 적은 있는데, 그러고는 심심해서 잠시 테니스를 친 정도예요."

"당신은 어젯밤 그녀가 살아 있는 모습을 제일 마지막으로 본 사람이라고 생각하는데……."

"그럴지도 모르죠. 아무튼 입장이 묘하네요. 제가 그녀를 만났을 때에는 보통 때와 조금도 다르지 않았는데."

"몇 시쯤이었소, 바틀렛?"

"아마……, 확실한 시간은 모르겠지만, 꽤 늦은 시간이었습니다."

"당신이 그녀와 춤을 추었다던데?"

"예, 그래요. 그렇지만, 이른 저녁이었습니다. 그녀가 자기 파트너와 첫 번째 공연을 끝낸 직후니까, 아마 10시 반이나 11시경, 정확한 시간은 잘 모르겠네요."

"아니, 시간에 그렇게 신경 쓸 필요는 없소. 어차피 모두 알게 될 거니까. 그것보다는 그때의 일을 설명해 주겠소?"

"그러죠. 함께 춤을 추긴 했지만, 사실 저는 별로 춤을 잘 추지 못합니다."

"아니, 아니, 당신의 춤 솜씨는 상관없소."

조지 바틀렛은 대령에게 두려운 눈초리를 던지면서 더듬거리며 말했다.

"어, 어쨌든 저는 춤을 잘 추지 못하거든요. 저, 저는 춤을 추면서 그녀에게 말을 걸었지만 루비는 제대로 대답도 하지 않고 하품만 했어요. 아까도 말씀드린 대로 제가 춤에 서툰 탓이지요. 그래서, 저는 항상 여자들에게 인기가 없는가 봐요. 그리고 나서는 예상대로 그녀는 머리가 아프다고 하면서 나갔죠. 저도 어차피 그만 추려고 생각하고는 곧 그만두었지요."

"그녀의 모습을 마지막으로 본 것은?"

"저와 헤어져서 2층으로 가는 모습을 본 것이 마지막입니다."

"그녀가 누군가와 만날 거라는 얘기는 없었소? 드라이브하러 간다든가 데이트가 있다든가?"

대령은 일부러 저속한 표현을 했다.

바틀렛은 고개를 저었다.

"아뇨. 저에게 그런 말은 하지 않았습니다." 그는 좀 쓸쓸한 얼굴이 되었다. "아까 말한 대로 그냥 춤을 그만둔 거죠."

"그녀의 상태는? 걱정하고 있는 것 같다든지, 아니면 뭔가 고민이 있는 것 같지는 않았소?"

조지 바틀렛은 잠시 생각하고 나서 머리를 흔들었다.

"좀 지루해 하는 것 같았습니다. 아까 말했듯이 하품을 했거든요. 그밖에는 별로 생각나는 게 없네요."

"그리고 나서 당신은 뭘 했소, 바틀렛?" 멜첏 대령이 말했다.

"예?"

"루비 킨과 헤어지고 나서 당신은 무얼 했소?"

조지 바틀렛은 멍하니 그를 쳐다보았다.

"글쎄요……. 뭘 했지?"

"기다릴 테니 잘 생각해서 대답해 주시오."

"예, 저는 정말 뭘 생각해 내는 것은 질색이에요. 아, 그래요. 바에 가서 한잔했어요."

"분명히 바에 가서 한잔했소?"

"그래요. 물론이죠. 바깥 공기를 좀 쐬고 싶어서요. 9월이라고는 해도 무더운 밤이었으니까요. 밖에 나가니 기분이 좋더군요. 맞아요, 그랬어요. 저는 혼자 돌아다니다가 바에 가서 한잔 마시고, 다시 또 댄스홀로 되돌아왔죠. 그밖엔 아무것도 한 일이 없습니다. 그런데 글쎄, 그녀의 이름이 뭐라고 했더라, 아, 조시요. 조시가 춤을 추고 있더군요. 테니스 코치와 함께요. 그녀는 발목인가 어딘가를 다쳐서 쉬고 있다고 했는데 말이죠."

"그렇다면, 당신이 홀에 돌아온 게 12시경이었겠군. 당신, 한 시간이나 밖에서 서성거렸다는 얘기가 되는데?"

"술도 마셨고 또 여러 가지를 생각하고 있었거든요."

이 진술은 다른 어느 것보다도 중요한 의미가 있는 듯했다.

멜쳇 대령이 날카롭게 물었다.

"도대체 뭘 생각하고 있었소?"

"뭔지 기억이 나질 않아요. 이것저것 생각했죠."

바틀렛은 모호하게 대답했다.

"당신, 차를 갖고 있소, 바틀렛?"

"예, 한 대 있어요."

"어디에 놓아두었소? 호텔 주차장?"

"아뇨. 정원에 세워 놓았습니다. 이 근처를 드라이브할까 생각했었거든요."

"혹시, 당신, 드라이브하러 나갔던 거 아니오?"

"아닙니다. 드라이브는 하지 않았어요. 절대로 하지 않았습니다."

"정말 루비를 데리고 드라이브하러 가지 않았소?"

"당치도 않아요. 그런 말씀 마십시오. 전 정말 가지 않았습니다. 맹세합니다."

"됐소 정말 고맙소, 바틀렛. 우선은 이쯤 하자—지금은 말이오."
멜쳇이 반복해서 조심스레 말했다.

그들은 도무지 지적인 것과는 거리가 먼 얼굴로 겁에 질린 듯한 표정으로 자기들을 바라보는 바틀렛을 남기고는 일어섰다.

"완전히 저능아군." 멜쳇 대령이 말했다.

하퍼 총경은 고개를 저었다.

"우리가 갈 길이 멀군요." 그가 말했다.

제8장

1

 야근한 수위도, 바의 바텐더도 모두 도움이 되지 못했다. 야근한 수위는 12시를 조금 지나 루비의 방에 전화를 걸었지만 받지 않았던 것을 기억하고 있었다. 그는 바틀렛이 호텔을 나가거나 들어온 것에 대해선 전혀 모르고 있었다. 그날 밤은 아주 맑아서 많은 남녀가 들락거렸고, 복도에도 몇 개의 출입구가 있는데다가, 메인 홀에도 하나 있었기 때문이다. 그는 루비가 정면 현관으로 나가지 않았다는 것을 확신했는데, 2층 그녀의 방 바로 앞에 계단이 있어서 그곳으로 내려가면 출입구가 하나 있고 곧 테라스로 연결되니까, 그녀가 방에서 아무에게도 들키지 않게 호텔을 나갈 수도 있는 셈이었다. 그 출입구는 댄스가 새벽 2시에 끝날 때까지는 자물쇠가 걸리지 않았다.

 바텐더는 바틀렛이 어젯밤 바에 온 건 기억했지만, 몇 시쯤이었는지는 확실히 말하지 못했다. 그저 밤이었던 것 같다고만 했다. 바틀렛은 벽에 기대앉아서 조금 우울한 얼굴을 했었던 것 같다고 했다. 그러나 바틀렛이 얼마 동안 거기에 있었는지는 모른다고 했다. 외부 손님이 그 바에 많이 드나들었기 때문이다. 결국 그는 바틀렛을 보기는 했지만 그 시간은 전혀 애매모호했다.

2

 그들이 바를 나오자 아홉 살 정도 된 소년이 말을 걸어왔다.
 그 소년은 흥분해서 마구 말을 했다.
 "아저씨들, 형사세요? 전 피터 카모디예요. 루비 킨 일로 경찰에 전화한 사람은 제퍼슨 할아버지예요. 아저씨들은 경시청에서 오셨죠? 저 말해도 돼요?"
 멜쳇 대령은 쌀쌀맞게 대답하려고 했지만, 하퍼 총경이 그것을 막고 미소 지으면서 부드럽게 말을 걸었다.

"아, 좋아요. 꼬마는 그 사건에 흥미가 있나 보구나."

"아저씨도 그렇죠? 아저씨는 탐정소설을 좋아하세요? 저도 좋아해요. 많이 읽었어요. 도로시 세이어스(1893~1957, 영국의 여류 추리소설가)나 애거서 크리스티나 딕슨 카(1906~1977, 미국의 추리소설가), H. C. 베일리(1876~1961, 영국의 추리소설가) 등이 유명하잖아요. 이번 살인사건은 신문에 났나요?"

"그래, 신문에 나올 거다." 하퍼 총경은 떨떠름한 얼굴로 대답했다.

"전 다음 주에 학교에 가면 모두에게 자랑할 거예요. 제가 그녀를 잘 알고 있다고요, 아저씨."

"그녀는 어땠어? 얘야, 좋아했니?"

피터는 잠시 생각했다.

"전 그다지 좋아하지 않았어요. 왜냐하면 이상한 점이 있었거든요. 엄마와 마크 아저씨 모두 싫어한 것 같아요. 할아버지만 좋아했어요. 저, 할아버지가 아저씨들을 만나고 싶어 하세요. 그래서, 에드워즈가 아저씨들을 찾고 있어요."

하퍼 총경은 추켜 주는 듯이 속삭였다.

"네 엄마와 마크 아저씨는 루비 킨을 별로 좋아하지 않았다고? 왜 그럴까?"

"왜 그런지 그건 잘 몰라요. 그렇지만, 그 누나는 언제나 나서길 좋아했죠. 할아버지가 그 누나에게 잘해 주는 걸 두 분 모두 싫어했을 거예요. 분명해요."

피터는 쾌활하게 말했다.

"엄마도 마크 아저씨도 그 누나가 죽어서 고소한 모양이에요."

하퍼 총경은 생각에 잠겨 소년을 쳐다보았다.

"너는 엄마랑 아저씨가 그런 말을 하는 것을 들었니?"

"그래요. 마크 아저씨가 이렇게 말했어요. '어쨌든 이것으로 시끄러운 사람이 한 명 없어진 셈이군.' 하고요. 그러자 엄마가, '그래요. 그렇지만, 좀 끔찍하군요.'라고 했어요. 그러자 또 마크 아저씨가 위선자가 되어 봤자 좋을 게 하나도 없다고 했어요."

어른들은 얼굴을 마주 보았다. 바로 그때 깨끗이 수염을 깎고 감색 저지 옷을 단정히 입은 남자가 그들 쪽으로 다가왔다.

"저는 제퍼슨 씨의 심부름으로 온 사람인데요, 지금 막 일어나셔서 선생님들을 무척 만나고 싶어 하십니다. 같이 가시겠습니까?"

그들은 다시 콘웨이 제퍼슨의 방으로 갔다. 거실에 들어가니 애들레이드 제퍼슨이 신경질적으로 방을 서성거리고 있는 침착하지 못한 키가 큰 남자와 이야기하고 있었다. 그는 갑자기 그들을 향해 말했다.

"아, 어서 오십시오. 장인어른께서 여러분을 기다리고 계십니다. 방금 일어나셨거든요. 제발 장인어른을 좀 진정시켜 주십시오. 환자라서요. 이번 사건을 듣고 쓰러지지 않으신 게 이상할 정돕니다."

"그분의 상태가 그렇게 나쁜지는 몰랐습니다." 하퍼가 말했다.

"장인어른 자신은 모르시지만, 심장이 나쁘십니다." 마크 개스켈이 말했다.

"애디에게 장인어른을 흥분시키거나 놀라게 해서는 안 된다고 의사가 주의를 주었지요. 의사 말로는, 그분은 이제 오래 사시지 못할 것 같답니다. 그렇죠, 애디?"

제퍼슨 부인이 끄덕이며 말했다.

"저런 몸으로 살아 계신 것이 이상할 정도예요."

멜쳇이 어렵잖게 말했다.

"살인사건이 남의 기분을 진정시키는 일은 아니라서 여러분의 기대에 부응이 될지는 모르겠소만, 아무튼 되도록 주의는 하지요."

그는 그렇게 말하면서 마크 개스켈이라는 인물을 관찰하고 있었다. 별로 호감이 가지 않는 남자였다. 무절제하고 욕심이 많은 얼굴에, 머리는 벗겨져 있었다. 이런 부류의 사람은 대개 무슨 일이든 자신이 생각한 대로만 하려 들기 때문에, 왕왕 오히려 여성에게서 존경을 받기도 한다.

'무절제'라는 말이 딱 알맞은 것 같은 남자였다.

무슨 일을 저지를지 모르는 부류의 남자인 것이다……

3

바다가 내려다보이는 커다란 침실 안에서 콘웨이 제퍼슨은 창가의 휠체어에 앉아 있었다. 방에 들어가 그를 본 순간 사람들은 그에게서 인력과 같은 힘을 느낄 수 있었다. 마치 그가 불구자가 되었기 때문에, 오히려 상처 입은 몸의 활력이 더욱 농축되고 첨예화되어 집중적으로 방사되는 것 같았다. 붉은 머리카락이 드문드문 나 있고 잘생긴 머리, 까맣게 햇볕에 타서 힘이 넘치는 듯한 느낌을 주는 주름살이 많은 얼굴. 눈은 파랗게 빛나고 그의 어디에도 병약한 그림자는 없었다. 그의 얼굴의 깊은 주름살은 약해서 생긴 것이 아니라 고통에 의해 생긴 듯했다. 운명을 결코 거스르지 않고 그것을 받아들여 승리로 이끌어 나가려고 하는 남자의 모습이 거기에 있었다.

"잘 와주셨습니다." 그가 말했다.

그의 민첩한 시선이 그들을 잡았다. 그는 멜쳇에게 말했다.

"당신이 라드퍼드셔 군 경찰서장이시군요. 그리고 이쪽 분은 하퍼 총경입니까? 어서 앉으십시오. 테이블 위에 담배가 있으니까 태우시고요."

그들은 인사를 하고 앉았다. 곧 멜쳇이 말했다.

"제퍼슨 씨, 들은 바로는 당신이 살해된 여성에게 매우 흥미를 갖고 계셨다고 하던데요."

일그러지는 듯한 미소가 주름살이 많은 얼굴을 스쳤다.

"예, 그래요, 모두들 그렇게 말할 겁니다. 그러나 무슨 비밀 같은 건 없습니다. 내 가족들이 여러분에게 어느 정도 이야기 안 하던가요?"

그렇게 말하면서 그는 재빨리 그들의 얼굴을 둘러보았다.

대답한 것은 멜쳇이었다.

"애들레이드 부인은 별로 깊은 얘기는 하지 않았습니다. 당신이 그녀의 이야기를 재미있어해서, 그녀는 마치 혈육처럼 귀여움을 받았었다는 것밖에 말해 주지 않았습니다. 그리고 개스켈 씨와는 아주 간단한 말만 나누었습니다."

콘웨이 제퍼슨은 웃었다.

"애디는 조심성이 많은 여자라서요. 마크는 아주 입이 가볍지만……. 멜쳇 씨, 두세 가지 설명드릴 일이 있습니다. 내 행동을 당신이 꼭 이해해 주셨으면 합니다. 그러자면 우선 내 생애의 커다란 비극에 대해 설명을 드릴 필요가 있겠군요. 8년 전 나는 비행기 사고로 아내와 아들, 딸을 잃었습니다. 그 사고로 나는 반신불수의 몸이 되어 버렸죠. 그저 육체에 해당하는 말만은 아닙니다. 나는 가정적인 사람입니다. 며느리와 사위는 내게 매우 친절하게 해주었습니다. 마치 내 팔다리처럼 일했지요. 그러나 요즘 들어서 특히 그랬지만, 그들에게도 역시 그들의 생활이 있음을 느낀 겁니다.

결국 나는 고독한 남자인 거지요. 나는 젊은이들을 좋아합니다. 그들과 함께 있으면 즐겁습니다. 양자나 양녀를 들일까 생각한 적도 두세 번 있었죠. 그러고 있는데 약 1개월 전부터 살해된 루비와 친해졌습니다. 매우 심지가 곧고 소박한 아이였죠. 그 애는 자신의 생애나 경험—유랑극단을 따라 방랑하기도 하고 팬터마임을 했던 일, 싸구려 아파트에서 부모와 함께 보낸 어린 시절 이야기 등을 자주 해주더군요. 그런 부분은 내가 전혀 모르는 인생입니다. 결코 불평하지 않고, 고생을 했는데도 그저 순수하고 열심히 살아온 순진무구한 사랑스러운 아이. 아마 숙녀라고는 할 수 없을 테지만요. 다행히 아주 품위가 없지도 않았고, 또 정말 싫은 '숙녀인 체'하지도 않는 그런 여자애였어요.

나는 점점 루비가 진정으로 좋아졌습니다. 그래서, 결국 그 애를 양녀로 내 호적에 넣을 결심을 하게 됐습니다. 그 애는 법률적으로 내 딸이 되게 되었던 것이지요. 내가 왜 그 애에게 강한 관심을 가졌었는지, 또 행방불명이 되었다고 듣고는 왜 즉시 경찰에 연락했는지에 대한 의문은 이것으로 풀렸으리라 생각합니다."

조금 사이를 떼고 하퍼 총경이 아무렇지도 않은 듯 질문했다.

"제퍼슨 씨, 사위와 며느리는 거기에 대해 뭐라고 하던가요?"

제퍼슨의 대답이 곧 퉁기듯 되돌아왔다.

"그 두 사람이 말할 성질의 것이 아닙니다. 물론 그들 입장에서 보면야 별로 기분 좋은 일은 아니겠지요. 곡해할는지도 모르고. 그러나 그들의 태도는 정말 훌륭했지요. 그들은 이제 내 유산 같은 건 기대하지 않는 것 같았어요. 사실 내 아들 프랭크가 결혼했을 때 이미 나는 그에게 절반을 물려주었거든요. 나는 그런 주의입니다. 자신이 죽을 때에 비로소 자식들에게 재산을 물려주는 것을 싫어합니다. 돈이 필요한 때는 중년이나 노인이 되어서가 아니라 젊을 때이니까요. 마찬가지로, 딸 로자먼드가 가난한 청년과 고집스럽게 결혼했을 때에도 그 애에게 상당한 재산을 나누어 주었습니다. 그 재산은 그 애가 죽었기 때문에 그대로 남편에게 이양되었지요. 그래서, 제 유산 문제는 매우 간단해진 셈입니다."

"허, 대단하시군요."

하퍼 총경이 말했다. 그러나 그 말투엔 석연치 않은 점이 들어 있었다.

콘웨이 제퍼슨은 그 말을 듣고 즉시 책망을 했다.

"당신은 잘 이해가 가지 않는 것 같군요?"

"이런 말씀을 드리면 실례일지도 모르지만 내 경험으로는 가족이라 해서 반드시 분별이 있게만 행동을 한다고는 장담할 수 없다고 생각합니다."

"당신이 말씀하신 대로일 겁니다. 그러나 개스켈이나 애디는 엄밀히 말하면 내 가족은 아닙니다. 피가 섞인 것도 아니니까요."

"예, 물론 혈연관계와 아닌 경우엔 상당한 차이는 있을 겁니다."

총경은 인정했다.

콘웨이 제퍼슨은 조금 당황했다.

"그렇다고 해서 그들이 나를 바보 같은 늙은이로 생각 안 한다는 것은 아닙니다. 대개의 사람들은 그렇게 생각할 테니까요. 그러나 나는 바보는 아닙니다. 나는 사람을 볼 줄 아는 눈을 갖고 있지요. 만일 루비 킨이 교육을 받고 세련될 수 있는 기회가 주어진다면 어디에 나가도 부끄럽지 않은 여자가 될 겁니다."

멜쳇이 말했다.

"사사로운 일을 묻는 것 같아서 죄송합니다만, 모든 사실을 파악하는 게 중요하기 때문에 감히 질문을 하겠습니다. 당신이 그 여자에게 재산을 분배할 용의는 있었지만, 아직 그 처리까지 끝난 것은 아니겠지요?"

"당신의 질문 의도는 알겠습니다. 즉, 그녀가 죽는다면 누군가가 이익을 얻을 가능성이 있느냐 하는 거지요? 아니오. 아무도 이익은 없습니다. 그녀를 입적하는 수속을 밟고는 있었지만, 아직 완전히 입적된 건 아니니까요."

"그러면, 만일 당신에게 지금 만의 하나라도 무슨 일이 일어난다면……?"

멜쳇은 말끝을 흐리며 천천히 물었다.

콘웨이 제퍼슨이 곧 대답했다.

"내게 그런 일이 일어날 리가 없습니다! 몸은 부자유스럽지만 난 환자는 아니지요. 의사들은 그럴 듯한 표정으로 몸을 무리하게 움직이지 말라고 주의를 주지만, 내가 몸을 무리하게 움직인다니 당치도 않아요. 나는 말처럼 튼튼합니다. 하긴, 나도 운명은 피할 수 없을 테지만, 아무리 건강한 사람도 갑자기 죽을지도 모르니까 말입니다. 특히, 최근처럼 교통사고가 많은 시대에는요. 나도 그런 준비만큼은 하고 있습니다. 열흘쯤 전에 유언장을 바꿔 썼지요."

"뭐라고요?" 하퍼는 몸을 곤두세웠다.

"루비 킨에게 5만 파운드 주도록 했습니다. 그러나 그녀가 25세가 되어 보호자가 필요 없어질 때에 전달되도록 조건을 달아놓았죠."

하퍼 총경은 눈을 크게 떴다. 멜쳇 대령도 눈을 휘둥그레 떴다.

하퍼가 주뼛거리며 말했다.

"아주 엄청난 돈이군요, 제퍼슨 씨."

"글쎄, 현재는 그렇죠."

"그런데, 그 엄청난 돈을 단지 몇 주일 전에 알게 된 여자에게 주려고 하셨습니까?"

제퍼슨의 생기에 찬 푸른 눈에 노여움의 빛이 스쳤다.

"같은 말을 몇 번이나 되풀이해야 합니까? 나에게는 내 피가 섞인 사람이 한 명도 없고, 조카나 사촌도 전혀 없습니다. 자선사업에 기증하는 것도 한 방법일지도 모르지만, 나는 역시 누군가 개인에게 주고 싶었습니다."

그가 웃었다.

"신데렐라는 하룻밤 사이에 왕비가 되지 않았습니까! 행운의 여신 대신에 남자 신이 나타난 거지요. 그렇게 하면 왜 안 됩니까? 내 돈입니다. 내가 번 돈이라고요."

"다른 유산은?" 멜쳇 대령이 물었다.

"하인 에드워즈에게 조금 남겼습니다. 그러고 나서 나머지를 마크와 애디에게 똑같이 나눠 주기로 했습니다."

"그러면, 뻔뻔스런 질문 같지만, 그 잔액도 상당한 금액이 되겠군요?"

"아마 대단치는 않을 겁니다. 주식시세란 놈은 항상 변하니까 정확한 액수는 지금 계산하기 곤란하지만, 내가 죽은 뒤 이것저것 경비를 빼면 대강 5천에서 1만 파운드 정도일 겁니다."

"그렇습니까?"

"그러나, 그들에 대해 불공평한 취급을 했다고는 생각지 않습니다. 아까 말했듯이 나는 아이들이 결혼할 당시에 이미 내 재산의 대부분을 물려주었고, 내 자신에게는 그저 조금밖에는 남기지 않았으니까요. 그러나 그 뒤, 그 비극이 있고 나서, 나는 마음을 달래기 위해 뭔가 하고 싶어졌습니다. 그래서 일에 열중하기로 마음먹고 런던 집의 내 침실과 사무실을 사설전화로 연결해서 정신없이 일을 시작했습니다. 덕분에 다른 일은 생각지 않게 되었고, 발을 잃은 것같이 기력을 잃지는 않게 되었지요. 나는 모든 것을 잊고 일에만 열중했던 겁니다."

그의 말엔 어떤 짙은 감동이 담겨져 있었다. 그는 상대가 오히려 자신에게 말을 걸듯이 말했다.

"게다가, 기가 막히게 무엇을 해도 잘 벌렸습니다. 굉장한 요행수를 바라는 투기를 해도 그것이 전부 들어맞는 겁니다. 도박을 해도 이겼고, 하는 것마다 모두 돈이 되는 거였지요. 운명의 신은 나에게 불행을 준 뒤에 미안해서 그런지, 그런 얄궂은 행운을 준 게 아닐까요?"

그의 얼굴에 또 고통스러운 빛이 떠올랐다.

그는 다시 회상에 잠겼다가 힘없이 미소 지으며 말했다.

"그러니까, 내가 루비에게 남길 돈은 내 맘대로 써도 좋은, 확실한 내 돈인 셈이죠."

멜쳇이 재빨리 말했다.

"알았습니다. 그 문제는 우선 이 정도로 해두겠습니다."

제퍼슨이 말했다.

"감사합니다. 그러면, 이번엔 내가 몇 가지 질문을 해도 좋습니까? 나는 좀 더 사건에 대해 알고 싶습니다. 이 무서운 사건에 대해 내가 아는 것은 그 애가, 루비가 여기에서 20마일이나 떨어진 어느 집에서 교살된 채 발견되었다는 것뿐인데요."

"말씀대로입니다. 고싱톤 홀에서 발견되었지요."

제퍼슨이 눈썹을 찡그렸다.

"고싱톤? 아니, 거긴……"

"밴트리 대령의 집입니다."

"예? 밴트리? 아더 밴트리 말입니까! 그 사람은 잘 알고 있습니다. 그 사람도 그의 아내도요. 몇 년 전에 만났습니다. 그러나 그곳에 살고 있는지는 몰랐는데요. 그렇다면 도대체……."

그는 재빨리 입을 다물었다. 하퍼 총경이 부드럽게 말을 잘랐다.

"밴트리 대령은 지난주 화요일 이 호텔에서 점심을 먹었던 것 같은데, 만나지 못하셨군요."

"화요일? 글쎄요. 화요일은, 맞아요. 우리들은 늦게 돌아왔어요. 하든 헤드까지 나갔다가 돌아오는 길에 점심을 먹었습니다."

멜쳇이 말했다.

"루비 킨이 당신에게 밴트리 집안에 대해 무슨 얘기라도 하지 않았나요?"

제퍼슨은 고개를 끄덕였다.

"한 번도 들은 적이 없습니다. 그 애가 알고 있었다고도 생각지 못했고요. 아니, 그 애가 알 리가 없죠. 그녀는 연극이라든가 춤, 예능 관계 일밖에 모르니까요." 그는 조금 사이를 두고 나서 갑자기 물었다.

"밴트리 씨는 무어라 말합디까?"

"전혀 이유를 모르겠다고 하는군요. 어젯밤엔 보수당 회의가 있어서 외출했다고 합니다. 시체가 발견된 것은 오늘 아침인데, 그 여자를 한 번도 만난 적이 없다고 합니다."

제퍼슨은 고개를 끄덕였다.

"아주 묘한 이야기로군요."

하퍼가 헛기침을 하고 말했다.

"범인에 대해 뭔가 짚이는 게 없습니까?"

"전혀 없습니다."

제퍼슨의 이마에 핏줄이 불거져 나왔다.

"상상도 할 수 없습니다. 짐작도 가질 않아요! 있을 수도 없는 일입니다."

"그녀에겐 과거에서부터 지금까지 한 명도 친구가 없는 셈이군요. 애인도, 그녀를 협박하는 남자도 없었군요."

"예, 그것은 확실합니다. 만일 그런 남자가 있었다면 그 애가 내게 말했을 겁니다. 남자친구도 없었던 것 같습니다. 그 애가 그렇게 말했지요."

하퍼는 생각에 잠겼다.

'그 여자가 당신에게 그렇게 말했다고? 그럴지도 모르지.'

제퍼슨이 말을 계속했다.

"어떤 남자가 루비를 따라다니거나 그녀를 괴롭히는지는 누구보다도 조시가 제일 잘 알고 있으리라 생각하는데, 그녀는 뭐라고 말합니까?"

"그런 남자는 없었다고 하는군요."

제퍼슨은 눈썹을 찡그렸다.

"치한의 소행은 아닐까요? 한 짓이 잔혹하고, 전혀 상관없는 집에 침입하고, 달리 생각할 도리가 없지 않습니까? 그런 인간들도 있으니까요—외모는 멀쩡하게 보여도 발작적으로 여자나 때로는 아이들을 유괴해서 살해하는 정신병자 말입니다. 분명히 이것은 치한의 범행일 겁니다."

하퍼가 말했다.

"글쎄요, 그런 범죄도 꽤 있습니다. 그러나 요 근방에서는 아직 그런 적이 없었죠."

제퍼슨은 계속 말을 했다.

"내가 본 범위 내에서 루비와 함께 있었던 적이 있는 몇몇 남자를 검토해 보았습니다. 이 호텔의 투숙객이나 외부 손님, 그녀가 함께 춤춘 적이 있는 남자들 말이죠. 그러나 모두 매우 점잖은 남자뿐이고, 위험해 뵈는 남자는 한 사람도 없었던 것 같습니다. 그 애에게는 꼭 집어 말할 수 있게 특별히 친한 친구가 없었으니까요."

제퍼슨은 미처 눈치 채지 못했지만, 계속 무표정한 얼굴을 하고 있던 하퍼 총경의 눈에는 무언가 찾는 듯한 빛이 아직 남아 있었다.

그는 생각하고 있었다. 비록 콘웨이 제퍼슨이 알지 못하더라도 루비 킨에게는 특별한 친구가 있었을지도 모른다……

그러나, 그는 아무 말도 하지 않았다.

멜쳇은 조심스럽게 그를 돌아보고 나서 일어섰다.

"정말 감사합니다, 제퍼슨 씨. 이것으로 우선 필요한 정보는 얻은 것 같습니다."

제퍼슨이 말했다.

"수사 진행 상황을 나에게 알려줄 수 있겠습니까?"

"그러시죠. 당신과는 항상 연락을 하고 싶습니다."

두 사람은 방을 나왔다.

콘웨이 제퍼슨은 의자에 몸을 묻었다. 그의 눈이 감기며 그 강렬하고 푸른 눈빛을 덮었다. 그는 갑자기 피곤에 지친 사람처럼 보였다.

이윽고 2~3분 뒤에 그의 눈이 떠지면서, "에드워즈!" 하고 불렀다.

옆방에서 곧 하인이 모습을 나타냈다. 에드워즈는 자기 주인에 대해 누구보다도 잘 알고 있었다. 가장 친한 사람조차 그의 강한 면밖에 모르고 있었지만, 에드워즈는 그의 약한 면도 알고 있었다. 피곤에 지치고 낙담하고 인생에 찌든, 때때로 불안과 고독에 꺾인 제퍼슨을 보아 왔던 것이다.

"예."

제퍼슨이 말했다.

"헨리 클리더링 경에게 연락해 주겠나? 멜버른 애버스에 있을 거야. 되도록 빨리, 내일이 아니라 오늘 당장 이곳에 와달라고 부탁해 주게. 급한 일이라고 말이야."

제9장

1

제퍼슨의 방을 나오자 하퍼 총경이 말했다.

"이제 범행동기를 하나 잡았군요."

"아, 그 5만 파운드 말이오?" 멜쳇이 되물었다.

"그렇습니다. 그것과 비교도 안 될 정도의 적은 돈 때문에 사람을 죽인 예도 얼마든지 있습니다."

"그건 그렇소. 그러나……."

멜쳇 대령은 말끝을 흐렸다. 그렇지만, 하퍼는 그가 말하고자 하는 게 뭔지를 알고 있었다.

"이 사건이 그렇게 간단하지는 않으리라 생각하시는군요. 저도 동감입니다. 그러나 유력한 실마리가 틀림없이 있을 겁니다."

"물론 그렇겠지요."

하퍼는 말을 계속했다.

"만일 제퍼슨 씨가 말했듯이 개스켈과 제퍼슨 부인이 이미 상당한 재산을 분배받았고, 또 충분한 수입을 가지고 있다고 하면 그들이 굳이 이런 잔혹한 살인을 계획했을 리는 없지 않겠습니까?"

"맞소. 그들의 재산을 조사할 필요가 있습니다. 게다가, 나는 도무지 그 개스켈의 얼굴이 마음에 걸려서 말이오. 묘하게 모가 나 있고, 별로 인상도 좋지 못해서. 하긴, 그런 점만으로 그를 살인범이라 보는 것은 너무 비약이겠지만."

"예, 저도 뭐 꼭 그 두 사람이 수상하다고 생각하는 것은 아닙니다. 조시의 증언이 사실이라면, 그들은 그런 짓을 하지 않은 것으로 생각됩니다. 두 사람 모두 11시 20분 전부터 12시까지 브리지를 했다니까요. 그 외에 더욱 가능성이 농후한 사람이 있을 것 같은 기분이 듭니다."

"루비 킨의 남자친구?" 멜쳇이 말했다.

"그렇습니다. 아마 뭔가 불만을 가진 머리가 둔한 젊은이로, 어쩌면 그녀가 이곳에 오기 전에 사귀었을지도 모르죠. 물론 그녀가 제퍼슨 가(家)로 호적을 옮기면 두 사람 사이는 금이 갈 겁니다. 그는 그것을 알아챈 거지요. 그는 그녀를 잃고 싶지 않았기에, 자기에게서 떨어져 이제까지와는 전혀 다른 상류사회로 옮겨가려는 그녀에게 화가 났을 겁니다. 아니, 이미 그 훨씬 전에 이성을 잃고 돌아 버렸는지도 모르죠. 그러고는 어젯밤 그녀를 밖으로 불러내어 언쟁을 한 끝에 울컥해서 죽여 버렸을 거고."

"설사 그렇다고 해도, 그녀가 밴트리 씨의 서재에 들어가 있었던 것은 어떻게 된 걸까요?"

"별로 그렇게 이상할 것도 없으리라 생각합니다. 그때 그 친구의 차에 둘이 함께 타고 있었다고 합시다. 그는 문득 제정신으로 돌아와 자기가 그녀를 살해해 버린 것을 발견하지요. 그는 곧 시체를 어떻게 처리할까 생각할 겁니다. 그때 그들 주위에 어떤 저택의 문이 있었습니다. 그러면, 일시에 그의 머리에 이런 생각이 떠오를지도 모릅니다. '만일 그녀가 저 저택 안에서 발견된다면 분명 경찰에서는 그 집 사람들에게 혐의를 씌울 테니까, 수사의 방향이 자기에게 뻗을 염려는 없을 것이다'라고요. 그녀는 몸집이 작고 야위었습니다. 그러니, 시체를 옮기는 것은 간단했을 겁니다. 그는 차에 있던 끌을 사용해서 창문을 비틀어 열고는 그녀를 난로 앞의 양탄자 위에 놓은 겁니다. 교살했으니까 차에는 핏자국 하나 남지 않았죠. 어떻습니까?"

"허, 분명 그렇게 생각할 수도 있겠군. 어쨌든 해야 할 일이 하나 있는데, '뒤의 남자를 찾아내는(Cherchez l'homme)' 것이오."('범죄 뒤에는 여자가 있다(Cherchez la femme)'를 비꼬아 한 말)

"예? 아, 그렇죠! 그런데요, 대령님."

멜쳇 대령의 프랑스어 발음이 너무 좋아서 하퍼 총경은 그 순간 아슬아슬하게 그 말의 의미를 놓칠 뻔했지만, 간신히 그것을 알아채고는 빈틈없는 상관의 농담에 건성으로 맞장구를 쳤다.

2

"저……, 잠시 말씀드리고 싶은 것이 있는데요."

두 사람을 기다리고 있던 인물은 조지 바틀렛이었다. 멜쳇 대령은 바틀렛에게는 별로 관심이 없고, 슬랙 경감에게 그녀의 방을 수색한 결과를 듣거나 가정부들에게 물어보고 싶었기 때문에 퉁명스럽게 되물었다.

"뭐요? 지금?"

바틀렛 청년은 마치 무의식적으로 수조 속의 물고기 흉내를 내는 것처럼 입을 뻐끔뻐끔하면서 두세 걸음 뒷걸음질쳤다.

"저……, 저, 별로 중요하지는 않을지도 모르지만. 그래도 역시 말하는 편이 좋을 것 같아서요. 실은 제 차가 보이지 않습니다."

바틀렛은 아무리 찾아도 자기 차가 안 보인다고 매우 큰소리로 설명했다.

"그러면, 도둑맞은 건가?" 하퍼 총경이 물었다.

바틀렛은 그의 부드러운 목소리에 안심하고 총경 쪽을 돌아보았다.

"예, 결국 그런 뜻이지요. 그렇지만, 무, 물론 확실히 그렇다고는 할 수 없습니다. 꼭 누군가가 따로 악의가 있어서 그런 게 아니고—즉, 그, 단지 그저 잠시 빌릴 작정으로 그냥 타고 간 건지도 모르죠."

"그 차가 언제까지 거기에 있었소?"

"글쎄요……. 열심히 생각해보긴 했는데 생각해 내기가 참 어렵습니다."

멜쳇 대령이 차갑게 말했다.

"보통 머리라도 된다면 그렇게 어렵지는 않은데. 당신은 어젯밤 그것을 호텔 정원에 놓아두었다고 했잖소?"

바틀렛은 당황해 하며 말을 가로막았다.

"제가 그랬었나요?"

"'그랬었나'라니, 무슨 소리요? 당신이 정원에 차를 놔두었다고 했잖소?"

"글쎄, 그렇게 생각했습니다. 그렇지만, 저는 밖에 나가지 않았어요. 아시겠어요?"

멜쳇 대령은 한숨을 쉬었다. 그는 가까스로 참고 있는 중이었다.

"확실하게 말하시오. 당신이 마지막으로 그 차를 본 게 정말로 언제였소? 그전에, 차는 무슨 형이오?"

"미논 14형입니다."

"그리고, 그 차를 마지막으로 본 게 언제였소?"

조지 바틀렛의 목젖이 위아래로 두어 번 움직였다.

"어떻게든 생각해 내려고 하는데요……. 어제 점심식사 전에는 분명 있었고, 오후에 드라이브하려고 했었는데, 그런데 나도 모르게 낮잠이 들어 버려서……, 그러고 나서 차를 마시고 스쿼시를 하고, 그 뒤에 몸을 씻었죠."

"그때에는 차가 정원에 있었소?"

"그럴 겁니다, 아마. 얌전히 거기에 주차해 두었으니까요. 아무라도 드라이브에 데리고 가려고 했어요―저녁식사 뒤에. 그런데, 어젯밤 저는 매우 운이 나빴던 겁니다. 서른이 넘은 접시 닦는 여자조차 잡을 수 없었으니까요."

"그건 그렇고, 차는 그때까지 정원에 있었소?" 하퍼가 말했다.

"물론 그랬을 겁니다. 제가 분명히 거기에 놓았으니까요, 왜요?"

"만일 차가 거기에 없었다면 당신이 그 사실을 눈치 챘을 것 같소?"

바틀렛은 머리를 흔들었다.

"알아차리지 못했을 겁니다. 많은 차가 드나들었으니까. 미논도 꽤 많았고."

하퍼 총경은 가볍게 고개를 끄덕였다. 그가 아까 무심히 창문으로 밖을 내다보았을 때에도 정원에는 미논 14형이 여덟 대 정도 있었다. 그 차는 올해 가장 잘 팔린 대중차였다.

"당신은 밤에 차를 밖에다 그냥 놔두는 습관이 있소?" 멜쳇 대령이 물었다.

"귀찮아서 날씨가 좋을 때는 대게 밖에 그냥 둡니다. 일일이 주차장에 넣기도 귀찮고 해서요." 바틀렛이 대답했다.

하퍼 총경은 멜쳇 대령을 돌아보며 말했다.

"2층에서 또 뵙지요. 저는 허긴스 경사를 불러서 그에게 이 사람 진술을 듣게 하겠습니다."

"그렇게 하십시다."

"저는 이 사실을 알려야겠다고 생각했는데, 대단한 일은 아닌 모양이죠?"

3

 프레스트콧 지배인은 새로 들어온 댄서를 숙식제공 조건으로 채용했는데, 식사는 어찌 되었건 그녀에게 준 방은 이 호텔 안에서도 제일 나쁜 방이었다.
 조세핀 터너와 루비 킨의 방은 지저분하고 좁은 복도의 맨 끝에 있었다. 그들의 방은 모두 작고, 창문은 북향이며, 호텔의 뒤쪽에 있는 절벽의 일부가 보였다. 가구는 30년 정도 전에는 최고급 가구로 호화로운 외관을 자랑했을지도 모르지만, 지금은 하나 볼품없는 고물이 되어 버렸다.
 호텔이 근대화되고 침실에 옷장이 달려 있었으므로, 바보스런 빅토리아 왕조풍의 오크 재(材)와 마호가니 재(材) 옷장은 그녀들의 방으로 추방되어 버렸다. 이들의 방은 호텔 직원이 들어오거나 가장 혼잡한 시기에 호텔이 만원이 되었을 때 넘치는 손님을 묵게 하는 데 이용되고 있었다.
 멜쳇은 한눈에 루비 킨의 방에서 아무에게도 들키지 않고 호텔을 빠져나가기가 아주 쉽다는 것—그리고, 그 때문에 행방불명 당시의 상황이 불확실하다는 불운한 결과를 가져왔다는 사실을 알 수 있었다.
 복도 끝에 작은 계단이 있는데, 1층과 똑같이 어두운 복도로 통하고 있었다. 거기에 유리가 끼워진 문이 있어서 호텔 안쪽 테라스로 나갈 수 있게 되어 있었는데, 그 테라스는 아주 전망이 좋지 않아서 거의 사용되지 않고 있었다. 거기에서 바깥 테라스로 나갈 수도 있고, 또 구불구불한 오솔길을 지나 죽 맞은편 절벽 위의 도로로 나갈 수 있었다. 그러나 그 오솔길은 험해서 좀처럼 이용되지는 않았다.
 슬랙 경감은 침실담당 종업원들에게 잔소리를 하면서 루비의 방을 조사하며 실마리를 찾고 있었다. 다행히 그 방은 전날 밤 그대로였다.
 루비 킨은 일찍 일어나지는 않았다. 슬랙이 들은 바로는, 그녀는 언제나 10시나 10시 반쯤 일어나서 아침식사를 가져오게 했다고 한다. 콘웨이 제퍼슨이 아침 일찍 지배인을 대신하여 경찰에 연락했기 때문에, 종업원들이 그녀의 방에 손을 대기 전에 경찰이 그 방을 보존할 수 있었던 것이다. 종업원들은 경찰이 도착했을 때는 아직 그쪽 복도로는 가지도 않았었다. 요즘에는 그 복도 근처의 방 청소는 1주일에 한 번밖에 하지 않았기 때문이다.

"그 점은 확실히 잘했습니다." 슬랙이 들뜬 얼굴로 말했다.

"그러니까, 만일 이 방에서 발견될 만한 것이 있다면 당연히 발견될 테지요. 그러나 특별한 건 아무것도 없었습니다."

글렌셔 군의 경찰이 지문을 검출하려고 누구보다도 먼저 방을 조사했지만, 의심스런 지문은 하나도 없었다. 루비 자신과 조시와 두 명의 종업원의 지문뿐이었다—한 사람은 낮 근무이고, 다른 한 사람은 밤 근무였다. 그 밖에 레이먼드 스타의 지문이 두세 개 있었지만, 그것은 12시 공연에 루비가 보이지 않아서 그가 조시와 함께 그녀를 찾으러 왔을 때에 생긴 것으로 생각되었다.

방구석의 커다란 마호가니 책상 위에는 한 아름이나 되는 편지와 휴지 비슷한 것들이 가득 차 있었다. 슬랙은 그것을 조심스레 정리해 봤지만, 눈에 띌 만한 것은 하나도 없었다.

영수증이나 계산서, 극장의 프로그램, 오래된 영화관 표, 신문을 찢어놓은 기사, 잡지에서 오려 놓은 미용 관계 기사 등이 눈에 띄었다. '랄'이라는 여자가 보낸 편지가 몇 통 있었는데, 그 여자는 분명히 '팔레 드 댄스'에 있는 그녀의 친구 같았다. 여러 가지 사건이나 소문이 자세히 적혀 있었다.

'루비가 없어져서 쓸쓸해서 견딜 수 없어. 핀디슨 씨가 몇 번이나 네 안부를 묻더구나. 아주 풀이 죽어 버렸어. 레그는 네가 없어지니까 이번엔 메이와 사이가 좋아졌어. 바니도 너에 대해 때때로 물어. 이쪽은 모두 변함이 없어. 그라우저 할아범은 변함없이 우리들에게 잔소리만 하고 있고 말이지. 아까도 에이다가 남자친구와 놀러 갔던 일로 투덜투덜 잔소리를 했지.'

슬랙은 거기에 나온 이름들을 조심스럽게 써놓았다. 이 사람들에게 질문을 하면 뭔가 새로운 정보를 얻을 수 있을지도 모른다고 생각했던 것이다. 이 의견에는 멜쳇 대령도 찬성했고, 조금 늦게 온 하퍼 총경도 동의했다. 그 이외에는 정보를 얻을 만한 실마리조차 없었다.

방의 중앙 의자에 루비가 어젯밤 입었던 핑크색 댄스복이 걸려 있었고, 그 옆에는 핑크색 댄스용 구두가 한 켤레 아무렇게나 벗겨져 있고, 얇은 비단 양

말이 둘둘 말려 던져져 있었다. 그중 한쪽은 조금 터져 있었다.

멜쳇은 그 양말을 보고서 살해된 여자가 맨다리를 하고 있었던 것을 생각해 냈다. 슬랙이 들은 바로는, 그녀에겐 그런 습관이 있었던 것 같았다. 비용을 절약하기 위해, 양말을 신는 대신에 다리에 약간씩 화장을 했다는 것이다. 그녀는 춤출 때만 간혹 양말을 신었다. 옷장의 문은 열린 채였는데, 안에는 여러 가지 값싼 이브닝드레스가 걸려 있고, 그 밑에 구두가 놓여 있었다. 옷을 넣은 서랍 안에는 더러운 속옷이 있었고, 자른 손톱이나 코를 풀어 버린 휴지, 립스틱이나 매니큐어를 닦아낸 탈지면이 쓰레기통 속에 버려져 있었다.

정말 뭐 하나 이상한 것이 없었다! 이 방 안의 모습은 확실히 당시의 사정을 이야기해 주는 것이라 생각되었다. 즉, 루비 킨은 서둘러 2층으로 올라가 옷을 갈아입고 급히 방을 나왔다. 그러고는 어디로 간 것일까?

루비의 일상생활이나 친구관계를 가장 잘 알고 있는 조세핀 터너까지도 전혀 짐작이 가지 않는다고 한다. 게다가, 슬랙 경감도 지적했듯이 모든 사실이 아주 자연스럽다.

"그녀가 양녀로 입양될 뻔했다는 대령님의 이야기가 사실이라고 한다면, 조시는 오히려 루비가 모처럼 행복해질 수 있는 기회를 무너뜨리려는 옛 친구와 헤어지도록 적극적으로 도왔으리라 생각합니다. 몸이 부자유스런 신사는 그 나름대로 루비 킨이 순수하고 사랑스럽고 마음씨가 착한 여자라고 생각하여 어느 친척도 미치지 못할 만큼 그녀를 귀여워해 주었습니다. 그러므로, 가령 루비에게 바보 같은 친구가 있다고 하면(반드시 오래된 친구가 아니어도 괜찮습니다만) 그렇다면, 루비는 그 사실을 숨겨야만 했을 겁니다. 또, 조시는 그녀에 대해 잘 모릅니다. 어떤 친구가 있었나 하는 것에 대해서도 전혀 모르죠. 그러나 그런 조시라고 해도, 만일 루비에게 질이 좋지 않은 남자친구가 있기 때문에 조시까지도 직장에 지장이 생긴다는 것을 알았다면 도저히 가만히 보고 있지는 않았을 겁니다. 따라서, 루비는 옛날 친구와 만나는 사실을 철저히 비밀로 해두려고 생각한 거겠지요(제 느낌으로는 루비는 상당히 교활한 편입니다!). 그녀는 조시에게도 말하지 않은 겁니다. 그런 말을 하면 당연히 만나서는 안 된다고 야단을 맞을 테니까요. 그러나 여자라는 속물은, 특히 젊은 여자는 왕왕 바보스런 청년에게 제정신을 잃습니다. 루비는 그 남자와 만나고 싶었습니다. 그래서 그 남자는 그녀와 만나 뭔가 안 좋은 이야기를 가지고 언쟁 끝에 그 여자의 목을 조른 것일 겁니다."

"정말로 자네가 말한 대로일지도 모르겠군, 슬랙."

멜쳇 대령은 슬랙의 사고방식에 대해서 여느 때처럼 혐오를 느끼면서도, 그것을 억눌러 감추며 말했다.

"정말 그렇다면 그 바보의 신원을 파악할 필요가 있겠는데."

"그건 제게 맡겨 주십시오." 슬랙은 여느 때처럼 자신만만한 투로 말했다.

"팔레 드 댄스에 있는, 그 '랄'이라는 여자를 데려와 물어봐야겠습니다. 사건의 진상은 이제 차츰 알 수 있을 것 같습니다."

멜쳇은 의아해졌다. 슬랙은 왕성한 정력으로 무턱대고 행동하기 때문에 언제나 그를 피곤하게 만들었다.

"그 밖에 또 한 사람 짚이는 남자가 있습니다." 슬랙이 계속해서 말했다.

"댄스와 테니스 코치입니다. 그는 항상 루비와 만났으니까 틀림없이 조시보다도 그가 루비를 더 잘 알고 있으리라 생각됩니다. 그녀가 무심히 그에게 무슨 말인가를 했을지도 모르죠."

"그 점은 하퍼 총경과 충분히 검토하고 있네."

"그렇습니까? 저도 호텔 하녀들을 모두 조사해 보았습니다. 물론 아무것도 알아내지 못했지만, 제 느낌으로는 하녀들은 모두 그 두 사람을 경멸하고 있는 것 같습니다. 그래서, 이 방 청소는 굉장히 대충대충 했던 것 같습니다. 어젯밤에도 하녀가 제일 마지막에 이 방에 들어온 게 7시경이었는데, 침대를 정리하고 커튼을 치고는 그 주위를 살짝 청소만 하고 간 듯합니다. 옆에 욕실이 있는데 보셨습니까?"

욕실은 루비의 방과 그것보다 조금 큰 조시의 방 사이에 있었다. 조명은 없었다. 멜쳇 대령은 한마디도 하지 않고 여성이 사용하는 엄청난 미용도구를 바라보고 있었다. 세안용 크림이나 바니싱 크림, 다리의 영양 크림 등 크림 용기가 죽 진열되어 있었고, 립스틱도 여러 가지 종류가 잡다하게 모여 있었다. 헤어로션과 머릿기름 종류, 붙이는 속눈썹이나 마스카라, 아이섀도, 적어도 열

두 종류의 색깔은 있다고 여겨지는 매니큐어, 휴지, 작게 자른 탈지면, 더러운 분가루 등등. 그 밖에 아스트린젠트나 토닉 등 갖가지 로션 병······.

"여자가 이걸 전부 사용하는 걸까?" 그는 낮게 중얼거렸다.

항상 모든지 알고 있는 슬랙이 정중히 가르쳐 주었다.

"보통 여성이라면 한두 개 정도 확실한 색깔의 화장품을 갖추고 있을 뿐입니다—낮에 사용하는 것과 밤에 사용하는 것을 하나씩 말이죠. 여성은 자신에게 맞는 색조를 준비하여 언제나 그것만 사용합니다. 그런데, 이런 직업여성들은 끊임없이 취향을 변화시켜야만 되지요. 춤을 추잖습니까. 어떤 날 밤은 빅토리아 왕조풍의 댄스, 또 어떤 날은 아파치 댄스 같은 식으로 변할 것이고, 또 보통 사교춤도 추어야만 하지요. 그러니, 결국 여러 가지 화장을 해야만 되는 셈이지요."

"아! 이런 크림과 갖가지 화장품을 만들어 낸 사람은 돈을 아주 많이 벌었겠군." 대령이 말했다.

"돈벌이도 되고 즐거움도 될 겁니다. 돈이 벌리니 웃음이 끊이질 않을 테고요. 광고비야 좀 들겠지만."

여성에게 있어서 일생 동안 떠나지 않는 화장 문제에 대해 잠시 생각하던 멜쳇 대령은 이제 그 생각은 접어두고 늦게 들어온 하퍼에게 말을 걸었다.

"그 남자 댄서는 아직도 있을 것 같소, 총경?"

"있으리라 생각합니다만."

그들이 계단을 내려가기 시작했을 때 하퍼가 물었다.

"바틀렛의 말을 어떻게 생각하십니까?"

"차가 보이지 않는다는 것 말이오? 나는 그 청년을 수상하다고 봐요. 차 이야기는 아무리 생각해도 이상한단 말입니다. 어쩌면, 그 녀석이 어젯밤 루비 킨을 자기 차로 데리고 나갔을지도 모르지."

제9장 87

제10장

 하퍼 총경은 매너도 부드럽고 신중했으며, 또한 절대로 건방지게 말하지 않았다. 두 군(郡)의 경찰이 협력해서 합동으로 수색한다는 것은 대체로 어려운 일이었다. 그는 멜쳇 대령을 좋아했고 유능한 경찰서장이라 생각하고 있었지만, 그래도 역시 자기 혼자서 레이먼드 스타와 만나 얘기하게 된 것은 기분 좋았다. 서두르면 일을 그르친다고 하는 것이 하퍼 총경의 계율이었다. 처음엔 일단 주어진 질문을 하는데 그친다. 그러면 질문을 받은 사람들은 안심하여 마음을 느긋하게 갖고 두 번째 질문을 할 때에는 아주 허심탄회하게 말하게 된다.

 하퍼는 이미 레이먼드 스타와 만난 적이 있었다. 키가 크고 유연한 몸을 가진 미남에다 짙은 갈색 얼굴 속에 보이는 흰 이가 인상적이었다. 고생한 흔적이 역력한 표정에는 그래도 어딘지 모르게 품위가 깃들어 있었다. 호텔에서는 매우 평판이 좋았다.

 "제가 별로 총경님께 도움이 되지 않을지도 모릅니다. 물론 루비야 잘 알고 있었죠. 1개월 남짓 여기에 있었고, 또 그동안 죽 함께 춤을 추었으니까요. 그러나 별로 말씀드릴만한 점은 없는 것 같습니다. 루비는 정말 마음씨는 착했지만, 뭐라고 할까, 별로 머리가 똑똑하지는 않은 여자였지요."

 "그녀의 교우관계를 알고 싶은데……, 특히 남성과의 관계를 말이오."

 "그러시겠죠. 그러나 유감스럽게도 저 역시 전혀 모릅니다. 호텔의 젊은 손님이 그녀의 꽁무니를 따라다녔던 적은 몇 번 있는 것 같았지만, 뭐 특별한 관계는 아니었다고 생각합니다. 아시다시피 그녀는 거의 제퍼슨 일가가 독점하고 있었으니까요."

 "그렇겠군. 제퍼슨 일가라." 하퍼는 생각에 잠겨 입을 다물었다. 이윽고 상대방에게 예리하게 시선을 보내며 또 물었다.

"그 얘기를 어떻게 생각하시오, 스타 씨?"

"그 얘기라니요?" 레이먼드 스타는 아무렇지도 않게 되물었다.

하퍼가 말했다.

"제퍼슨 씨가 루비 킨을 자신의 호적에 넣고 싶어 했다는 것을 당신도 알고 있었을 텐데……."

이 말은 스타에겐 금시초문이었던 것 같다. 그는 입술을 뾰족이 내밀고 가볍게 휘파람을 불었다.

"예? 여간내기가 아니었군요! 어휴, 바보 같은 늙은이."

"그렇게 생각하시오?"

"왜냐하면, 다르게 생각할 도리가 없지 않습니까? 양녀를 들일 생각이라면 왜 자신과 비슷한 계층의 집안 아가씨를 택하지 않습니까?"

"루비 킨이 그런 사실을 한 번도 당신에게 말한 적은 없었소?"

"예, 듣지 못했습니다. 뭔지 자신만만해 하곤 했었지만, 왜 그런지는 전혀 몰랐었습니다."

"조시라면 어떨까요?"

"글쎄요, 조시라면 틀림없이 어떤 식으로든지 그런 일을 꾸몄을지도 모르죠. 조시는 바보가 아니니까요. 게다가, 그녀는 좀처럼 빈틈이 없습니다. 머리가 좋은 여자죠."

하퍼는 고개를 끄덕였다. 루비 킨을 불러온 것은 조시였고, 조시는 그전부터 제퍼슨 집안과 친해지려고 노력을 했으리라 생각된다. 어젯밤 루비가 댄스에 모습을 나타내지 않고, 콘웨이 제퍼슨이 소동을 피웠을 때에 그녀가 얼마나 당황했는지는 상상하기 어렵지 않다. 자신이 고심한 계획이 수포로 돌아가 버리는 모습이 눈앞에 보이는 듯한 기분이 들었을 테니까.

"루비는 입이 무거운 편이었소?" 그는 다시 물었다.

"예, 그럴 겁니다. 자신에 대해서 거의 말을 하지 않았으니까요."

"당신에게 무슨 말을 한 적은 없었소? 친구에 대해서나, 옛 친구가 이곳에 오기로 되어 있었다든가, 그로 인해 곤란을 겪고 있었다든가 하는……. 내 질문의 의미를 알겠소?"

"예, 알겠습니다. 제가 아는 한에서는 그런 상대는 한 사람도 없었던 것 같습니다. 적어도 그녀의 입에서 들은 적은 없습니다."

"고맙소. 그러면, 어젯밤의 상황을 당신이 본 대로 설명해 주겠소?"

"예, 루비는 저와 함께 10시 반에 춤을 추고……."

"그때에는 그녀의 모습에 이상한 점은 없었소?"

레이먼드가 생각했다.

"별로 없었습니다. 그 뒤 그녀가 무얼 했는진 모르지만, 저는 춤추는 손님들의 상대를 해주고 있어서 그녀가 댄스홀에 없는 것조차 눈치 채지 못했습니다. 아니, 없었던 것 같은 느낌도 들긴 했지요. 그러다가, 밤 12시가 되어도 그녀가 보이지 않기에 당황해서 얼른 조시에게 말한 겁니다. 조시는 제퍼슨 씨 가족과 브리지를 하고 있더군요. 그녀도 루비가 어디로 갔는지 전혀 모르더군요. 상당히 놀란 것 같았습니다. 그리고 그녀가 걱정되는 듯한 눈으로 흘끔 제퍼슨 씨 쪽을 쳐다본 것이 기억납니다. 저는 밴드에게 한 곡 더 댄스 음악을 연주하도록 부탁하고서는 사무실로 가서 루비의 방에 전화를 했지만 대답이 없었습니다. 그래서, 또 조시에게 갔죠. 그녀는 루비가 어쩌면 방에서 자고 있을지도 모른다고 하더군요. 엉터리 얘기 같지만, 그래도 제퍼슨 씨 가족들 앞이니까 그렇게라도 말하지 않을 수 없었을 겁니다. 그녀는 곧 자리에서 일어나 저와 함께 2층으로 올라갔습니다."

"흠, 그러고는 당신과 단 둘이 되었을 때 그녀가 무슨 말을 않던가요?"

"제가 알기론 그녀는 매우 화가 나 있었습니다. '바보 같으니라고! 이런 짓을 하면 어떻게 될지를 모르나? 모처럼 생긴 기회가 엉망진창이 되어 버릴 텐데. 누구하고 나갔는지 몰라요?' 하고 저에게 묻더군요. 저는 짐작도 가지 않는다고 대답했습니다. 제가 마지막으로 그녀를 봤을 때는 바틀렛이라는 청년과 춤을 추고 있었기에 그렇다고 하자 조시는, '아니, 루비가 그 사람과 나갔을 리는 없어. 도대체 뭘 하고 있는 거지? 루비가 그 영화사 사람과 함께 있지는 않았을 텐데.' 하고 중얼거렸죠"

"영화사 사람이라고요? 누구를 말하는 겁니까?" 하퍼가 예리하게 되물었다.

레이먼드가 대답했다.

"이름은 모릅니다. 그 사람은 여기에 묵은 적이 없었으니까요. 좀 이상한 느낌이 드는 젊은 남잔데, 머리는 검고 배우 같은 모습을 하고 있었습니다. 어쨌든 영화사에 관계한다는 말을—맞아요, 그는 루비에게 그렇게 말했다고 합니다. 한두 번인가 이 호텔에 식사하러 와서 루비와 춤춘 적은 있지만, 그녀가 그와 그렇게 가깝게 알고 지내리라고는 생각지 못했습니다. 그러니까, 조시가 그의 이름을 꺼냈을 때 저는 좀 놀랐었죠. 그러나 저는, 그가 어젯밤엔 여기에 오지 않았던 것 같다고 해주었습니다. 그러자 조시는, '어쨌든 틀림없이 그 애는 누군가와 함께 나갔을 거야. 도대체 제퍼슨 씨에게 뭐라고 말하면 좋지!'라고 하더군요. 그래서, 저는 그것이 제퍼슨 씨 가족과 무슨 관계가 있느냐고 물었습니다. 조시는 큰일이라고만 말하고는, 또 만일 루비가 다른 사람하고 나가서 모든 일을 틀어지게 해버리면 혼내 줘야지! 라고 하더군요.

그러는 동안 우리들은 루비의 방에 도착했습니다. 물론 그녀는 없었지만, 좀 전까지 입고 있었던 드레스가 의자에 걸려 있었기에 그녀가 한번 방에 돌아왔던 것은 알 수 있었습니다. 조시는 옷장을 들여다보고 그녀가 낡은 흰 드레스를 입고 나간 것 같다고 하더군요. 보통 때라면 그날 밤은 스페인 댄스를 추니까 검은색 벨벳 천 드레스로 갈아입어야만 되었겠죠. 그래서, 저는 루비가 처음부터 공연 약속을 어길 작정이었던 것을 알고 화가 났습니다. 조시는 저를 달래고는 프레스트콧이 트집을 잡지 못하도록 자기가 대신 춤추겠다고 하더니, 곧 방으로 돌아가 드레스를 갈아입고 오더군요. 그래서 우리 둘이 아래층으로 돌아와 탱고를 추었습니다—몸놀림이 크기 하지만 별로 발목은 쓰지 않고 끝나는 곡이었습니다. 그러나 조시로서는 상당히 무리를 해서 춘 것 같았습니다. 아픈 것을 참는 걸 저도 잘 알 수 있었으니까요. 춤이 끝나고 그녀는 저에게 함께 가서 제퍼슨 씨에게 변명 좀 하자고 했죠. 그러지 않으면 중대한 문제가 생긴다는 겁니다. 그래서, 저는 할 수 있는 한 그렇게 했죠."

하퍼 총경은 고개를 끄덕였다.

"정말 고맙소, 스타 씨."

그리고 나서 그는 마음속으로 이렇게 중얼거렸다.

'중대한 문제가 된다고? 그렇겠지! 5만 파운드가 공중에 뜨게 되는 셈이니까.'

그는 레이먼드 스타가 우아한 발걸음으로 사라져 가는 것을 바라보고 있었다. 레이먼드는 테니스 공 주머니와 라켓을 손에 들고 테라스의 돌계단을 내려갔다. 역시 라켓을 쥔 제퍼슨 부인이 그를 기다리고 있었고, 두 사람은 함께 테니스 코트 쪽으로 걸어갔다.

"총경님, 연락이 왔습니다."

조금 숨을 헐떡거리면서 허긴스 경사가 하퍼 옆에 서서 말을 걸었다.

사색의 실마리를 더듬고 있던 하퍼는 급히 자신으로 돌아와 깜짝 놀란 듯한 얼굴로 상대방을 쳐다보았다.

"경찰서에서 연락이 왔습니다. 오늘 아침 어떤 채석장에서 꽤 커다란 불길이 일어나는 것을 봤다는 신고가 있었는데, 30분 정도 전에 완전히 불에 탄 차의 잔해를 발견했다고 합니다. 벤 채석장입니다. 여기에서 20마일쯤 떨어진 곳에 있습니다. 그리고 차 안에서 까맣게 탄 시체가 발견되었다고 합니다."

하퍼의 둥근 얼굴이 갑자기 새빨개졌다.

"글렌셔 군에 이게 웬 변이야? 폭력과 범죄가 만발하는 거야? 큰 사건이 아니라면 좋을 텐데……."

"차 번호는 알아냈나?" 그는 추궁하듯 물었다.

"아뇨, 아직은요. 그러나 그건 엔진 번호를 보면 확인될 겁니다. 차는 미논 14형 같다고 합니다."

제11장

1

 헨리 클리더링 경은 마제스틱 호텔의 라운지를 지나치면서도 근처에 있는 손님들에게는 거의 눈을 돌리지 않았다. 머릿속에 생각이 가득 찼던 것이다. 그러나, 누구에게나 흔히 있을 수 있듯이 어떤 것인가가 그의 잠재의식 속에 자리 잡고 있었다. 그리고 그것은 적당한 시기가 오기를 가만히 기다리고 있었다.

 계단을 오르면서 헨리 경은 자기 친구가 갑자기 긴급한 일이 있으니 와달라고 부탁을 한 까닭이 무엇일까 궁금해졌다. 콘웨이 제퍼슨은 어떤 사람에게라도 급한 일이라고 해서 불러내는 타입의 인물은 아니었다. 뭔가 심상치 않은 일이 일어났음이 틀림없다고 그는 판단했다.

 제퍼슨은 말을 빙빙 돌려서 시간을 낭비하는 짓은 하지 않는 사람이었다.

 "아, 빨리 와주어서 고맙네. 에드워즈, 헨리 경에게 음료수를 좀 갖다 드리게. 자, 앉게나. 자네, 아직 뭐가 뭔지 잘 모르리라고 생각하는데—신문에는 아직 아무것도 나지 않았을 거야."

 헨리 경은 호기심을 돋우면서 고개를 흔들었다.

 "뭔가 있었군?"

 "살인이네. 나도 거기에 관계되어 있고, 자네 친구인 밴트리 부부도 역시 거기에 휘말려 있어."

 "아더와 돌리가?" 클리더링은 의아스러운 표정으로 되물었다.

 "그렇다네. 시체가 그의 집 안에서 발견되었거든."

 콘웨이 제퍼슨은 간단하게 그간의 사정을 설명해줬다. 헨리 경은 잠자코 듣기만 했다. 두 사람 모두 이야기의 요점을 빨리 파악하는 데엔 익숙해져 있었다. 헨리 경은 경시총감이었을 때에도 요점을 재빨리 파악하기로 유명했었다.

"상당히 이상한 사건이군."

그는 제퍼슨이 말을 다 끝냈을 때야 비로소 입을 열었다.

"어째서 그런 일이 밴트리 집에서 난데없이 일어났을까?"

"그래서 나도 괴로워하고 있네. 어쨌든 내가 그들을 안다는 사실이 이 사건과 뭔가 관련이 있는 모양이야. 그밖엔 밴트리 집에서 그 사건이 일어난 이유를 달리 생각할 수 없기 때문이네. 그도 부인도 죽은 여자와는 한 번도 만난 적이 없다고 하네. 나 역시 그 말이 사실일 거라고 믿고 있고, 또 그 사실을 의심할 근거도 현재로선 없고 말이야. 오히려 그들이 그녀를 알고 있다면 그게 이상할 정도지. 그래서 말이야, 그녀는 어딘가로 불려 나가서 살해되고는, 범인이 그 시체를 일부러 그 친구 집에다 갖다 놓은 게 아닐까 생각하는데……."

클리더링이 말했다.

"그 추리는 좀 무리가 아닐까?"

"그러나, 있을 수 없는 일은 아닐 거야." 상대는 주장했다.

"글쎄. 그렇지만, 그렇게 생각되지는 않는군. 도대체 나를 부른 것은 무슨 일인가?"

콘웨이 제퍼슨은 퉁명스럽게 말했다.

"나는 환자야. 그런 귀찮은 일에 말려들거나—아니, 생각조차 하고 싶지 않아. 그러나 어쩔 수 없이 관련될 수밖엔 없게 되었네. 내가 불편한 몸으로 이곳저곳 돌아다니며 여러 가지 질문도 하고 조사도 할 수 있겠는가. 기껏해야 여기에 있다가 경찰이 친절하게 알려주는 정보를 고맙게 들어야만 하겠지. 그건 그렇고……, 자네 혹시 멜쳇을 알고 있나? 라드퍼드셔 군 경찰서장인……."

"아, 만난 적이 있지."

뭔가가 헨리 경의 머리를 스쳤다. 라운지를 지날 때 언뜻 눈에 비친 얼굴과 그 사람의 태도였다. 상체를 단정히 세운 노부인의 아주 친근한 얼굴. 그가 마지막으로 멜쳇을 만났을 때에 그 얼굴도 그 자리에 있었던 것이다.

그가 말했다.

"자네는 나에게 일종의 아마추어 탐정이 되어 달라고 부탁하는 건가? 좀 잘

못 짚은 거 아니야?"

제퍼슨이 말했다.

"아니, 자네더러 아마추어라고 하는 건 아니야."

"어쨌든, 이젠 내 직업이 아니야. 은퇴했으니까 말이야."

"오히려 더 좋지 않은가, 그쪽이?"

"그 말은 내가 아직 런던경시청에 있다면 이 사건에 손을 댈 수 없었을 거라는 얘긴가? 하긴 그것도 그렇겠지만."

"자네 정도 경력이 있으면 자네가 이 사건에 끼어든다 해도 아무도 불평을 하지 않을 거고, 오히려 자네가 협력해 주는 것을 환영할 거라고 생각하네."

클리더링은 천천히 말했다.

"더 이상 사양한다면 예의가 아닌 것 같구먼. 그런데, 나에게 도대체 어떤 일을 해달라는 건가? 콘웨이, 그 여자를 죽인 범인을 찾아내 달라는 건가?"

"그래, 그런 셈이지."

"자네 생각은 어때?"

"전혀 짐작도 가지 않아."

클리더링은 조용히 말했다.

"아마, 내 말을 자네는 믿지 않을 테지만 바로 지금 아래층 라운지에 명탐정이 와 있다네. 나보다도 재능이 있고, 이 지방에 관해서는 가능한 모든 정보를 입수할 수 있는 사람이야."

"누굴 말하는 건가?"

"아래층 라운지에 들어가서 왼쪽 세 번째 기둥 옆에 호감이 가고, 노처녀 같은 인상에 사람을 편하게 만들어 주는 얼굴을 가진 노부인이 앉아 있네. 그녀는 여러 가지 인간들의 사악한 마음의 저변을 꿰뚫어 볼 수 있는 사람으로, 양심의 가책을 느끼고 있는 사람을 보면 그 자리에서 그 사실을 간파하는 힘을 갖고 있지. 그녀의 이름은 마플 양. 그녀는 고싱톤 홀에서 1마일 반 정도 떨어진 세인트 메리 미드에서 왔어. 그녀는 게다가 밴트리 부인의 친구이기도 하니까, 이 사건에는 안성맞춤일 거야."

제퍼슨은 짙은 눈썹을 찡그리며 그를 쳐다보더니 곧 토해내듯이 말했다.

제11장

"자네 지금 농담을 하는 건가?"

"아니, 아니, 당치도 않네. 자네, 아까 멜첫에 대해 물었었지? 실은 내가 멜첫과 마지막으로 만난 게 어느 마을에 비극적인 사건이 일어났을 때야. 어떤 여자가 익사한 사건이네. 겉보기엔 투신자살 같았지만 경찰에서는 그것을 타살이라고 보았지. 그리고 범인이라고 생각되는 자를 체포했는데, 바로 그때 그 올드미스 마플 양이 매우 예의바르게 나에게 다가왔네. 그러고는, '말씀드리기 죄송하지만, 정말 잘못 짚으셨어요. 증거는 없지만 진짜 범인을 알고 있습니다.'라고 하는 거야. 그러고는 그 이름을 적은 종잇조각을 나에게 건네주었어. 그래서, 다시 조사해 보니 그녀가 말한 대로였다네."

콘웨이 제퍼슨의 눈썹이 좀 전보다 조금 더 벌어졌다. 그는 믿을 수 없다는 듯한 모습으로, "여자의 직관에 불과하지 않을까?"라고 회의적으로 말했다.

"아니, 그녀는 그것을 어떤 특수한 지식이라고 했다네."

"무슨 뜻이지?"

"사실 경찰에서도 수사 방법으로 자주 활용하고 있는 거네. 예를 들면 어떤 도난사건이 있었을 경우, 대개 그 범인은 간단히 알 수 있지—상습범이니까. 각 용의자의 범행 수법이나 모든 실마리를 경찰은 잘 알고 있으니까 말이야. 마플 양은 마을의 갖가지 사건에서 얻은 경험과 지식을 이용해 어떤 범죄든 분류하고, 자신의 지식 중에서 그와 같은 것을 찾아내는 거지."

제퍼슨은 아직도 미심쩍은 듯이 말했다.

"그러나 연극의 도시에서 자라고 이런 시골에서 자란 적이 없는 여자의 일을 그녀가 알 리가 없지 않은가?"

"아니, 그녀는 차분히 추리를 하고 있으리라 생각하네."

헨리 클리더링 경은 단호하게 말했다.

2

헨리 경이 자신을 만나러 온 것을 보고 마플 양은 기쁜 듯 얼굴을 붉혔다.

"어머나, 헨리 경. 이런 곳에서 만나게 되다니. 참 반갑군요."

헨리 경은 부드럽게 말을 했다.

"저도 역시 부인을 만나니 이렇게 기쁠 수가 없습니다."

마플 양은 더욱더 얼굴을 붉히며 대답했다.

"친절하시기도 하지."

"당신은 여기에 묵고 계십니까?"

"예, 실은 둘이 같이 있죠."

"두 사람?"

"예. 밴트리 부인도 이곳에 와 있답니다."

그녀는 그를 예리하게 보았다.

"이미 아시리라 생각하는데 역시 짐작대롭니다. 아주 커다란 사건이에요."

"돌리는 여기서 뭘 하고 있습니까? 남편도 함께 있습니까?"

"아니에요. 그 부부는 이번 사건에 대한 대응방법이 각기 달라요. 밴트리 대령은 불쌍하게 집 안에서 두문불출하고 간혹 농장에서 마음을 달래고 있기만 해요. 마치 거북처럼 목을 쏙 집어넣고 누구의 눈에도 띄지 않으려고 하는 거예요. 그런데, 돌리는 전혀 달라요."

돌리를 옛날부터 잘 알고 있는 헨리 경은 쓴웃음을 지으며 말했다.

"그녀는 오히려 재미있어하나 보죠?"

"글쎄요……, 그렇다고 할 수 있죠."

"그리고, 부인을 데리고 와서 모자 속에서 토끼를 꺼내는 마술을 해보려는 참이군요?"

마플 양은 짐짓 모르는 체하며 말했다.

"돌리는 기분 전환하러 가고 싶다고 했는데 혼자는 갈 수 없잖아요."

그녀의 시선이 그와 마주치고 부드럽게 깜박거렸다.

"그렇지만 솔직히 당신이 말씀하신 것도 사실입니다. 저는 그래서 난처해하고 있지요. 별로 도움이 되지 못하니까요."

"아무것도 짐작이 가지 않습니까? 마을에는 이 사건과 어딘가 수법이 비슷한 사건이 없었습니까?"

"이 사건에 대해선 아직 잘 몰라서요."

"그 점은 제가 잘 선처해 보죠. 당신에게 수시로 상담하러 오겠습니다, 마플 양."

그는 지금까지의 사정을 요약해서 설명했다. 마플 양이 흥미 있게 그것을 듣고 있었다.

"안됐어요, 제퍼슨 씨가!" 그녀가 말했다.

"정말 불행한 운명이네요. 무서운 사건을 차례차례 당해야만 되다니. 불구자가 되어 살아간다는 게 비행기 사고로 가족과 함께 죽기보다도 한층 잔혹한 듯한 기분이 드네요."

"정말 그렇지요? 고통이나 슬픔이나 부자유스런 몸을 극복하면서 꿋꿋하게 살아온 그를 우리 친구들은 모두 진심으로 존경하고 있습니다."

"보통 사람은 그렇게 하지 못할 거예요."

"다만 그가 그 여자에 대해 갑자기 깊은 애정을 쏟게 된 것만큼은 도저히 이해할 수 없군요. 물론 그 여자가 뭔가 훌륭한 재능을 갖고 있었을 테지만."

"아마 그렇지 않을걸요." 마플 양이 조용히 말했다.

"그렇지 않다니?"

"재능과는 전혀 관계없다고 생각해요."

헨리 경이 말했다.

"그는 수상쩍은 짓을 하는 그런 남자가 아닙니다."

"아니, 아니, 전혀 그런 의미가 아닙니다." 마플 양의 얼굴이 새빨개졌다.

"제가 말씀드리려는 것은, 실례일지도 모르지만, 그는 죽은 딸을 대신할 사랑스럽고 쾌활한 아가씨를 찾고 있지 않았나 하는 거예요. 그래서, 그녀는 좋은 기회라 생각해서 그의 마음에 들도록 행동했겠지요. 심술궂은 생각으로 여기실지도 모르지만, 똑같은 예를 저는 많이 보았습니다. 예를 들면 하비틀 씨의 집에 있던 젊은 하녀도 그랬습니다. 아주 평범한 여자였지만, 매우 얌전하고 인상이 좋은 아가씨였지요. 어느 날 친척이 중병에 걸려서 하비틀 씨의 여동생이 간호를 하러 잠시 나갔다가 집에 돌아와 보니, 그 하녀가 앞치마와 모자를 벗어 버리고 아주 기분 좋게 거실에 앉아서 허물없는 어조로 노인과 얘기를 나누고 있더래요. 하비틀 양은 두고 볼 수가 없어서 그녀를 몹시 야단쳤는데, 그녀는 천연덕스럽게 그냥 앉아 있더라는 겁니다. 게다가, 하바틀 노인까지 이렇게 말하여 동생을 아연실색하게 만들었답니다. '지금까지 오랫동안 네가 내 시중을 들었지만, 이제부터는 안 그래도 될 것 같다.'라고요.

이런 소문이 온 마을에 퍼지더니, 급기야는 가엾게도 하바틀 양은 결국 집을 나와서 이스트본에 셋방을 얻어 일생을 쓸쓸하게 지내게 되어 버렸답니다. 물론 마을 사람들 사이에도 이러쿵저러쿵 말이 많았지만, 저는 절대로 그 사건은 연애사건이 아니었다고 믿고 있습니다. 하바틀 양은 비록 살림은 잘 꾸렸지만 항상 작은 꼬투리라도 잡아서는 노인에게 잔소리를 해댔기 때문에, 노인은 자신을 자꾸 추켜올려 주고 자기 뒤치다꺼리를 해주는 젊은 하녀와 함께 지내는 편이 훨씬 낫다고 생각한 것뿐이지요."

마플 양은 잠시 사이를 두고 또 말을 계속했다.

"그리고 또 약국을 하던 배저 씨 경우도 있습니다. 그는 약국 화장품부에서 일하던 젊은 여자와 큰 소동을 일으켰던 적이 있습니다. 그가 부인에게 그녀를 양녀로 집에 들여 함께 지내고 싶다고 했지만 부인은 승낙하지 않았지요."

헨리 경이 말했다.

"만일 그녀가 그와 똑같은 계층의 사람이었다면, 또는 친구의 딸이었다면 분명······."

마플 양은 그의 말을 끊었다.

"아니에요! 그렇다면 오히려 그가 만족하지 않았을 거예요. 바로 코페튜아 왕과 그의 노예였던 시녀와 같은 경우이겠지요. 만일 당신이 고독하고 인생에 지친 노인이고, 게다가 당신 자신의 가족에게 무시당하고 있다면······."

그녀는 조금 사이를 두었다.

"당신의 말에 무조건 복종할 듯한 여자를(표현이 과장되어 죄송하지만, 제가 말하고자 하는 점은 이해하실 수 있으리라 생각합니다) 집에 데리고 와서 보살펴 준다면 굉장히 즐거울 거예요. 당신은 지금까지와는 훨씬 다른, 자비심 많은 군주가 된 듯한 기분이 될 겁니다. 상대 여성은 당신의 말이라면 그 자리에서 죽는 체라도 할지 모릅니다. 그리고 당신은 또 그렇게 되면 기뻐할 거고요."

그녀는 또 사이를 떼었다가 말을 계속했다.

"배저 씨는 그녀에게 다이아몬드 팔찌나 매우 비싼 전축 등 멋진 선물을 사주곤 했습니다. 물론 그렇게 하기 위해 그의 저금을 잔뜩 찾았었지요. 그러나 배저 부인은 하바틀 양보다도 훨씬 빈틈이 없는 사람이었으므로(물론 결혼했기 때문이겠지만) 고심해서 그 여점원이 감추고 있던 사실을 파헤쳤지요. 그 여자가 경마에 미친 변변치도 않은 남자와 사귀고 있다는 사실과 그 남자에게 돈을 주기 위해 선물받은 팔찌를 저당잡혔다는 사실 등을 알게 되자 배저 씨는 완전히 정나미가 떨어져서, 결국 그 사건은 잘 수습이 되었답니다. 그는 그 해 크리스마스에 부인에게 다이아몬드 반지를 선물했지요."

그녀의 예리하고 애교가 있는 눈이 헨리 경과 마주쳤다. 그는 그녀가 무엇을 암시하려는 것일까 의아했다.

"그러면, 만일 루비 킨에게 젊은 남자친구가 있었다고 하면 제 친구의 그녀에 대한 태도도 변했으리라 생각합니까?"

"아마 변했을 거예요. 1년이나 2년쯤 뒤에 그는 자신이 그녀의 결혼 상대자를 직접 골라 주려고 했을 거예요. 어쩌면 그렇게 되지 않을 수도 있었겠지만요. 남자는 대개 이기적이고 제멋대로니까요. 그러니, 만일 루비 킨에게 젊은 남자가 있었다고 하면, 그녀는 그 사실이 발각되지 않도록 아주 주의를 기울였으리라 생각합니다."

"그렇게 되면 그 젊은 남자는 그녀를 원망했을지도 모르겠군요."

"그렇게 생각하는 것이 가장 타당할 거예요. 오늘 아침 그녀의 사촌인 젊은 여자가 고신톤 홀에 왔었는데, 그녀는 살해된 여자에게 매우 화가 나 있는 것 같았어요. 왜 화가 났는지는 아까의 당신 이야기로 설명됩니다. 그녀는 제퍼슨 씨가 루비를 양녀로 받아들이려는 일을 잘 매듭지으려고 했었을 테니까요."

"음험한 성격의 여자로군."

"그렇게 생각하기엔 좀 이른 것 같군요. 그 여자는 혼자서 생계를 꾸려가야만 했으니까. 게다가, 유복한 남녀, 즉 개스켈 씨와 제퍼슨 부인 말입니다만, 그 두 사람이 모두 막대한 유산을 분배받지 못한다고 해도 그들에게는 분배를 요구할 도덕적 권리는 없잖습니까. 제가 본 바로는 터너 양이라는 여자는 빈틈이 없고 야심적이지만, 그래도 성격이 상냥하고 매우 쾌활한 여성이에요. 빵집 딸인 제시 골든과 조금 비슷해요."

"그녀는 어떻게 되었습니까?" 헨리 경이 물었다.

"보모 겸 가정교사로 일을 하다가 인도에서 돌아온 그 집 아들과 결혼했어요. 아주 잘 살고 있는 것 같아요."

헨리 경은 어느새 마플 양의 이야기에 끌려 들어가고 있는 자신을 발견했다. 그래서 옆길로 빠진 화제를 본래대로 돌리려고 말했다.

"제 친구 콘웨이 제퍼슨은 왜 갑자기 당신이 말씀하신 소위 '코페튜아 콤플렉스'를 갖게 되었을까요? 뭔가 생각나시는 까닭이라도?"

"아주 없지는 않습니다."

"어떤?"

마플 양은 조금 망설였다.

"물론 단순한 상상에 불과하지만, 아마 그의 사위나 며느리가 모두 재혼하고 싶어 하지 않았나 생각됩니다."

"그가 거기에 반대할 이유는 없지 않을까요?"

"그렇죠. 반대는 하지 않았지요. 그러나 그 사람의 입장이 되어 한번 생각해 볼 필요가 있지요. 그는 비행기 사고로 사랑하는 처자식을 잃고 커다란 충격을 받았습니다. 그 두 사람 역시 마찬가지였겠죠. 가장 사랑하는 사람을 빼앗긴 세 사람이 함께 지내기 시작했는데, 그들을 연결하고 있었던 것은 잃은 사람들에 대한 추억이었을 겁니다. 그러나 제 어머니께서 자주 말씀하셨듯이 세월이 약인 거지요. 게다가, 개스켈 씨나 제퍼슨 부인은 아직 젊으니까요.

그들은 자신들도 모르게 초조해지기 시작해서 자기들을 묶어 놓고 있는 과거와 슬픔으로 연결된 끈에 대해 반항하고 싶어졌던 거예요. 이런 변화를 알게 된 제퍼슨 씨도 그들의 자기에 대한 동정심이 없어져 버렸다는 것을 어느 사이엔가 눈치 챘을 겁니다. 대체로 남자들은 자신들이 버림받고 푸대접받고 있다고 쉽게 믿는 경향이 있으니까요. 하바틀 씨의 경우엔 동생인 하바틀 양이 잠시 친척집에 가느라 집을 비운 것을 그렇게 느꼈을 테고, 배저 씨의 경우는 부인이 강신술(降神術) 모임에 푹 빠져 항상 그 모임에 나가는 것이 원인이었지요."

헨리 경은 불평을 했다.

"지금 우리가 여기서 최대공약수를 찾는다는 건 말도 안 되는 얘깁니다."

마플 양은 슬픈 듯 머리를 흔들었다.

"인간은 누구나 공통된 성격을 가지고 있는 거예요, 헨리 경."

헨리 경은 몹시 불쾌하게 중얼거렸다.

"하바틀! 배제! 거기에 콘웨이! 저는 개인적인 특징을 이러니저러니 얘기하는 걸 싫어하지만, 부인의 마을에는 저와 아주 닮은 사람도 있습니까?"

"예, 물론이지요. 브릭스가 그렇습니다."

"브릭스는 어떤 사람입니까?"

"올드 홀 저택의 수석정원사였던 남자예요. 정말로 일을 잘했지요. 부하 정원사가 게으름을 피워 적당히 넘어가면 정확하게 알아차리는—조금 기분이 나쁠 정도였지요. 그는 밑에 정원사 세 사람과 심부름하는 아이 한 명을 거느리고 있었지만, 다른 사람이 여섯 사람을 데리고 만들 수 있는 정원보다도 훨씬 훌륭한 정원을 만들었어요. 그가 키운 스위트피는 품평회에서 몇 번인가 1등 상을 받았죠. 그는 지금은 은퇴했어요."

"은퇴한 사실은 저와 마찬가지로군요." 헨리 경이 말했다.

"그렇지만, 자기가 좋아하는 사람이 부탁을 하면 지금이라도 가벼운 일은 할 거예요."

"예, 그것도 저와 비슷하군요. 지금 제가 하는 일도 친구가 부탁한 일이니까요."

"두 사람의 친구가 부탁했겠죠."

"두 사람?" 헨리 경은 의아한 얼굴로 되물었다.

"당신은 제퍼슨 씨를 말씀하셨겠지만, 제가 생각한 사람은 그분이 아니라 밴트리 부부였어요."

"아, 그렇습니까? 알겠습니다." 그리고 그는 날카롭게 물었다.

"당신은 처음에 돌리 밴트리를 보고 '가엾게'라고 말했지요. 어째서 그녀가 불쌍합니까?"

"예, 실은 그녀는 사태를 전혀 파악하지 못하고 있거든요. 저야 갖가지 경험을 쌓았으니 잘 알지만요. 헨리 경, 이 사건은 미궁에 빠질 가능성이 많은 것 같은 기분이 들어요. 브라이튼의 트렁크 살인사건처럼요. 만일 그렇게 된다면 밴트리 부부는 아주 비참한 입장에 놓일 겁니다. 대개 퇴역 군인은 모두 그런데, 밴트리 대령도 정말 이상하리만큼 민감한 사람이거든요. 세상 사람들이 자기를 어떻게 생각할까를 굉장히 걱정하고, 또한 동요하기도 쉬운 사람이지요. 잠깐 동안은 그 자신도 그런 느낌을 눈치 채지 못할지 모르지만, 곧 알게 될 거예요. 이쪽에선 미움을 받고, 저쪽에선 핀잔을 당하고, 또한 구실을 붙이거나 하면 점점 그 사실이 확실해질 겁니다. 게다가, 그는 그런 외부의 질시에 저항하지 않고 그저 자신에게만 처박혀 아주 울적해져서는 비참한 생활을 보내게 될 것은 눈앞에 보듯 훤합니다."

"결국 그의 집에서 젊은 여자의 시체가 발견되었기 때문에 세상 사람들이 그가 이 사건과 뭔가 관계가 있으리라 생각하기 때문이겠죠."

"물론, 모두 그렇게 생각할 거예요. 이미 틀림없이 그렇게 소문이 나 있을 테고, 또 그 소문은 점점 퍼질 거예요. 그래서, 밴트리 부부를 색안경을 끼고 바라보고 그들을 피할 겁니다. 그러니까, 꼭 진상을 밝혀야만 됩니다. 제가 밴트리 부인과 함께 여기에 온 것도 그런 이유에서지요. 당당히 모두의 앞에서 비난을 받는다면 거기에 대항해서 싸우기는 쉽지요. 떳떳이 일어나 반박할 기회가 있으니까요. 그러나 뒤에서 이러쿵저러쿵 말을 해댄다면 힘을 못 쓸 겁니다. 두 사람 다 분명히 지고 말지요. 헨리 경, 어떻게 해서든 진상을 밝혀내야만 됩니다."

헨리 경이 말했다.

"시체가 왜 그의 집에서 발견되었나 하는 점에 대해 뭔가 짐작이 가십니까? 어떻게든 그 사실을 해명해야 됩니다. 아마 그것이 사건의 진상을 풀 열쇠가 될 겁니다."

"예, 물론 그렇습니다."

"루비는 11시 20분 전쯤 여기에서 모습을 감췄고, 검시에 따르면 12시쯤 그녀는 죽었어요. 여기에서 고싱톤 홀까지는 약 18마일입니다. 큰 길에서 벗어날 때까지인 16마일은 길이 좋으니까 성능이 좋은 차라면 30분 이내면 갈 수 있겠지요. 아무리 고물차라 해도 35분이면 달릴 수 있어요. 그러나 그녀를 여기에서 살해하여 고싱톤 홀로 옮겼든, 아니면 고싱톤 홀로 데리고 가 거기서 교살했든 왜 일부러 그곳까지 갈 필요가 있었을까요? 저로서는 짐작이 가지 않는군요."

"모르시는 게 당연하지요. 실제로는 그렇게 하지 않았으니까요."

"그러면 누군가가 그녀를 불러내서 차 속에서 교살하고는 그녀의 시체처리가 곤란해지자 어딘가 가까운 집 안으로 끌고 들어간 거라고 생각하십니까?"

"그것도 아니라고 생각해요. 제 생각엔 범인이 매우 신중한 계획을 세운 것 같아요. 그런데, 실제로는 그 계획이 도중에서 빗나가 버린 거지요."

헨리 경은 눈을 크게 뜨고 그녀를 쳐다보았다.

"어째서 그 계획이 빗나간 걸까요?"

마플 양은 변명하는 듯한 어조로 대답했다.

"왕왕 이상한 일이 일어나지요. 인간이라는 동물은 생각보다 약하고 감동하기 쉽고 좌절하기 쉽기 때문에 계획이 중도에서 좌절해 버렸다고 말씀드리면 아시겠습니까? 그러나, 이건 모두 물론 제 추측이고……."

그녀가 갑자기 말을 끊었다.

"밴트리 부인이 오는군요."

제12장

밴트리 부인은 애들레이드 제퍼슨과 함께 있었다. 부인은 헨리 경에게 다가와서 말을 걸었다.

"누구신가 했더니 당신이었군요."

"아, 오래간만입니다." 그는 부인의 양손을 잡고 세게 쥐었다.

"참, 걱정이 크시겠어요. 자세히 조사해 보겠습니다, 비(B) 부인!"

밴트리 부인은 반사적으로 되받아 말했다.

"비 부인이라고 부르지 마세요!" 그녀는 계속해서 말했다.

"아더는 여기에 없지만 이 사건으로 매우 괴로워하고 있어요. 그래서, 마플양과 제가 탐정이 되어 볼까 해서 이곳에 왔답니다. 제퍼슨 부인을 아세요?"

"예, 물론 알고 있습니다."

그는 악수했다.

애들레이드 제퍼슨이 말했다.

"제 시아버님을 만나셨나요?"

"예, 만났습니다."

"감사합니다. 아버님이 걱정이 돼서 큰일입니다. 굉장히 충격을 받으셔서요."

밴트리 부인이 말했다.

"테라스로 나가 무얼 좀 마시면서 얘기하죠."

네 사람이 테라스로 가자, 마침 그때 구석에 혼자 앉아 있던 마크 개스켈도 그들과 함께 어울리게 되었다.

잠시 쓸데없는 잡담을 하는 동안에 마실 것이 나오고, 이윽고 밴트리 부인이 무엇이든 직접 행동을 하지 않고는 가만있지 못하는 타고난 천성을 발휘해서 솔직하게 문제를 꺼냈다.

"함께 모여 얘기해도 괜찮으시겠죠? 모두 서로 오랜 친구니까. 다만 마플 양과는 처음 만난 사람도 있겠군요. 이분은 범죄라면 뭐든지 알고 있어서, 이번에 우리 일을 도와주기로 했어요."

마크 개스켈은 좀 의아한 얼굴로 마플 양을 보았다. 그는 의심스러운 듯한 어조로 물었다.

"저……, 혹시 탐정소설을 쓰고 계십니까?"

전혀 어울릴 것 같지 않은 사람이 흔히 탐정소설을 쓴다는 것을 그는 알고 있었다. 시대에 뒤떨어진 노처녀 같은 복장을 한 이 마플 양도 그의 눈에는 탐정소설을 쓰는 사람처럼 보였던 것이다.

"아뇨. 나는 탐정소설을 쓸 수 있을 만큼 똑똑하지는 못해요."

"얼마나 훌륭한 분인데요." 밴트리 부인이 열광적으로 말했다.

"딱 꼬집어 설명할 수는 없지만, 아무튼 멋져요. 그리고 애디, 몇 가지 묻고 싶은 게 있는데, 그 죽은 여자 말이에요. 어떤 여자였나요?"

"글쎄요……."

애들레이드 제퍼슨은 말이 막혀서 옆눈으로 마크를 보고 나서 짧게 웃었다.

"너무나 단도직입적이라서 좀 대답하기 어렵네요."

"당신은 그녀를 좋아했나요?"

"아뇨. 좋아하지 않았어요."

"그녀는 어땠어요?" 밴트리 부인은 마크 개스켈에게 방향을 바꾸었다.

마크는 신중히 대답했다.

"흔해 빠진 여자 사기꾼이에요. 자신의 주무기를 잘 활용해서 젭을 낚았지요."

두 사람 다 시아버지며 장인을 젭이라고 부르고 있었다.

헨리 경은 불쾌한 눈으로 마크를 바라보면서 마음속으로 생각했다.

'경솔한 남자로군. 좀더 말을 신중히 해야지…….'

그는 언제나 마크 개스켈에게 다소 불쾌한 기분을 느끼고 있었다. 좋은 남자지만 신뢰가 가지 않았다―너무 입이 가볍고, 때로는 과장이 너무 지나쳐

진절머리가 나게 했다. 헨리 경은 가끔 콘웨이 제퍼슨도 자기와 똑같이 느끼고 있을까 의심해 볼 때도 있었다.

"당신은 그 사실을 알면서도 가만히 있었어요?"

밴트리 부인이 추궁하듯 물었다.

마크는 쌀쌀맞게 대답했다.

"글쎄요. 어떻게 했을지도 모르지요. 만일 전부터 그 사실을 눈치 챘다면 말입니다."

그가 곁눈질로 빤히 애들레이드를 보자, 그녀는 살짝 얼굴을 붉혔다. 그 눈초리엔 책망하는 듯한 표정이 들어 있었다.

그녀가 말했다.

"마크는 제가 그 일을 감시해야 했다고 말하고 싶은 거예요."

"애디, 당신이 장인어른을 너무 혼자 내버려 두었기 때문에 그런 겁니다. 테니스다 뭐다 하고 제멋대로 놀기만 했으니……"

"그건……, 가끔 운동이라도 하지 않으면 못 견디겠어요." 그녀는 변명하듯 말했다.

"어쨌든 꿈도 못 꿀 일이었는데……"

"그건 그래요." 마크가 말했다.

"나도 꿈에도 생각지 못했으니까. 적어도 젭은 그런 면에는 확실한 사려분별력이 있는 노인인데 말이오."

마플 양이 이야기에 끼어들었다.

"대개 세상의 아버지들은(그녀는 남자들을 마치 짐승처럼 보는 듯한 노처녀 같은 어조로 말했다) 단단한 것처럼 보여도 실은 그렇지 않은 면이 종종 있어요."

"그럴지도 모르죠." 마크가 그 말을 받았다.

"불행하게도 우리들은 그 사실을 몰랐습니다, 마플 양. 그렇게 유쾌하지도 않고, 교활한 사기꾼 같은 계집애를 장인어른께서 왜 그렇게 귀여워하셨는지 이상하게 생각하기는 했지만, 어쨌든 우리들로서는 장인어른께서 즐겁게 지내시는 것이 무엇보다도 기뻤습니다. 그녀와 사귀어도 별로 해는 없으리라 생각했지요. 그녀에게 무슨 흑심이나 악의 같은 건 없을 거라고 생각한 겁니다. 정말, 내가 차라리 그 여자의 목을 졸라 버렸으면 좋았을 거라고 생각될 정도입니다."

"아, 마크 좀더 말을 신중하게 해요!" 애디가 말했다.

그는 그녀를 보고 멋쩍은 듯한 쓴웃음을 보냈다.

"정말로 말을 조심해야겠군요. 그렇지 않으면 제가 정말로 그녀의 목을 졸랐지도 모른다고 생각될 수도 있을 테니까. 어쨌든, 아마 저도 용의자 대상에는 올라 있겠죠? 그 여자의 죽음에 직접 이해관계가 있는 사람은 애디와 저니까요."

"마크!" 애디는 반은 웃고 반은 화가 나 소리쳤다.

"정말 말조심해요!"

"알았어요, 알았어." 마크 개스켈이 달랬다.

"그러나, 어떻든 제가 생각하는 점을 말해 두고 싶습니다. 제가 존경하는 장인께서는 5만 파운드라는 거금을 그 바보 같고 수상쩍은 계집애에게 물려주려고 한 겁니다."

"마크, 그만해요. 어쨌든 그 여잔 이제 죽었잖아요!"

"그래. 죽었으니 됐지. 그녀가 천부적인 무기를 사용했다는 것이 괘씸하다고 생각하는 그 자체가 잘못일지도 몰라요. 내가 뭘 잘났다고 남을 재판하겠습니까. 지금까지 변변한 일도 하지 못한 내가 무슨 자격으로. 오히려 루비가 계략을 써서 장인어른의 돈을 손에 넣으려고 한 것은 당연하고, 그 계략을 눈치채지 못한 우리들이 멍청이였을지도 모르지요."

헨리 경이 말했다.

"콘웨이에게서 그녀를 입적시키기로 했다는 말을 들었을 때 당신은 뭐라고 했소?"

마크는 어깨를 으쓱하며 손을 앞으로 뻗었다.

"제가 뭐라고 할 수 있겠습니까? 애디야 항상 새침 떼고 자기감정을 잘 억누를 줄 알았으니까 아무렇지 않은 얼굴을 했지요. 저도 그녀를 따라 점잖게 참고 있었고요."

"나라면 마구 대들었을 텐데!" 밴트리 부인이 말했다.

"솔직히 말해서 저희들이 그 일에 대해 이러니저러니 할 권리는 없습니다. 젭의 돈이니까요. 게다가, 저와는 피가 섞인 사이도 아니잖습니까. 장인어른께선 저희에게 매우 잘해 주셨어요. 그 점에 대해선 아무런 불만도 없습니다."

그는 천천히 덧붙였다.

"그러나 저희들은 루비라는 그 아가씨가 마음에 들지 않았던 겁니다."

애들레이드 제퍼슨이 말했다.

"만일 그녀가 아니라 다른 얌전한 아가씨였다면 좋겠는데 하는 생각은 했었어요. 젭은 아시다시피 대자(代子; 세례를 받을 때 대부가 되어준 아이)가 둘 있어요. 그중 하나였다면 우선은 납득했을 겁니다."

그녀는 아주 원망조로 덧붙였다.

"게다가, 피터도 있어요. 젭은 지금까지 죽 피터를 귀여워해 주고 있었거든요."

"그래, 그래, 피터는 당신 첫 남편의 아이였지." 밴트리 부인이 말했다.

"그래, 맞았어. 난 벌써 그 사실을 다 잊고 있었네. 제퍼슨 씨의 친손자 같은 기분이 드니까."

"예, 제가 생각하기에도 그래요." 애들레이드가 말했다.

그 소리에는 이상한 기운이 담겨 있었으므로, 마플 양은 의자에서 몸을 쑥 내밀어 그녀를 쳐다보았다.

"조시가 나쁩니다. 그녀가 그런 계집애를 데려왔으니까요." 마크가 말했다.

애들레이드가 그것을 받아 말했다.

"그렇지만, 그녀가 처음부터 그런 계획으로 루비를 데려 왔을 리는 없잖아요? 당신은 조시를 꽤 좋아했던 것 같은데요."

"좋아합니다. 재미있으니까요."

"그녀가 루비를 데리고 온 것은 발목을 다쳤기 때문이었어요."

"조시는 아주 머리가 좋은 여잡니다, 애디."

"그렇지만, 설마 그럴 계획적으로 루비를 데리고……."

마크가 말했다.

"그래요, 그녀도 분명 거기까지는 몰랐었을 거요. 알 리가 없지. 그녀가 그런 계획을 세웠으리라고는 생각할 수도 없소. 그러나 그녀는 우리들보다도 상황 판단 능력이 뛰어나니까, 그 사실을 알고도 가만히 있었던 것만은 확실해요."

애들레이드가 한숨 쉬며 말했다.

"아, 그렇다고 그녀를 책망할 수는 없지요."

마크가 말했다.

"그녀가 무엇을 하든지 우리가 그녀를 책망할 자격은 없지."

밴트리 부인이 물었다.

"루비 킨은 미인이었나요?"

마크는 그녀의 얼굴을 쳐다보았다.

"이미 보지 않으셨나요?"

밴트리 부인이 재빨리 말했다.

"그래요, 봤어요―시체는 말이죠. 그러나 목이 졸려 죽어 있었으니까 예쁜지 어떤지……." 그녀는 진저리를 쳤다.

마크는 무언가 생각하는 듯한 표정으로 말했다.

"그녀가 미인이라고는 생각하지 않아요. 화장을 다 지운 맨 얼굴이라면 그렇게 예뻐 보이지는 않았을 겁니다. 얼굴은 야위어 족제비 같았고, 턱이 뾰족하고 이는 심한 옥니였어요. 코도 뭐라 말할 수 없는 모양이고……."

"말로 듣자니 정말 굉장히 추한 얼굴처럼 들리네요."

밴트리 부인이 말했다.

"아뇨. 그리 밉상은 아니었어요. 다만 아까 말한 대로 화장으로 꾸며서 예쁘게 보인 거지요. 그렇게 생각지 않아요, 애디?"

"그래요. 마치 초콜릿 상자처럼 흰색이나 핑크색으로 꾸며 놓은 것 같았어요. 눈은 파랗고 깨끗했지만."

"그래, 그래. 천진난만한 아기 같은 눈이었는데, 짙고 검은 속눈썹이 파란 눈을 돋보이게 하는 것 같았어요. 머리카락은 물론 표백했고, 그 조화, 인공적인 조화가 죽은 제 아내인 로자먼드와 닮았다는 느낌이 든 적이 있었지요. 아마 그런 것도 장인어른께서 그녀에게 끌린 원인 중 하나가 아닐까요?"

그는 한숨을 쉬었다.

"실은 생각하기도 정말 싫은 문제였어요. 이렇게 말하면 어떨지 모르겠지만, 그녀가 죽어서 저나 애디는 안심했습니다."

그는 애들레이드의 항의를 억누르며 말했다.

"물론 이렇게 말하면 좋지 않은 건 사실입니다, 애디. 당신이 어떤 기분인지 잘 알아요. 나도 같은 기분이니까. 난 그저 자신을 속이고 싶지 않아서 그러는 겁니다! 나도 이번 사건으로 충격을 받은 젭이 걱정이 돼요. 나는……."

그는 갑자기 이야기를 멈추고 라운지에서 테라스로 통하는 문 쪽을 바라보았다.

"아니, 저길 봐. 애디, 당신도 상당하군요."

애들레이드는 어깨너머로 뒤를 돌아보더니 가벼운 탄성을 지르고는 얼굴을 약간 붉히며 일어섰다. 그러고는 빠른 걸음으로 테라스를 가로질러 가, 침착하지 못한 모습으로 주위를 둘러보고 있는 갈색 얼굴을 한 야위고 키 큰 중년 남자에게로 갔다.

밴트리 부인이 말했다.

"저 사람은 휴고 매클린이잖아?"

마크 개스켈이 대답했다.

"맞아요. 휴고 매클린입니다. 별명은 윌리엄 도빈이라고 하죠."

밴트리 부인이 중얼거리듯 말했다.

"성실한 사람인가요?"

"마치 개처럼 충실합니다." 마크가 말했다.

"애디가 조그맣게 휘파람이라도 불면 휴고는 어떤 외진 곳에서도 꼬리를 흔들며 오지요. 그녀가 언젠가는 자기와 결혼해 줄 거라고 목을 길게 빼고 기다리고 있지요. 아마 그녀는 저 사람과 결혼할 겁니다."

마플 양은 눈을 빛내며 두 사람 쪽을 바라보았다.

"오, 그래요, 연애 중이라고요?"

"아주 고전적인 연애랍니다. 벌써 몇 년째인지 몰라요. 애디는 그런 여자입니다." 그는 생각하면서 덧붙였다.

"아마 애디가 오늘 아침 그에게 전화했겠지만, 저에게는 내색도 하지 않았죠."

그때 에드워즈가 조용한 발걸음으로 테라스를 걸어와 마크 옆에 멈춰 섰다.

"실례하겠습니다. 제퍼슨 씨가 좀 뵙자고 하십니다."

"곧 가죠."

마크는 일어섰다. 그는 모두에게 끄덕이며, "나중에 또 뵙죠."라고 인사를 하고 떠났다.

헨리 경은 마플 양 쪽으로 몸을 내밀며 말했다.

"이 사건으로 이익을 볼 사람이 과연 누구라고 생각하십니까?"

마플 양은 중년 남자와 이야기하며 서 있는 애들레이드 제퍼슨을 쳐다보면서 신중한 어조로 대답했다.

"저 여자는 분명 헌신적인 어머니이리라 생각해요."

"예, 그렇죠." 밴트리 부인이 말했다.

"피터를 그야말로 눈에 넣어도 아프지 않을 만큼 귀여워하고 있죠."

"그녀는 누구나 호감을 가질 그런 여자예요." 마플 양이 말했다.

"즉, 몇 번이라도 결혼할 수 있는 여자지요. 그렇다고 해서 차례차례 남자를 바꿀 여자라는 말은 아닙니다. 그것과 이것은 별개니까요."

"당신이 말씀하시는 의미는 잘 알겠습니다." 헨리 경이 말했다.

"즉, 여러분이 말씀하시고자 하는 것은……." 밴트리 부인이 입을 열었다.

"그녀가 남의 말을 얌전히 듣는 여자라는 것이겠지요."

헨리 경은 소리를 내어 웃으며 말했다.

"그리고, 마크 개스켈은?"

"그 사람?" 마플 양이 말했다.

"그 사람은 좀 능글맞은 남자더군요."

"마을에 비슷한 사람이 있습니까?"

"건축 청부업을 하는 카길 씨가 그렇죠. 일도 제대로 못하는 주제에 집 내부의 여러 가지 일들을 겉만 번지르르 하게 해놓고는 공사 대금을 굉장히 비싸게 받는 남자랍니다. 그러나 그는 언제나 청구서를 그럴 듯하게 설명하지요. 아주 능글맞은 남자예요. 그 사람은 돈과 결혼한 사람이에요. 개스켈 씨도 아마 그럴 겁니다."

"당신은 그를 좋아하지 않는군요."

"아뇨, 좋아해요. 대부분의 여자들은 좋아할 거예요. 그렇지만, 그는 제가 마음에 들지 않는 모양이에요. 그는 꽤 매력있는 남자라고 생각해요. 그러나 좀 모자랍니다. 아마 자신이 한 일을 죄다 얘기하는 그런 스타일이겠죠."

"모자란다는 것은 좀 신랄하군요." 헨리 경이 말했다.

"정말 그 사람은 조심하지 않으면 스스로 화를 부를 것 같군요."

흰 플란넬을 입은 키가 큰 청년이 테라스로 나와 돌계단 위에 멈춰 서서 애들레이드 제퍼슨과 휴고 매클린을 가만히 바라보았다.

"이해관계가 있는 저 사람도 미지수지요." 헨리 경이 말했다.

"테니스와 댄스에는 프로이고 루비 킨의 파트너였던 레이먼드 스타 말입니다."

마플 양은 그를 흥미 깊게 바라보고 있었다.

"아주 미남자로군요."

"그럴 겁니다, 아마."

"그렇게 말하는 법이 어디 있어요, 헨리 경." 밴트리 부인이 말했다.

"잘생긴 건 틀림없는 사실인데. 아무리 봐도 미남자예요."

마플 양이 중얼거렸다.

"제퍼슨 부인이 저 사람에게 테니스를 배우고 있다고 했지요?"

"그게 어떻다는 거지요, 제인?"

마플 양은 이 노골적인 질문에 대답할 기회를 잃었다.

피터 카모디가 테라스를 가로질러 그들에게 다가왔기 때문이다. 그는 헨리 경을 향해 말했다.

"아저씨도 경찰이세요? 저는 아저씨가 총경 아저씨와 말하는 걸 봤어요. 저 뚱뚱한 아저씨는 총경이시죠?"

"그래, 꼬마야."

"어떤 사람이 말하는데, 아저씨는 런던에서 굉장히 훌륭한 경찰이었다고 그러던데, 맞나요? 런던경시청의 총감인가, 아무튼 제일 훌륭했었다는데……?"

"런던경시청의 총감은 대개 별 볼일 없는 남자라고 책에 쓰여 있을 텐데?"

"지금은 그렇지 않아요. 경찰을 바보라고 하는 말은 아주 구식이에요, 아저씨. 그렇지만, 아직 범인을 못 잡았나요?"

"음, 아직 못 잡았단다."

"피터, 너는 이런 사건이 재미있니?" 밴트리 부인이 말했다.

"예, 재미있어요. 기분 전환도 되고……. 저도 뭔가 실마리를 찾으려고 여기저기 살펴봤지만 도저히 찾지 못했어요. 그렇지만, 기념품은 발견했어요. 보여 드릴까요? 엄마라면 그런 건 버리라고 하실 거예요. 엄마는 너무 잔소리가 심해서 싫을 때도 있어요."

그는 주머니에게 작은 성냥갑을 꺼냈다. 그러고는 그것을 열고 안에서 귀중한 기념품을 꺼냈다.

"보세요, 사람의 손톱이에요. 그 여자의 손톱! 저는 여기에 '살해된 여자의 손톱'이라고 제목을 달아서 학교로 갖고 갈 작정이에요. 좋은 기념품이지요?"

"이걸 어디서 구했니, 얘야?" 마플 양이 물었다.

"운이 좋았어요. 그래도 그때는 설마 그녀가 살해되리라고는 생각지 못했죠. 어제 저녁식사 전이에요. 루비 누나가 조시의 숄에 손톱이 걸려 손톱이 갈라졌어요. 그래서 엄마가 손톱을 잘라 주고 이것을 제게 주면서 휴지통에 넣으라고 했지요. 저는 그러려고 했는데 주머니에 넣은 채 잊고 말았어요. 오늘 아침이 되어 생각이 나서 주머니를 보니 그대로 있잖아요. 저는 이것을 기념품으로 남기기로 했어요."

"지저분하구나." 밴트리 부인이 말했다.

피터는 정중히 되물었다.

"그렇게 생각하세요, 아주머니?"

"그밖에 뭔가 기념품으로 갖고 있는 건 없니?" 헨리 경이 물었다.

"잘 모르겠지만, 그럴 듯한 건 있어요."

"꺼내 보거라, 뭔데?"

피터는 생각에 잠겨 그를 바라보았지만, 곧 봉투 하나를 꺼냈다. 그러고는 그 속에서 갈색을 띤 테이프 조각 같은 것을 끄집어냈다.

"조지 바틀렛의 구두 장식 조각이에요." 그가 설명했다.

"오늘 아침 문 밖에 그 사람 구두가 놓여 있기에 만일의 경우를 대비해 이것을 조금 잘라 두었어요."

"만일의 경우?"

"그래요. 그 사람이 살인범일 경우에 말이에요. 왜냐하면, 루비와 제일 마지막에 만난 게 그 사람이었잖아요. 좀 수상하지 않나요? 벌써 점심때잖아? 굉장히 배가 고픈데. 아니? 휴고 아저씨가 저기 계시네. 엄마가 오시라고 했나? 꼭 그래. 엄마는 언제나 무슨 곤란한 일이 있으면 저분을 불러요. 아, 조시 누나가 왔네. 조시!"

테라스를 걷던 조세핀 터너는 밴트리 부인과 마플 양의 모습을 보고 멈춰 섰다.

밴트리 부인이 애교 있게 말을 걸었다.

"어머나, 터너 양, 안녕하세요. 우리들은 탐정놀이를 하려고 왔어요."

조시는 뭔가 꺼림칙한 듯한 시선으로 땅바닥을 보았다. 그녀는 낮은 목소리로 말했다.

"정말 큰일 났네요. 아직 아무도 모르고 있지만—신문에는 아직 실리지 않았어요. 하지만, 만일 알려지면 모두에게 질문공세를 받을 텐데, 생각만 해도 소름끼쳐요. 아무것도 말할 게 없으니."

그녀의 조금 근심스런 시선이 마플 양에게 옮겨졌다.

"그렇겠군요, 당신 입장이 매우 곤란해질 거예요." 마플 양이 말했다.

조시는 이 동정적인 말에 힘을 얻은 듯 대꾸했다.

"프레스트콧 씨는 저에게 아무 말도 하지 말라고 했지만, 손님들은 반드시 저에게 물을 거고, 그러면 그것을 매정하게 거절할 수도 없잖아요. 프레스트콧 씨는 마음을 진정시키고 여느 때와 똑같이 일을 하라고 해요. 물론 저도 가능한 한 노력할 테지만, 좀 무리 같아요. 게다가, 이번 일을 어째서 모두가 저의 책임처럼 말하는지 정말로 이해할 수가 없어요."

헨리 경이 말했다.

"솔직히 묻고 싶은데, 대답해 주시겠어요, 터너 양?"

"예, 뭐든지 물어보세요."

조시는 별로 성의 없는 어조로 말했다.

"이번 일로 당신과 제퍼슨 부인, 개스켈 씨 사이엔 뭔가 불쾌한 일이 있지는 않았습니까?"

"이번 일이라니, 살인사건 말이에요?"

"아니, 살인사건을 말하는 게 아닙니다."

조시는 선 채 팔짱을 끼고 좀 정색을 한 얼굴로 말했다.

"있다고 하면 있고, 없다고 하면 없죠. 이해하시겠어요? 그 두 사람 모두 특별히 뭐라고는 하지 않았어요. 그렇지만, 제 생각엔 제퍼슨 씨가 루비에게 그런 터무니없는 일을 하셨기 때문에 두 사람이 저를 탓하는 것 같아요. 그러나 그것이 제 책임일까요? 그렇게 되리라곤 저는 꿈에도 생각지 못했어요. 저 자신도 깜짝 놀랐으니까요."

그녀의 말에는 진실한 듯한 것이 확실하게 느껴졌다.

헨리 경은 부드럽게 물었다.

"그건 잘 압니다. 그러나 틀림없이 사실은 사실이죠?"

조시는 딱 잘라 말했다.

"예, 그건 행운이었어요. 하지만, 누구라도 때로는 행운을 잡을 권리가 있잖겠어요."

그녀는 좀 도전적이고 힐문하는 듯한 태도로 한 사람 한 사람을 둘러보고 나서 테라스를 지나 호텔 안으로 사라졌다.

피터가 재판관 같은 어조로 말했다.

"그녀가 한 짓은 아니에요."

마플 양이 속삭였다.

"그 손톱에 흥미가 있구나. 그녀의 손톱을 어떻게 설명하면 좋을까—아까부터 그것이 마음에 걸려요."

"손톱이라니?" 헨리 경이 반문했다.

"살해된 여자의 손톱 말이에요." 밴트리 부인이 설명했다.

"매우 짧았어요. 지금 제인이 그렇게 말하니 확실히 좀 이상해요. 그런 여자들은 보통 독수리 같은 손톱을 하고 있는데 말이죠."

마플 양이 말했다.

"그렇지만, 만일 그녀의 손톱 중 하나가 잘라졌다면 다른 손톱도 거기에 맞춰서 짧게 깎았을지도 몰라요. 혹시 그녀의 방에 손톱깎이가 떨어져 있지는 않을까요?"

헨리 경은 호기심 어린 눈으로 그녀를 보았다.

"하퍼 총경이 돌아오면 물어봅시다."

"돌아오다니, 어디에서요?" 밴트리 부인이 물었다.

"설마 고싱톤 홀에 가 있는 건 아니겠죠?"

헨리 경이 엄숙한 어조로 말했다.

"아닙니다. 실은 또 한 가지 비극이 일어났거든요. 채석장에서 차가 불에 타서……."

마플 양이 꿀꺽 침을 삼켰다.

"차 속에 누가 있었나요?"

"아마, 그럴 겁니다."

마플 양이 생각에 잠긴 채 말했다.

"그 사람은 아마 실종 중인 소녀단원일 거예요. 누구더라? 페이션스는 아니고, 맞아, 패밀라 리브스예요."

헨리 경은 그녀를 쳐다보았다.

"도대체 왜 그런 생각을 하셨죠, 마플 양?"

마플 양은 조금 얼굴을 붉혔다.

"실은 그녀가 집을 나간 뒤 돌아오지 않는다는 뉴스가 라디오로 방송되었어요―어젯밤부터. 그녀의 집은 데인레이 베일이니까, 여기에서 그리 멀지 않아요. 그녀가 데인베리 다운스에서 개최된 소녀단 대회에 참석했던 게 그녀를 본 마지막이었다고 해요. 데인베리 다운스는 그녀의 집에서 그리 멀지 않은 곳이지만, 집에 돌아가려면 데인머스를 지나야만 해요. 그러니까, 대강 상황이 맞는다고 생각했죠. 아마 그녀는 보거나 듣거나 해선 안 되는 걸 보거나 듣지 않았을까요? 만일 그렇다면, 그녀는 살인범 입장에선 아주 위험한 존재가 되어 버린 셈이니까, 물론, 살해해야 되었겠지요. 두 사건은 분명 관련이 있습니다, 그렇지 않아요?"

헨리 경은 좀 목소리를 낮추어 말했다.

"그러면, 두 번째 살인이 되는 겁니까?"

"그렇죠." 그녀의 냉정한 시선이 그의 시선과 마주쳤다.

"한 사람을 죽였으면 또 한 명을 죽이는 것쯤이야 무서울 리가 없잖아요? 세 사람째 살인도 할 수 있을 거예요."

"세 사람째? 설마 세 번째 살인사건이 일어나리라 생각하지는 않으시죠?"

"그렇게 생각할 수 있겠지요……. 하지만, 그럴 가능성도 많아요!"

"마플 양!" 헨리 경이 말했다.

"놀라게 하지 마십시오. 다음엔 누가 살해될지 알고 계십니까?"

마플 양은 말했다.

"추측은 하고 있어요!"

제13장

1

하퍼 총경은 검게 그을리고 찌그러진 차의 잔해를 바라보면서 막연히 서 있었다. 그 속에 검게 탄 시체가 없더라도 타고 남은 차의 그 앙상한 철구조물은 언제나 보는 것만으로도 참혹함을 주었다.

벤 채석장은 인적이 드문 변두리에 있었다. 직선거리로 치면 데인머스에서 불과 2마일밖에 되지 않았지만, 그곳으로 통하는 길은 좁고 구불구불한데다가 울퉁불퉁하게 패여 있었다. 그 길은 채석장으로만 통하는 길로, 그 길에 패인 차바퀴의 대부분은 이륜 짐마차 자국이었다. 그 채석장이 사용된 것은 상당히 옛날 일이고, 지금은 흑석(黑石)을 캐러 오는 관광객이 간혹 그 오솔길을 지날 뿐이었다. 차를 감추는 데는 안성맞춤인 장소였다. 만일 차가 타는 불길이 어렴풋이 하늘에 오르는 것을 앨버트 비그스라는 한 노동자가 일하러 가는 도중에 보지 못했다면, 그 차는 몇 주일이나 발견되지 않았을 것이다.

앨버트 비그스는 진술해야 할 사항을 이미 다 말했지만 아직 현장에 남아서 자신이 목격한 전율적인 사건을 터무니없는 수식을 덧붙여 가면서 몇 번이고 되풀이하고 있었다.

"······저는 눈을 크게 뜨고, '저런!' 하고 외쳤습니다. 굉장히 커다란 불꽃이 하늘까지 밝게 피어올랐거든요. 화톳불일까, 벤 채석장에서 요즘 화톳불을 피우는 사람이 도대체 누굴까 하고 생각해보았지만, 아무래도 화톳불은 아닌 것 같잖아요. 그래서, 저건 틀림없이 화재라고 생각했고, 게다가 좀 수상하다 싶더군요. 이곳엔 집이 한 채도 없으니까요. 아무리 봐도 분명히 벤 채석장 근처에서 타오르고 있는 것이고, 그래서 어떻게 하면 좋을까 생각하고 있는데 맞은편에서 앤드루 순경이 자전거를 타고 오더군요. 그래서, 저는 그 사실을 곧 그 순경에게 말했지요. 그때에는 불이 완전히 꺼진 상태였지만요. 제가 이렇게 말했어요. '저쪽에서 제 눈으로 똑똑히 봤습니다.'라고요. 하늘이 온통 타올라 굉장했다고 설명했지요. 아마 짚더미에 어떤 부랑자가 불을 붙였을지도 모른다고 했습니다. 설마 차가 탔으리라고는 누가 상상이나 할 수 있었겠어요? 게다가, 그 안에 사람이 타 죽어 있다니 정말 생각만 해도 끔찍하군요. 정말 엄청난 일이에요."

글렌셔 군 경찰은 갑자기 바빠졌다. 검시의가 부검을 시작하기 전에 현장사진을 찍고 검게 탄 시체의 상황을 자세히 기록해 두어야만 했다.

검시의는 손에 붙은 검은 재를 털어내면서 하퍼에게 다가왔다. 그의 입술이 대단히 불쾌한 듯 다물어져 있었다. 그가 말했다.

"완전히 타버렸습니다. 한쪽 발과 구두만이 겨우 형태가 남아 있는 정도더군요. 언뜻 봐서 여자인지 남자인지조차 모를 정도지만, 다시 잘 골격을 조사해 보면 그 점은 판명될 겁니다. 다만 그 구두는 끈으로 묶게 되어 있는 검정 구두였습니다. 왜 여학생들이 잘 신는 것 있지 않습니까?"

"이웃 군에서 여학생이 한 명 실종되었다는데······." 하퍼가 말했다.

"그럴지도 모르지. 열여섯 살인가 그 정도의 소녀였는데."

"그러면, 아마 그 여학생일 겁니다. 불쌍하게도······." 의사가 중얼거렸다.

하퍼는 눈썹을 찡그렸다.

"그녀는 산 채······."

"아니, 아니, 그렇진 않으리라 생각합니다. 도망치려 한 흔적이 전혀 없거든요. 그 시체는 좌석에 내던져진 채 다리가 밖에 나와 있습니다. 아마 차에 넣을 때는 죽어 있었을 겁니다. 즉, 증거를 없애려고 차에 불을 지른 거지요."

그는 사이를 떼고 물었다.

"이제 제가 할·일은 더 없나요?"

"흠, 정말 수고했소."

"그러면 돌아가겠습니다."

그는 차가 있는 곳으로 갔다. 하퍼는 특히 자동차 사건에 일가견이 있는 자기 부하 직원이 일을 하는 곳으로 다가갔다. 그 부하가 얼굴을 들었다.

"분명히 방화입니다. 휘발유를 차에 붓고 불을 붙인 겁니다. 건너편 덤불 속에 빈 깡통이 세 개 있더군요."

조금 떨어진 장소에서 다른 한 사람이 차의 잔해에서 꺼낸 것들을 신중히 살펴보고 있었다. 타서 그을린 검은 끈 구두와 검게 탄 어떤 조그마한 물건이었다. 하퍼가 다가가자 그 부하가 그를 올려다보며 말했다.

"이걸 보십시오. 피살자 신원이 밝혀질 것 같은데요."

하퍼는 그 작은 물체를 손에 들었다.

"소녀단원의 유니폼에 달린 단추 아닌가?"

"그렇습니다."

"그렇군. 그래, 확실한 것 같아." 하퍼가 말했다.

그는 약간 현기증을 느꼈다. 루비 킨이 살해됐고, 이번엔 불쌍한 소녀 패밀라 리브스까지 살해된 것이다.

그는 또 자신이 전에 한 말을 되풀이해서 중얼거렸다.

"글렌셔 군이 어떻게 된 모양이군."

그가 취할 다음 행동은 자신의 군 경찰서장에게 전화를 걸고 멜첫 대령에게 연락을 취하는 것이었다. 패밀라 리브스의 시체가 발견된 곳은 글렌셔 군이었지만, 실종된 사람의 주소는 라드퍼드셔 군이었던 것이다.

그다음으로 그에게 주어진 일은 결코 유쾌한 일이 아니었다. 패밀라 리브스의 부모에게 이 소식을 전해야만 했으니까……

2

하퍼 총경은 현관벨을 누르면서 블레셔드 저택의 정면을 부러운 듯이 올려다보았다. 자그맣고 아담한 저택이었다. 1에이커 반 정도의 예쁜 정원도 있었다. 20년쯤 전 유행에 맞게 건축된 저택 같았다. 군인이나 정년퇴임한 관리의 집 같은 분위기를 풍겼다. 친절하고 품위 있는 사람들. 굳이 그들의 단점을 든다면 다소 생기가 부족하다는 정도였다. 아이들 교육에 가능한 한 많은 돈을 투자하는 사람들이었다. 비극과는 인연도 연고도 없는 사람들이었다. 그러나 지금 그들에게 하나의 비극이 오고야 말았다. 그는 한숨을 내쉬었다.

이윽고 그는 방으로 들어섰고, 흰 콧수염의 진실해 보이는 신사와 울어서 눈이 벌겋게 부은 부인이 소파에서 일어났다.

리브스 부인이 기다리다 못해 소리쳤다.

"패밀라 소식을 아셨나요?"

그러고 나서 그녀는 마치 총경의 슬픔에 가득 찬 시선 때문에 밀려나듯 두세 걸음 뒷걸음질쳤다.

"나쁜 소식이라 좀체 말씀드리기 어렵군요." 하퍼가 말했다.

"패밀라가……." 부인의 목소리가 떨렸다.

"딸에게 무슨 일이 일어났습니까?" 리브스 소령이 재촉하듯 물었다.

"예."

"죽었나요?"

리브스 부인이 울음을 터뜨렸다.

"그런, 그런 일이!" 격한 목멤이 말을 삼켜 버렸다.

리브스 소령은 아내의 어깨를 껴안았다. 그는 입술을 떨면서 더듬어 찾는 듯한 눈빛으로 하퍼를 보았다. 하퍼는 고개를 숙였다.

"사고입니까?"

"아니오, 그렇지 않습니다. 채석장에 버려진 불에 탄 차 속에서 발견되었습니다."

"차 속에? 채석장에서?" 그는 어이없는 듯 반문했다.

리브스 부인은 무너지듯 소파에 몸을 던지고 격하게 울기 시작했다.

하퍼 총경이 말했다.

"죄송하지만, 조금만 시간을 내주시겠습니까?"

리브스 소령이 날카로운 목소리로 묻기 시작했다.

"어째서 그렇게 된 겁니까? 치한의 짓입니까?"

"그런 것 같습니다. 만일 괜찮으시다면, 두세 가지 묻고 싶은데 괜찮으시겠습니까?"

"예, 물론이죠. 당신이 말씀하신 것이 사실이라면 한시라도 지체해서는 안 될 테니까. 그러나 정말 믿지 못하겠군요. 패밀라 같은 아이를 덮치다니, 도대체 어떤 놈이지?"

하퍼는 천천히 말했다.

"따님의 실종 당시의 모습은 당신이 이 지방 경찰에 연락해 주셔서 알고 있습니다. 따님은 소녀단 대회에 참석하고 나서 저녁식사 때까지는 집에 돌아올 수 있었나요?"

"예."

"버스로 돌아오나요?"

"예."

"따님의 친구들 말에 따르면, 대회가 끝났을 때 따님은 데인머스로 가서 울워스 가게에 들렀다가 버스로 집에 돌아올 예정이었다고 하는군요. 그 경로에 미심쩍은 점은 없으십니까?"

"극히 자연스런 경로인데요. 패밀라는 울워스 가게에 가는 길 좋아했습니다. 지금까지 몇 번인가 데인머스에 쇼핑하러 갔었지요. 버스는 여기에서 4분의 1마일 정도 떨어진 큰 길을 지납니다."

"따님에게 다른 무슨 볼일이 있었는지 모르시겠습니까?"

"제가 아는 한은 없었습니다."

"데인머스에서 혹시 누군가와 만날 약속 같은 것도 없었고요?"

"예, 그런 일은 단연코 없습니다. 만일 그렇다면 분명 우리들에게 말했을 겁니다. 저녁식사 땐 돌아오기로 했거든요. 그런데, 너무 늦게까지 안 돌아오기에 경찰에 전화한 거지요. 딸은 늦게 돌아오는 일이 좀체 없었으니까요."

"따님에게는 별로 마음에 들지 않는 친구—즉, 당신이 교제를 금지하는 그런 친구들은 없었던가요?"

"예, 그런 문제가 일어난 일은 한 번도 없었습니다."

리브스 부인이 울음 섞인 목소리로 끼어들었다.

"팜은 아직 어린애예요, 나이보다도 훨씬 어렸어요. 여러 가지 놀이를 좋아해서……, 어른 티가 나는 데가 전혀 없는 아이였어요."

"당신은 데인머스의 마제스틱 호텔에 묵고 있는 조지 바틀렛을 아십니까?"

리브스 소령은 의아한 얼굴로 말했다.

"그런 이름은 들은 적도 없습니다."
"당신의 따님이 그를 알고 있었다고는 생각할 수 없을까요?"
"알 리가 없죠." 그는 곧 덧붙였다.
"왜 그런 사람이 문제가 됩니까?"
"따님의 시체가 있던 미논 14형 차의 주인이 바로 그 사람입니다."
리브스 부인이 소리쳤다.
"그러면 분명 그 사람이……."
하퍼는 그 말을 가로막았다.
"그는 오늘 아침 자기 차가 분실되었다고 신고했습니다. 그 차는 어제 오후까지 마제스틱 호텔의 정원 한가운데에 있었습니다. 그러니까, 누군가가 그 차를 훔쳤을지도 모릅니다."
"누가 거기에 탔는지를 본 사람은 없습니까?"
총경은 고개를 끄덕였다.
"하루 종일 몇십 대의 차가 출입하고 있고, 게다가 미논 14형은 가장 많이 보급되어 있어서요."
리브스 부인이 소리를 질렀다.
"그러나, 뭔가 대책을 세워야잖아요. 그런 짓을 한 악마를 붙잡으려고 하시지 않습니까? 제 딸은……, 딸은 산 채로 타죽은 것은 아닌가요? 아, 가여운 팜……!"
"따님은 그런 고통은 받지 않았습니다. 차에 불이 붙었을 때에는 이미 죽어 있었던 것이 확실합니다."
리브스가 긴장한 목소리로 물었다.
"그 아이는 어떻게 살해된 겁니까?"
하퍼는 암담하다는 듯한 눈길을 상대에게 던졌다.
"그건 모릅니다. 불에 탔기 때문에 그런 증거가 모두 없어져 버렸습니다."
그는 소파에 쓰러져 울고 있는 부인을 뒤돌아보았다.
"저희들도 전력을 다해 수색하고 있습니다. 어쨌든 어젯밤 데인머스에서 당신의 따님 모습을 본 사람은 발견할 수 있을 겁니다. 따님이 누구와 함께 있있는지도 틀림없이 알아낼 수 있을 겁니다. 그러나 그러기에는 시간이 걸립니다. 여기저기서 소녀단원의 모습을 봤다는 보고가 들어올 테니까요. 요는 그것을 선별하는 것뿐이지요. 인내가 필요합니다. 그러나 결국엔 틀림없이 진상을 규명하겠습니다."

리브스 부인이 물었다.

"딸은 어디에, 어디 있습니까? 볼 수 있습니까?"

하퍼 총경은 다시 그녀를 바라보고 말했다.

"검시의에게 맡겼습니다. 소령님과 상의해서 이제부터 수속을 밟으려고 합니다. 그동안 부인은 따님이 한 말들을 가능한 한 생각해 내주시겠습니까? 그때는 아무런 주의 없이 흘려 들은 것이라도 어쩌면 뭔가 실마리가 될지도 모르니까요. 아시겠습니까? 그저 대수롭지 않은 한마디라도 괜찮습니다. 그것이 부인께서 협력해 주실 최선의 방법이라고 생각합니다."

두 남자가 문 쪽으로 걸어갔을 때 리브스 부인은 사진 한 장을 가리키며 말했다.

"여기 딸이 있어요."

하퍼는 사진을 주의해서 살펴보았다. 하키 팀의 사진이었다. 부인은 부원들 한가운데에 있는 패밀라를 가리켰다.

'귀여운 소녀로군.'

하퍼는 머리카락을 내려뜨린 진지한 표정의 소녀를 보면서 그렇게 생각했다. 그리고 차 속에서 새까맣게 탄 채로 버려져 있던 시체를 생각하곤 우울하게 입술을 다물었다. 그는 패밀라 리브스 살인사건을 절대로 글렌셔 군의 미해결 사건으로 남겨 두지는 않으리라 맹세했다.

루비 킨의 경우는 스스로 초래한 결과를 가져온 것에 불과할지도 모르지만, 패밀라 리브스는 전혀 사정이 다르다. 불쌍한 소녀였다. 그는 돌에 걸터앉아서도 그녀를 살해한 범인을 반드시 찾아내리라는 결의를 굳혔다.

제14장

 그리고 이틀이 지나서 멜쳇 대령은 커다란 책상을 사이에 두고 하퍼 총경과 이야기하고 있었다. 하퍼는 상의할 게 있어 머치 벤햄을 방문했던 것이다.
 멜쳇이 내키지 않는 얼굴로 말했다.
 "지금까지 우리가 알고 있는 사실이 무엇인지, 또 어디에서부터 오리무중이 되었는지를 다시 한 번 검토해 볼 필요가 있을 것 같소."
 "어디부터 오리무중이 되었는지를 확인하는 편이 보다 적절할 겁니다."
 "아무튼 우리들은 두 죽음의 수수께끼를 풀어야만 하오." 멜쳇이 말했다.
 "살인사건이 둘. 피해자는 루비 킨과 패밀라 리브스. 시체를 확인할 수는 없다고 해도 패밀라인 것은 확실해. 간신히 타지 않고 남은 그 구두는 아버지가 그녀의 거라고 확실히 증언했고, 게다가 그녀가 입고 있던 소녀단 유니폼의 단추도 있지. 정말 잔인한 살인이야, 그렇지 않소, 총경?"
 "정말 동감입니다." 하퍼 총경은 매우 조용한 어조로 대답했다.
 "다행히도 그녀는 차에 불이 붙기 전에 살해된 것 같아서 조금은 안심이오만. 자리에 비스듬히 누워 있던 모습으로 보아 그렇게 단정해도 될 게요. 머리를 세게 얻어맞고 살해 된 것 같아. 분명해요."
 "어쩌면 교살되었을지도 모르지요." 하퍼가 말했다.
 멜쳇의 눈이 예리하게 빛났다.
 "그렇게 생각하시오?"
 "예, 적어도 그렇게 죽일 수도 있다는 얘기죠."
 "글쎄, 나도 그녀의 부모를 만났소. 불쌍하게 어머니는 거의 정신이 나간 것 같더군. 정말 비참한 사건이야. 어쨌든 우리들이 우선 확실히 해둬야 될 점은 이 두 살인사건이 관련이 있느냐 없느냐 하는 거요."

"저는 절대로 있다고 봅니다."

"나도 그래요."

총경은 손가락의 관절을 소리 내어 꺾었다.

"패밀라 리브스는 데인베리 다운스에서 개최된 소녀단 대회에 참석했었는데, 친구들 말로는 그때 그녀는 별로 이상한 점이 없이 매우 기분이 좋았다고합니다. 대회가 끝난 뒤에는 다른 세 친구와 함께 메드체스터로 돌아가지 않고 데인머스에 들러 울워스 가게에서 쇼핑을 하고 버스로 집에 돌아가겠다고 하며 그들과 헤어졌답니다. 저 언덕에서 데인머스로 가는 간선도로는 꽤 구석진 곳을 우회해서 달립니다. 그래서, 패밀라 리브스는 초원을 가로질러 마제스틱 호텔에서 가까운 데인머스로 향하는 지름길을 택했을 겁니다. 그 오솔길은 호텔의 바로 서쪽을 지나니까 뭔가를 봤거나 들었는지도 모르지요. 물론 그것은 범인을 중대한 위기로 몰아넣는 것이었겠죠. 어쩌면 그녀는 범인이 그날 밤 루비 킨과 11시에 만날 약속을 하는 것을 들었을지도 모릅니다. 그래서 범인은 그 여학생이 엿들은 걸 알았고, 그녀를 없애야만 되었던 거지요."

멜첫 대령이 말했다.

"이건 추측에 불과하지만, 하퍼, 루비 킨 사건은 훨씬 전부터 계획되었을 거라고 생각하는데, 이에 대해서 당신 생각은 어떠시오?"

하퍼 총경이 동의했다.

"저도 그러리라 생각합니다. 얼핏 봐서는 뭔가 사실과는 다른, 일시적인 격정이나 질투로 갑자기 폭력을 휘두른 것처럼 보이지만, 점점 그게 아니라는 기분이 듭니다. 그렇지 않으면 리브스가 살해된 사건과 관련시켜 생각할 수가 없으니까요. 만일 그 소녀가 범행을 목격했다고 하면 당연히 그것은 그날 밤 11시 전후였던 게 되는데, 그런 시간에 그녀가 마제스틱 호텔 부근에서 도대체 뭘 하고 있었을까요? 딸이 늦게까지 돌아오지 않는다고 부모가 걱정되어 경찰에 신고한 것은 9시였습니다."

"그녀가 부모나 친구들이 모르는 누군가를 데인머스에서 만나려고 그곳에 갔었다고도 생각할 수 있지. 그렇게 되면 그녀의 살해사건과 또 다른 살인과는 무관하다고 보는 게 타당할 테지만."

"예, 그건 그런데요. 그러나 저는 그렇게 생각지 않습니다. 그 할머니, 마플 양이 이 두 사건은 관계가 있다고 말한 것을 생각해보십시오. 그녀는 보지도 않고 소각된 승용차 안의 시체는 실종된 소녀단원의 시체가 틀림없다고 말했습니다. 무서운 통찰력이죠. 때때로 그런 할머니가 있긴 하지만, 그렇다고 해도 그녀는 정말 예리합니다. 대뜸 핵심을 잡아내거든요. 대단하지요."

"마플 양의 수완은 나도 한 번 봤소." 멜쳇 대령이 솔직히 말했다.

"게다가, 그 차 말입니다. 그 차는 그 소녀의 죽음을 마제스틱 호텔과 분명히 연관시키고 있습니다. 조지 바틀렛의 차거든요."

두 사람의 시선이 다시 마주쳤다. 멜쳇이 말했다.

"조지 바틀렛은 어떻소? 수상하지 않소? 어떻게 생각하시오?"

하퍼는 가락을 붙여서 암송하는 듯한 어조로 대답했다.

"루비 킨을 마지막으로 본 사람은 조지 바틀렛이었습니다. 그는 그녀가 일단 방에 돌아갔다고 했지요. 그것은 그녀가 입고 있던 드레스가 방에 있었던 것으로 입증됩니다. 그러나 그녀는 그와 함께 외출하기 위해 방에 돌아가 옷을 갈아입은 건 아닐까요? 아직 그렇게 어둡지 않을 때, 예를 들면, 저녁식사 전에 그가 그녀와 함께 외출할 약속을 했는데, 그 모습을 패밀라 리브스가 우연히 보게 된 것은 아닐까요?"

"그는 차가 도난당한 것을 이튿날 아침까지 신고하지 않았고, 설명 또한 매우 애매모호한 것이, 차를 최후로 본 것이 언제였는지조차 생각나지 않는다고 했지, 아마?"

"그렇습니다. 제가 본 바로는 그는 멍청이를 가장하는 극히 교활한 작자든지, 아니면 정말 아무것도 모르는 바보이든지 둘 중 하나인 것 같습니다."

"범인이라 단정하려면 범행 동기를 잡아야 하는데, 그가 루비 킨을 살해할 만한 동기는 아무것도 없잖소?"

"그렇지요. 바로 그 점 때문에 수사가 막히고 있습니다. 브릭스웰의 팔레 드 댄스의 보고 역시 전혀 쓸모가 없었지요."

"전연 쓸모가 없었지. 루비 킨은 특별히 친한 남자친구도 한 명 없었던 것 같고 슬랙 경감이 철저히 조사하겠지―슬랙에게는 안성맞춤인 일일 테니까."

"그건 그렇죠. 위풍당당함은 그의 전매특허니까요."

"만일 무언가 걸려들 건더기가 있다면 틀림없이 걸렸을 텐데. 도대체 아무것도 없어. 최근 그녀와 몇 번 함께 춤춘 적이 있는 손님의 명단을 만들어서 이 잡듯이 조사했지만, 그렇다 할 남자는 한 사람도 없었으니 말이오. 모두 착실한 사람들뿐이고, 또한 각자 그날 밤의 알리바이를 갖고 있으니."

"그 알리바이 말인데요……, 무언가가 나올 듯도 싶습니다만."

멜쳇은 날카로운 눈으로 상대를 쳐다보았다.

"그렇소? 당신이 담당한 수사선에서?"

"예, 그렇습니다. 지금 철저히 조사하는 참입니다. 런던에도 협조를 구했습니다."

"그래서?"

"콘웨이 제퍼슨 씨는 개스켈 씨나 애들레이드가 모두 유복하게 지낼 수 있을 만큼 재산을 갖고 있다고 생각하는 듯하지만, 실상은 그렇지 않다고 합니다. 두 사람 다 매우 가난합니다."

"정말이오?"

"사실이다마다요. 콘웨이 제퍼슨 씨가 말한 대로 아들과 딸은 결혼했을 때 그에게서 각각 상당한 금액을 상속받았습니다. 그러나 그것은 이미 10년 전의 일이죠. 아들인 프랭크 제퍼슨은 주식투자에는 자신이 있었던 것 같긴 한데, 좀 넋이 빠졌다 할 정도로 터무니없는 투자를 했고, 또 운도 나빴고, 판단력 또한 부족해서 실패를 되풀이했을 뿐이죠. 하여튼 그가 죽을 당시에는 그가 가진 주식은 싸구려가 되어 있었습니다. 아마 그의 미망인은 그 수입으로는 아들을 학교에 보내기는커녕 생활하기조차 어려웠으리라 생각됩니다."

"그러나 그녀는 현재 시아버지에게 원조를 받고 있지 않은데?"

"예. 제 추측으로는 그녀가 시아버지와 함께 생활하고 있으니까, 현재로선 생활비는 들지 않으리라 생각됩니다."

"더구나, 그는 그리 오래 살지는 못할 것 같은 건강상태이고……"

"그렇습니다. 그리고 마크 개스켈 씨 말인데, 그는 단순하고 순진한 도박꾼입니다. 그래서 눈 깜짝할 사이에 자기 부인의 돈을 전부 써버렸습니다. 현재는 빚으로 옴짝달싹할 수 없는 상태가 된 거지요. 어떻게 해서든 돈을 마련해야 될 필요성에 직면한 겁니다—그것도 거액의 돈을."

"아무래도 그의 표정이 마음에 걸리더군." 멜쳇이 말했다.

"마치 어딘지 바보 같은 느낌이라서 말이오. 그러면, 그에겐 버젓한 동기가 있었던 셈이로군. 2만 5천 파운드의 빚이라, 그러면 그 여자를 죽이고 싶어졌을 거야. 그렇군, 훌륭한 동기야."

"두 사람 다 같은 동기를 갖고 있는 셈입니다."

"제퍼슨 부인은 일단 빼도 되지 않겠소?"

"예, 그 기분은 알겠습니다. 어쨌든 두 사람 다 알리바이는 갖고 있습니다. 그 시간에 그런 짓은 도저히 할 수 없었겠죠."

"당신은 그날 밤 그들의 행동을 상세히 다 조사했소?"

"예. 모두 조사해 봤습니다. 제일 처음에 개스켈 씨의 행동을 조사해 봤지요. 그가 장인, 그리고 제퍼슨 부인과 함께 저녁식사를 하고 커피를 마시고 있었을 때에 루비 킨이 거기에 끼어 있었습니다. 그는 곧 편지를 써야 된다며 자리를 떴습니다. 그러나 실제로는 호텔 근처에서 가벼운 드라이브를 즐기고 있었지요. 그는 밤새도록 브리지를 할 기분이 들지 않아서 그랬다고 솔직히 제게 털어놓았습니다. 노인이 브리지에 철저히 빠져 있었기 때문에 편지를 구실로 빠져나왔다는 겁니다. 루비 킨은 계속 거기에 남아 있었습니다. 그리고 나서 그녀가 레이먼드와 첫 번째 공연을 하고 있을 때 자리로 되돌아왔습니다. 댄스가 끝나자 루비 킨이 또 와서 그들과 함께 음료를 마신 뒤 바틀렛과 함께 댄스홀로 갔고, 개스켈은 댄스를 거절하고 곧 브리지를 시작한 거지요. 그것이 11시 20분 전이고, 그러고 나서 12시가 넘을 때까지 그는 테이블을 떠나지 않았습니다. 그러니까, 그가 그런 짓을 했을 리가 없죠. 제퍼슨 부인의 알리바이도 똑같이 성립됩니다. 그녀도 전혀 자리를 떠나지 않았지요. 따라서, 두 사람 다 용의가 없는 셈입니다—완전히."

멜쳇 대령은 의자 등에 상체를 기댄 채 편지봉투 뜯는 칼로 테이블을 가볍게 두드렸다.

"그러나 물론 이 추리는 그 여자가 12시 전에 살해되었다고 가정할 때 얘깁니다." 하퍼 총경이 말했다.

"헤이독 의사는 사망시간을 그렇게 추정하고 있소. 그는 검시의로서 충분히 믿을 수 있는 사람이오. 그가 말하는 것이면 우선 틀림없지."

"혹 잘못 판단할 수도 있지 않을까요? 피해자의 건강 상태라든가 특이체질이라든가 하는 면에서요."

"한번 확인해 봅시다."

멜쳇은 시계를 보고 나서 수화기를 들어 전화번호를 말했다.

"헤이독은 이 시간에 대개 집에 있지. 그런데, 만일 그녀가 12시가 지나 살해되었다고 하면?"

"그렇다면, 여러 가지 다른 방향을 찾을 수 있지요. 예를 들면 개스켈이 그녀와 어딘가 밖에서 12시 20분 전경에 만날 약속을 했다고 하십시다. 그는 2~3분 만에 호텔에서 빠져나와 그녀를 교살하고, 그리고 일단 되돌아와서 다시 나중에, 이튿날 아침 일찍 시체를 숨겼을지도 모릅니다."

"시체를 밴트리의 서재로 던져 넣기 위해 30 몇 마일이나 차로 달려갔다는 말이오? 그것은 좀 이해가 가지 않는구먼."

"그렇군요." 총경은 곧 자신의 의견을 거두었다.

전화벨이 울렸다. 멜쳇이 수화기를 들었다.

"여보세요. 헤이독이오? 실은 루비 킨의 일인데, 그녀가 살해된 시간이 12시가 넘을 수도 있는 가능성은 없겠소?"

"당신에게 말씀드린 대로 그녀는 10시에서 12시 사이에 살해되었습니다."

"흠, 그건 아는데……, 그 시간을 좀더 늘려서 생각할 수는 없겠소?"

"아니오. 그 이상은 늘릴 수 없습니다. 그녀가 살해된 시각이 12시 전이라고 제가 말씀드리는 이유는 상당한 확신에 근거한 말입니다. 의학적인 문제에까지 간섭하시면 곤란한데요."

"그건 그런데, 다만 뭔가 생리학적으로 특수한 조건이 작용하지는 않았나 하는 생각 때문이오. 내가 말하는 의미를 알겠소?"

"대령님이 무얼 말씀하는지 잘 알겠습니다. 그 여자는 완전한 건강체이고, 아무 데도 이상한 점은 없었습니다. 다만 그녀의 죽음에서 경찰이 범인에 대한 단서를 찾지 못할 것은 틀림없습니다. 어쨌든 이론(異論)을 제기할 여지는 없습니다. 의학적인 판단에 문제는 전혀 없으니까, 다른 쪽에 신경을 쓰시죠. 그리고 나중에 말씀드리겠지만, 그 여자는 자신이 목을 졸린다는 걸 몰랐습니다. 즉, 그녀는 마취를 당해 있었습니다. 강력한 마취제입니다. 그녀의 직접적인 사인은 목을 졸린 것이지만, 사실 그 이전에 그녀는 혼수상태였습니다."

헤이독은 그렇게만 말하고 전화를 끊었다.

멜쳇은 어두운 얼굴로 하퍼를 보았다.

"그런 거군."

"간신히 한 사람 마음에 걸리는 인물이 있기는 했는데, 어쩌면 그것도 소용 없어져 버린 것 같습니다." 하퍼가 말했다.

"어째서? 누구요, 그 사람은?"

"엄밀히 말하자면 이것은 대령님의 영역인데……, 베이질 블레이크라는 사람입니다. 고싱톤 홀 근처에 살고 있는 사내지요."

"그 무례한 애송이!"

대령은 베이질 블레이크의 거만한 태도를 생각해 내고는 불쾌한 듯 눈썹을 찡그렸다.

"그런데, 그는 이 사건과 어떤 관계가 있소?"

"그가 루비 킨과 사귀고 있었던 것 같습니다. 마제스틱에 자주 식사하러 가서 그녀와 춤을 추기도 했고요. 루비가 실종된 것을 알았을 때 조시가 레이먼드에게 뭐라고 말했는지 기억나십니까? '그 애 혹시 그 영화사 사람과 함께 있지 않았나요?'라고 했습니다. 저는 퍼뜩 그건 블레이크라고 생각했지요. 그는 렌빌 촬영소에서 일하고 있습니다. 조시는 루비가 그와 상당히 가까웠다는 사실을 생각했겠지요. 그 이외에는 짐작이 갈 만한 데가 없었던 겁니다."

"정말 좋은 착안이군. 하퍼, 그럴 법한 생각인 것 같소."

"그런데, 그렇지도 않습니다. 베이질 블레이크는 그날 밤 촬영소의 파티에 참석했었습니다. 야단법석을 피운 거지요. 8시에 칵테일을 마시기 시작해서 모두 곤드레만드레 취할 때까지 계속 마신 것 같습니다. 그를 찾아갔던 슬랙 경감의 말에 따르면, 그는 거기서 12시경에 나왔다고 합니다. 그런데 루비 킨은

12시에는 죽어 있었던 거 아닙니까."

"그의 말을 증명할 사람이 있소?"

"대부분이 적당히 취했던 것 같은데, 단 한 사람 별장에 있는 다이나 리라는 여자가 그의 진술을 증명하고 있습니다."

"하지만, 그녀를 믿을 수는 없잖소?"

"예, 그럴지도 모릅니다. 그러나 파티에 참석했던 다른 사람들의 말도, 시간은 다소 일치하지 않지만 대체로 블레이크의 진술과 비슷합니다."

"그 촬영소는 어디에 있소?"

"렌빌에 있습니다. 런던에서 남서쪽으로 30마일쯤 떨어진 곳입니다."

"아, 그러면 여기에서도 그쯤 떨어져 있겠군."

"예, 그렇습니다."

멜쳇 대령은 코를 만지작거렸다. 그는 보다 불만 섞인 어조로 말했다.

"좀더 철저하게 그를 조사해 볼 필요가 있지 않을까?"

"예, 저도 그렇게 생각합니다. 다만 한 가지, 그가 과연 루비 킨에게 그 정도로 빠져 있었나 의심할 만한 모습은 찾아볼 수 없었습니다. 오히려……."

총경은 헛기침을 했다.

"그는 다른 젊은 여자에게 열중해 있었던 것 같습니다."

멜쳇이 말했다.

"그렇다면, 살인범은 투명 인간이라도 되나? 슬랙조차도 그 발자국을 발견하지 못하다니! 제퍼슨의 사위는 그 여자를 살해하고 싶었다고 해도 살인할 기회가 없었던 셈이고, 며느리 또한 마찬가지였고, 조지 바틀렛은 알리바이는 없지만 동기 같은 게 전혀 없고……. 그리고 블레이크라는 애송이는, 그는 알리바이도 있고 동기도 없다. 흠……, 모두 아니군! 아니, 잠깐만. 그 프로 댄서, 레이먼드 스타는 어떻소? 그는 피살자를 꽤 잘 알 텐데?"

하퍼가 천천히 말했다.

"그가 그 여자에게 그 정도로 흥미를 가졌다고는 생각되지 않을뿐더러, 그 정도로 악당이라고도 생각되지 않습니다. 게다가, 분명한 알리바이가 있습니다. 11시 20분 전부터 12시까지 그는 많은 사람들의 눈에 띄는 장소에서 여러 여성을 상대로 춤을 추고 있었으니까요. 그에게 혐의를 씌울만한 단서는 없습니다."

"그렇다면……, 아무에게도 혐의를 씌울 수 없군." 멜쳇이 말했다.

"조지 바틀렛뿐입니다. 최후의 희망은 동기만 찾아내면 되는데……."

"그의 신원을 조사해 봤소?"

"예, 한마디로 어린애입니다. 어머니에게 응석을 받고 자랐지요. 1년 전에 그 어머니가 돌아가셔서 막대한 유산이 주머니로 굴러 들어온 것인데, 씀씀이가 헤퍼서 그것도 순식간에 날려 버렸다고 합니다. 게다가, 악한이라고 하기엔 너무도 허약합니다."

"정신적으로 말이지?" 멜쳇이 아무렇지도 않게 말했다.

하퍼 총경이 고개를 끄덕였다.

"결국 이 사건은 그런 면에서 해결의 열쇠를 찾을 수밖에 없을 것 같지 않습니까?"

"정신이상자의 범죄라는 의미요?"

"그렇습니다. 젊은 여자를 보면 문득 목을 조르고 싶어지는 증상이지요. 의사는 거기에 뭐라고 긴 이름을 붙이겠지만."

"만일 그렇다면 이 사건은 한꺼번에 해결되겠군." 멜쳇이 말했다.

"하지만, 한 가지 맘에 들지 않는 부분이 있습니다."

"어째서?"

"너무나 쉽습니다."

"그런데—그렇지, 아마 그럴 게요. 그러면 결국 또 내가 제일 처음에 말한 대로 우리들은 도대체 어디까지 알고 있는 것인지 묻고 싶군."

"결국은 아무것도 알고 있지 못하다는 겁니다." 하퍼 총경이 대답했다.

제15장

1

콘웨이 제퍼슨은 잠에서 깨 양팔을 크게 벌려서 기지개를 켰다. 그의 길고 강인한 팔에는 비행기 사고 이래 그의 전신의 힘이 뭉쳐 있는 것처럼 보였다.

커튼 사이로 아침 햇살이 부드럽게 비쳐 들어오고 있었다.

왠지 모르게 그의 얼굴에 미소가 떠올랐다. 푹 잠든 하룻밤이 지나면 언제나 이런 식으로 행복하고 신선하고 새로운 활력으로 충만한 아침을 맞는 것이다. 또 하루가 시작된다! 잠시 누워 있다가 손을 뻗쳐 특별히 달아놓은 벨을 눌렀다. 그때 문득 어떤 기억이 그의 뇌리를 스쳤다.

에드워즈가 가만가만 근심스런 발걸음으로 방에 들어왔을 때 그의 주인의 입에선 신음에 가까운 낮은 외침이 새어나왔다.

에드워즈는 커튼을 젖히던 손을 멈췄다.

"어디 편찮으십니까?"

콘웨이 제퍼슨은 초조한 듯 말했다.

"아니, 아무것도 아니네. 빨리 커튼을 열어 주게."

눈부신 햇살이 방에 가득 찼다. 주인의 기분을 충분히 알고 있는 에드워즈는 그를 유심히 살펴보려고도 하지 않았다.

콘웨이 제퍼슨은 음울한 얼굴로 누운 채 생각에 잠겨 있었다. 그의 눈앞에 루비의 예쁜, 그러나 생기 없는 얼굴이 떠올랐다. 하지만, 그는 마음속으로는 생기 없다는 형용사를 사용하지 않았다. 어젯밤은 그 모습을 천진난만하다고 불렀었다. 소박하고 천진한 처녀였다! 그런데 지금은······.

격한 권태감이 덮쳐 왔다. 그는 눈을 감았다. 그러고는 가만히 중얼거렸다.

"마거릿······." 그것은 죽은 아내의 이름이었다.

2

"부인의 친구는 참 마음에 들어요."

애들레이드 제퍼슨이 밴트리 부인에게 말했다.

두 사람은 의자에 앉아 있었다.

"제인 마플은 진짜 멋진 친구예요." 밴트리 부인도 맞장구쳤다.

"게다가, 정말 친절하답니다." 애디는 미소 지으며 말했다.

"그녀를 '스캔들의 창고'라는 둥 험담을 하는 사람도 있지만 실제론 그렇지 않다우."

"인간성에 대해 부정적인 견해의 소지자인가요?"

"그렇다고도 할 수 있겠지."

"지나치게 긍정적으로 인간을 평가하는 사람은 신물이 날 만큼 보았기 때문에 오히려 더 신선한 느낌이 들어요."

밴트리 부인은 날카로운 눈초리로 그녀를 보았다.

"뭐랄까, 이상만 지나치게 높은, 하찮은 것에도 커다란 가치를 부여하는 예를 많이 봤거든요." 애디가 부연해서 설명했다.

"루비 킨을 말하시우?"

애디는 고개를 끄덕였다.

"저는 그 애를 증오할 생각은 없어요. 그 애에겐 전혀 악의라곤 없었으니까요. 그녀는 지금까지 자신이 원하는 것을 얻기 위해선 싸워야만 했을 테니까요. 나쁜 애는 아니었어요. 아주 평범하고 다소 머리가 둔하면서 착한 여자였지요. 단지 방향을 잘못 잡은 사기꾼이었어요. 저는 그녀가 직접 그런 일을 계획하거나 실행했다고는 생각되지 않아요. 그럴 확률이 꽤 높았던 것뿐이지요. 그리고 그녀는 외로운 노인네의 기분을 맞추는 데는 이력이 나 있었으니까요."

밴트리 부인이 뭔가 생각하면서 물었다.

"콘웨이 씨는 역시 고독했었구먼?"

애디는 침착하지 못하게 몸을 뒤척였다.

"예, 올 여름엔 그랬어요."

그녀는 조금 사이를 두고 내뱉듯이 말했다.

"마크는 아버님이 유난히 외로움을 타시는 게 제 탓이라 하더군요. 어쩌면 그럴지도 모르지만."

그녀는 잠시 가만히 있었다. 그리고 나서 참으려야 참을 수 없다는 듯이 더듬더듬 말을 이었다.

"저는 무척 기묘한 인생을 보냈다는 생각을 해봐요. 처음의 남편 마이크 카모디는 저와 결혼하자마자 곧 죽었어요. 전 정신이 하나도 없었지요. 피터는 그가 죽고 나서 태어났어요. 프랭크 제퍼슨은 마이크의 둘도 없는 친구였죠. 그래서, 그와 간혹 만나게 된 거예요. 피터가 태어나자 그는 생전에 마이크에게 부탁받은 대로 피터의 대부가 되었지요. 그러는 동안에 저는 그를 매우 좋아하게 된 것인데, 한편으론 그가 불쌍하게 생각되기도 했답니다."

"불쌍하게?" 밴트리 부인은 흥미가 있는 듯 반문했다.

"예, 그래요. 이상하게 생각될지도 모르겠습니다만, 프랭크는 자기 하고 싶은 일은 무엇이든지 다 하면서 자랐어요. 부모님은 그에게 더할 나위 없이 자상하셨는데(그러나 뭐라고 할까) 즉, 아버님은 개성이 매우 강한 분이세요. 그래서, 그분과 함께 지내면 자신의 개성은 잃어버리고 말죠. 프랭크가 그랬어요. 저희들이 결혼했을 당시의 그분은 정말 행복했어요. 제 시아버님은 매우 관대해서 프랭크에게 막대한 돈을 넘겨주었지요. 자신이 살아 있는 동안에 자식을 독립시키고 싶다는 마음에서 그러신 거예요. 정말 부드럽고 자상하신 분이시죠. 그런데, 너무 갑작스러웠던 게 탈이었어요. 프랭크가 조금씩 독립할 수 있도록 하셨어야 했던 겁니다. 그 돈은 프랭크를 우쭐하게 했지요. 그는 사업 수완이 탁월해서 목표를 세웠다 하면 척척 그 사업에 성공을 거두는 아버지처럼, 자기도 훌륭한 사업가가 되리라는 섣부른 자만심이 생긴 거예요. 그러나 물론 그는 그런 인물은 아니었어요. 판단을 잘못해서 불경기에 부실한 기업에 투자를 했던 겁니다. 수완이 탁월하지 않으면 그만큼 막대한 손실을 입게 마련인, 정말 살벌한 세계로 한정 없이 빠져들어 갔습니다. 그래서, 프랭크는 실패할 때마다 초조해졌고, 구멍 난 부분을 다른 방법으로 메우려고 안간힘을 썼어요. 그럼에도 불구하고, 점점 늪 깊숙이 빠져 들어갔던 거예요."

"그렇지만, 콘웨이 씨는 그냥 보고만 계셨나요?" 밴트리 부인이 물었다.

"프랭크는 아버지의 충고나 도움을 받고 싶어 하지 않았어요. 자신의 손으로 어떻게 해서라도 회복하려고 고집을 부렸지요. 그래서, 아버님에게도 알리지 않았어요. 프랭크가 죽었을 때에는 재산이라곤 거의 남아 있지 않은 상태였답니다. 저에겐 그저 손톱만큼의 유산밖엔 남지 않았죠. 그래도 저는 그 사실을 아버님께 알리지 않았어요. 왜냐하면……."

그녀는 사이를 떼고 가만히 자신의 손을 바라보았다.

"프랭크를 배반하는 듯한 기분이 들었기 때문이에요. 그런 말을 하면 프랭크는 반드시 화를 냈을 테니까요. 아버님은 오랫동안 병원에 입원해 계셨죠. 건강이 회복되고 나서도 그분은 저를 돈 많은 미망인이라고 믿고 계셨지요. 그렇다고 제가 그분을 속인 것은 아니었어요. 이건 체면 문제였거든요. 그분은 제가 돈을 무척 아껴 쓴다는 사실을 눈치 챘지만, 그걸 좋게 받아들여 저를 알뜰한 여자라고 생각하셨을 거예요. 그러나 그 이후 피터와 저는 아버님과 함께 지냈기 때문에 저희들의 생활비는 전부 아버님이 지불해 주셨으니까 그 점에 대해선 염려할 필요는 없었어요."

그녀는 천천히 말을 계속했다.

"저희들은 지나간 몇 년 동안을 단란한 가족처럼 지냈습니다. 이렇게 말씀드리면 이해하실지 모르겠지만, 아버님에게 있어서 저는 프랭크의 미망인이 아니라 언제까지나 프랭크의 처였어요."

밴트리 부인은 그 말에 담긴 의미를 파악할 수 있었다.

"그분은 자기 가족이 죽었다고 생각하고 싶지 않았던 거군요."

"예, 아버님은 용기 있는 멋진 분이시죠. 그러나 그분이 자신의 비참한 상황을 극복하실 수 있었던 힘은 가족의 죽음을 끝까지 부정해 왔기 때문에 생겨났던 거예요. 지금도 마크는 로자먼드의 남편이고, 저는 프랭크의 아내지요. 프랭크나 로자먼드가 저희들과 함께 있지는 않지만, 두 사람은 아직 살아 있는 거예요."

"신앙의 멋진 승리로군." 밴트리 부인이 숙연해져서 말했다.

"그렇다고 볼 수 있지요. 아무튼 저희들은 그런 식으로 몇 년을 보냈어요.

그러나 갑자기(올 여름) 제 내부에서 뭔가가 꿈틀거리기 시작한 거예요. 반항적인 마음이 들기 시작한 거지요. 제 자신도 무서워지는 그런 이야기지만, 프랭크의 일을 이 이상 생각하고 싶지 않았던 거예요! 그에 대한 저의 사랑이나 부부의 끈은 그가 죽었을 때의 슬픔과 함께 모두 끝나 버렸어요. 그런 건 과거에는 분명히 있었지만, 지금은 이미 없어졌어요. 잘 설명할 수는 없지만, 말하자면 칠판을 깨끗이 지우고 다시 한 번 고쳐 써보고 싶어진 거라고나 할까요. 저는 제 자신을 찾고 싶었어요. 애디 자신을……, 아직은 그래도 젊고 건강해서 테니스나 수영, 댄스를 할 수 있는 애디를 말이죠. 한 인간이 되고 싶었어요. 휴고는(아시나요, 휴고 매클린을?) 매우 상냥하고, 전부터 저와 결혼하고 싶어 했어요. 저는 그것을 진지하게 생각해본 적은 없었는데, 올 여름에 갑자기 저는 거기에 대해 생각하기 시작한 거예요. 그렇다고 아주 심사숙고 했다기보다는 그저 막연히……"

그녀는 입을 다물고 약간 머리를 흔들었다.

"그리고, 그때부터 저는 젭에게 신경을 덜 썼던 것 같아요. 제가 그렇게 하려고 생각해서 일부러 등한시한 것은 아니지만, 제 마음이나 생각이 어느 사이엔가 그분과 멀어져 있더군요. 루비가 나타나 그분의 마음을 사로잡기 시작했을 때 저는 오히려 기뻤어요. 지금까지보다 더 자유로워져서, 하고 싶은 일을 할 수 있는 시간이 늘어난 셈이니까요. 허나, 그분이 그렇게까지 열중하리라고는 꿈에도 생각지 못했답니다."

"그 사실을 알았을 때는 어떤 기분이었나요?" 밴트리 부인이 물었다.

"어처구니가 없어서, 어처구니가 없어서 말을 할 수 없을 정도였어요. 화도 나더군요."

"나도 화가 났다우." 밴트리 부인이 말했다.

"피터의 일도 있어요. 피터의 장래는 젭에게 의지할 수밖에 다른 도리가 없잖아요. 젭은 지금까지 피터를 자신의 친손자처럼 귀여워했어요(적어도 저는 그렇게 생각해요). 그렇지만, 물론 진짜 손자는 아니지요. 피를 직접 나눈 사이도 아니니까요. 그러나 아무리 그렇다고 해도 피터의 상속권을 빼앗다니!"

그녀의 예쁜 손이 무릎 위에서 떨렸다.

"모든 게 다 그 저속한 사기꾼 같은 여자 때문이라고 생각하니 죽이고 싶을 정도였어요!"

그녀는 얼른 입을 다물었다. 아름다운 개암나무 색 눈이 애원하는 듯, 공포에 질린 듯, 밴트리 부인의 눈과 마주쳤다. 그녀는 말했다.

"어머, 이런 무서운 말을! 미안합니다. 별걸 다 말해서……."

그때 조용히 그들의 뒤에 다가온 휴고 매클린이 말을 걸었다.

"무서운 말이라니, 무슨 얘깁니까?"

"어머나, 이쪽으로 앉으세요, 휴고. 밴트리 부인을 아실 거예요."

매클린은 이미 이 노부인과는 구면이었다. 그는 천천히, 그러나 집요하게 물었다.

"무서운 말이라니, 도대체 무슨 말을 했습니까?"

"제가 루비 킨을 죽여 버리고 싶었다는 말이에요." 애디가 대답했다.

휴고 매클린은 잠시 생각하고 나서 말했다.

"내가 당신이었다면 그런 얘긴 안 했을 거요. 오해받지 않습니까?"

그의 침착하고 사려 깊은 회색 눈이 의미 있게 그녀를 바라보았다. 그는 덧붙여 말했다.

"하나부터 열까지 주의해야 해요, 애디."

그 말에는 분명한 경고가 담겨 있었다.

3

그러고 나서 몇 분 뒤 마플 양이 테라스로 나가 밴트리 부인과 자리를 같이했을 때에 휴고 매클린과 애들레이드 제퍼슨 두 사람은 오솔길을 내려가 해변 쪽으로 걷고 있었다.

의자에 앉으면서 마플 양이 말했다.

"저 사람이 완전히 반한 것 같죠?"

"벌써 몇 년 전부터 저렇게 헌신적이니! 세상에는 그런 남자도 흔하지는 않은데."

"그래요, 베리 소령처럼 말이죠. 베리 소령은 10년 동안이나 영국인과 인도인 혼혈아인 한 미망인의 뒤를 쫓아다녔다고 하데요. 그녀 친구들 사이에서는 좋은 웃음거리가 되었죠. 결국 그녀는 그의 끈기에 항복하고서 그의 청혼을 받아들였다우. 그렇지만, 안타깝게도 결혼 열흘 전에 그녀는 운전사와 함께 사랑의 도피행을 떠나 버렸지. 그녀는 마음씨 착하고 착실한 여자였는데."

"설마가 사람 잡는다고, 그렇게 보이지 않는 사람이 보통 땐 생각할 수 없는 그런 일을 저지르는 거예요." 밴트리 부인이 동의했다.

"당신이 아까 여기에 있었으면 좋았을 텐데. 애디가 자신에 대한 얘기를 한참 해주었죠. 그녀의 남편이 어떻게 돈을 다 탕진하게 되었는지, 그것을 제퍼슨 씨에겐 알리지 않았던 이유 등. 그런데, 올해 여름에 갑자기 그녀의 마음이 변했다고 하더군요."

마플 양이 고개를 끄덕였다.

"아마 그녀는 과거 속에 사는 데 진력이 났겠지. 결국 시간의 힘인 거지요. 누구든 문을 닫은 채 집 안에서 일생을 보낼 수는 없잖아요? 그래서, 애들레이드는 쇠창살문을 열고 미망인의 상복을 벗어 버린 것인데, 시아버지는 그것이 마음에 들지 않았겠지. 자신이 버려진 듯한 기분이 들었을 거예요. 무엇이 그녀를 그렇게 만들었는지는 몰랐을 게고. 그러니까, 아내가 강신술에 열중했을 때의 배저 노인처럼 다른 대상을 찾게 되었겠죠. 얼굴이 예쁘고 천진난만하고, 자신이 말하는 걸 기분 좋게 들어줄 여자라면 누구라도 좋았던 거예요."

"그녀의 사촌인 조시가 계획적으로 그녀를 데리고 온 거라고는 생각할 수 없을까요? 다시 말해, 처음부터 그녀를 제퍼슨 가족으로 집어넣을 계획은 아니었냐 그 말이에요." 밴트리 부인이 물었다.

마플 양은 고개를 저었다.

"아니, 나는 그렇게는 생각지 않아요. 조시는, '이런 사람은 이렇게 하면 이렇게 반응할 것이다.' 하는 따위의 추리력을 가진 여자는 아니거든. 그녀는 한정된 범위 내에서 재치를 발휘할 수 있을지는 몰라도, 그런 재치로는 앞일을 내다볼 수는 없는 법이지. 그런 여자는 오히려 일의 진척상황에 깜짝깜짝 놀라기만 할 뿐이에요."

"이번 일로 깜짝 놀라지 않은 사람이 있을까?" 밴트리 부인이 말했다.
"애디나, 또한 마크 개스켈도 마찬가지예요."
마플 양은 미소 지었다.
"내 생각으로는, 그에겐 나름대로 꿍꿍이속이 있었던 것 같은데. 그 번지르르 한 얼굴 하며 쉴 새 없이 흘끔흘끔 거리는 불안스런 눈빛을 봐요! 그가 죽은 아내를 얼마나 사랑했었는지는 모르지만, 몇 년 동안이나 홀아비로 만족할 수 있는 그런 남자는 아니라고요. 제퍼슨 씨가 그들을 속박하고 언제까지나 옛날의 추억을 강요하려는 데 대해 분명히 두 사람 다 반발을 느끼고 있었을 거야." 마플 양은 비난조로 덧붙였다.
"특히 남자 쪽이 비교적 참기 어려웠을 테지."

4

바로 그때 다른 쪽에선 이 문제에 대해 마크가 헨리 클리더링 경에게 자신의 생각을 말하고 있었다. 천성적인 솔직함을 발휘해서 마크는 갑자기 문제의 핵심으로 뛰어들었다.
"제가 용의자 중 첫 번째인 것은 잘 압니다. 경찰은 제가 경제적으로 몹시 궁핍한 것을 모두 조사했을 겁니다. 저는 이미 빈털터리죠. 거의 무일푼입니다. 다만 젭이 1개월이나 2개월 뒤에 죽어 준다면 애디와 저는 예정대로 유산을 분배받아 문제가 잘 해결될 테지만. 제겐 빚이 상당히 많아서 이대로 파산해 버리면 그야말로 큰일입니다. 그렇지만, 무슨 일이든 해서 이것을 타개하면 길도 열리리라 생각합니다. 하늘이 무너져도 솟아날 구멍은 있다지 않습니까?"
"마크, 당신은 도박꾼이군!" 헨리 경이 말했다.
"저는 옛날부터 그랬습니다. 인생은 모두 도박이다. 이것이 제 신념입니다. 그런데, 누군가가 그 여자를 살해해 줬으니 저는 정말 살아났지요. 맹세코 저는 그런 짓은 하지 않았습니다. 범인이 아니에요. 남의 목을 졸라 죽이다니, 저는 그런 일은 도무지 할 수 있을 것 같지도 않아요. 그런 결심은 못 합니다. 그러나 제가 아무리 그렇게 말한다 해도 경찰은 믿지 않겠지요. 압니다, 그것은. 제게는 동기가 있으니까요. 꼼짝달싹 못하게 되는 거지요. 게다가, 저는 대충 도덕관념과는 거리가 먼 사람입니다. 아직 수갑이 채워지지 않은 것이 이상할 정도지요. 저 총경이 불쾌한 눈으로 저를 쳐다보고 있군요."

"당신은 멋지게 해명할 만한 걸 갖고 있지 않소, 알리바이 말이오."

"알리바이 같은 걸 믿으십니까? 죄를 지은 인간도 알리바이가 없으란 법이 없지 않습니까! 게다가, 알리바이야 피해자가 죽은 시간 같은 걸 기준으로 생각하니까, 가령 두 사람의 의사가 그 여자는 12시에 살해되었다고 해도 다른 여섯 사람의 의사가 아침 5시였다고 주장할 경우도 있을 겁니다. 그렇게 되면 제 알리바이가 어떻게 될지 모르지 않습니까?"

"그건 좀 억지로군."

"악취미란 말씀이시죠?" 마크는 기분 좋게 말했다.

"솔직히 말해 저는 걱정이 되어 참을 수가 없습니다. 하나는, 제가 범인이라고 지목받지 않을까 두렵군요. 그것뿐만이 아니라 젭의 일이 걱정됩니다. 정신적인 충격이 장인어른껜 제일 위험하니까요. 그러나 그녀가 나가는 걸 보지 못했으니까 아직 괜찮으리라 생각합니다."

"그녀가 나가는 걸 보지 못했다니, 무슨 의미요?"

마크는 장난기 섞인 곁눈질로 상대를 쳐다보았다.

"그녀가 어젯밤 어디에 나갔으리라 생각하십니까? 이것은 제 추측에 지나지 않지만, 그녀는 분명 남자를 만나러 갔을 겁니다. 그걸 젭이 안다면 불끈 화를 낼 겁니다. 천진난만한 아이라고 생각했는데, 실제는 그렇지 않았음을 젭이 알고서 배신감을 느낀다면 말이에요. 장인은 좀 이상한 남자거든요. 매우 자제심이 강한 분이시지만, 그 자제심이 무너져 버리면 그야말로 큰일입니다!"

헨리 경은 의아스러운 듯 그를 보았다.

"당신은 그를 좋아합니까?"

"그야 좋아하지요. 그러나 동시에 또 원망도 합니다. 어떤 점이 그런가 하면, 대체로 콘웨이 제퍼슨이라는 남자는 자기 주위의 인간을 지배하기를 좋아합니다. 그분은 자비심 많은 전제군주이지요—친절하고 관대하고 애정이 두텁습니다. 그분은 피리를 불고, 다른 사람은 그의 피리에 맞추어 춤을 추는 아이에 불과하지요."

마크 개스켈은 조금 사이를 떼었다.

"저는 아내를 사랑했습니다. 어떤 여자가 나타나더라도 저는 이제 두 번 다시 그런 애정을 갖지 못할 겁니다. 로자먼드는 밝은 태양과도 같고, 꽃과도 같은 여자였지요. 웃음이 넘쳤습니다. 그러니까, 아내가 죽었을 때 저는 마치 링 위에서 KO당한 권투선수 같은 기분이었습니다. 게다가, 지금까지 오랫동안 계속 그 링 위에서 심판이 카운트를 하는 겁니다. 저도 결국 남자입니다. 두 번 결혼하고 싶지는 않지만, 여자는 좋아합니다. 그건 그렇다 치고, 제가 쓸데없는 것까지 말해 버렸나 본데, 어쨌든 저는 그럭저럭 잘해 왔습니다. 그런데 애디는 그렇지 않더군요. 애디는 정말 좋은 여자입니다. 어떤 남자라도 그녀를 보면 결혼하고 싶어질 겁니다. 그래서, 자기도 매우 행복해지고 그 상대방을 행복하게 해줄 수도 있을 겁니다. 그러나 젭은 그녀를 언제까지나 프랭크의 아내로 두고 싶어 했습니다. 그녀 자신도 그렇게 생각하도록 만들고 싶었겠지요. 장인께선 아직 눈치 채지 못하셨겠지만, 저희들은 그동안 감옥에 갇힌 것 같았답니다. 저는 훨씬 전에 슬그머니 그 지옥에서 탈출했지요. 애디는 올 여름에 탈출한 거고요. 그것이 젭에겐 커다란 쇼크였던 것 같습니다. 그리고 이상하게 곡해했던 거고요. 그 결과, 루비 킨 문제에까지 발전했던 겁니다."

그는 기분을 억제할 수 없다는 듯 노래를 했다.

"'그렇지만 그 여자는 저 세상 사람이지요. 이미 나와는 인연이 없어요.'"

"아무거나 한잔하시겠습니까, 클리더링 씨?"

마크 개스켈이 경찰의 눈에 용의자로 보인 것도 당연하다고 헨리 경은 생각했다.

제16장

1

메트카프는 데인머스에서는 가장 저명한 의사였다. 그는 그다지 적극적으로 환자의 치료에 임하지는 않았지만, 그가 병실에 있으면 묘하게도 환자에게 편안한 기분을 갖게 했다. 중년에 접어든 그는 조용하고 듣기 좋은 목소리를 가지고 있었다.

그는 하퍼 총경의 말을 신중히 듣고 나서, 질문이 있으면 거기에 부드러운 어조로 확실히 대답했다.

"제퍼슨 부인이 제게 말한 사실은 대충 정확하리라 생각하는데요, 메트카프 박사님." 하퍼가 말했다.

"그렇습니다. 제퍼슨 씨의 몸은 위험한 상태입니다. 그 사람은 요 몇 년 동안 자신의 몸을 혹사해 왔으니까요. 다른 사람과 똑같이 일한다고 해도 그 나이의 보통 사람에겐 무리인데, 훨씬 격심하게 일을 계속해 왔지요. 그는 휴양을 하라거나 느긋하고 천천히 움직이라거나 하는, 저나 다른 의사들의 공통된 모든 충고를 받아들이려 하지 않았습니다. 그러니까, 현재 그 사람의 몸은 이미 너무 과열되게 사용한 엔진과 같지요. 심장이나 호흡기, 혈압이 전부 무리가 가 있는 상태입니다."

"그러면, 제퍼슨 씨는 의사의 충고를 전혀 받아들이지 않았단 말씀인가요?"

"그렇습니다. 그러나 굳이 그를 나무라고 싶지는 않습니다. 이런 얘길 환자에게 할 수는 없지만, 어차피 인간은 자신의 정력을 다 써버리든지, 아니면 가만히 섞여가든지 둘 중 하나이니까요. 제 동료 중 대부분은 모두 써버리는 쪽을 선택합니다. 제가 보기엔 그것도 결코 나쁜 삶은 아니라고 생각합니다. 물론 데인머스 같은 마을 사람들은 대체로 다른 삶을 살지요. 최후까지 생에 집착하여 움직이길 싫어하고, 전염병이나 소화가 안 되는 음식이나 문 틈새의 바람에까지 신경질을 냅니다."

"그럴 수도 있겠죠." 하퍼 총경이 말했다.

"그건 그렇고, 콘웨이 제퍼슨은 물리적으로는(육체적이라고 하는 편이 좋을지도 모르지만) 건강하군요. 운동신경도 발달한 편이던가요?"

"그의 팔이나 어깨의 힘은 놀랄 만큼 강합니다. 사고를 당하기 전에도 꽤 힘이 좋은 사람이었어요. 지금도 휠체어를 매우 잘 끌고 다니고, 지팡이를 잡고 방 안을 돌아다닐 수도 있습니다. 예를 들면, 침대에서 의자로 갈 때는 그렇게 하는 것 같습니다."

"제퍼슨 씨 같은 불구자에겐 의족을 붙일 수는 없겠습니까?"

"그의 경우엔 무리입니다. 등뼈를 다쳤으니까요."

"그렇습니까? 그러면 지금까지의 이야기를 다시 한 번 요약해 보면, 그는 건강하고 운동신경이 발달한 사람이군요. 지금 몸의 상태는 건강한 편이고요."

메트카프가 고개를 끄덕였다.

"그러나, 심장은 약해져 있습니다. 만일 격한 운동을 하거나 너무 지쳐서 갑자기 깜짝 놀라거나 쇼크를 받으면 죽을지도 모르는 정도이지요, 맞습니까?"

"글쎄, 그렇게 말할 수 있을 겁니다. 그러나 과로했다고 해도 갑자기 죽지야 않겠지요. 일을 하다 피로를 느끼면 즉시 그만둘 테니까요. 다만 죽음을 앞당긴다고는 할 수 있지요. 갑자기 쇼크를 받든지 공포에 휩싸이거나 하면 아주 간단하게 죽을 수도 있습니다. 그래서, 이 사실을 그의 가족에게 분명하게 경고해 두었습니다."

하퍼 총경은 천천히 말했다.

"그러나, 실제로 그는 쇼크를 받았어도 죽지 않았잖습니까? 그에게 있어서 이번 사건만큼 커다란 쇼크는 또 없으리라 생각하는데, 그는 아직 살아 있습니다."

메트카프는 어깨를 으쓱했다.

"그러나, 만일 당신이 저라 해도 지금까지의 병 경과를 보고 정확한 예단을 내리기가 불가능함을 아실 겁니다. 갑작스런 쇼크나 공포로 죽을지도 모른다고 생각되는 사람이 실제로는 좀처럼 죽지 않는 경우도 많습니다. 인간의 몸은 상상 이상으로 강한 일면이 있습니다. 게다가, 제 경험으로 보자면 정식적인 쇼크보다도 신체적인 쇼크가 치명적입니다. 알기 쉽게 말하면, 제퍼슨 씨가 귀여워해 주던 여성이 극히 처참한 방법으로 살해되었다는 소식을 듣는 것보다도 갑자기 문이 요란한 소리를 내며 닫히는 쪽이 더욱더 위험할지도 모른다는 거지요."

"왜 그런가요?"

"갑자기 비참한 소식을 들을 경우는 보통 거기에 대한 반발작용이 일어납니다. 그래서, 마음속에선 그 사실을 받아들이려 하지 않지요. '설마!' 하고 생각하는 겁니다. 충분히 이해될 때까지는 다소 시간이 걸립니다. 그러나 불시에 커다란 소리를 내며 문이 닫히거나, 누군가가 찬장 안에서 튀어나오거나, 길을 가로지르려고 하는데 갑자기 옆쪽에서 자동차가 냅다 달려오거나 하는 식의 순간적인 충격—즉, 시쳇말로 '간 떨어질 뻔한' 정도라면 생각할 틈조차 없는 거지요."

"그러나, 그 여자가 살해된 쇼크로 제퍼슨 씨가 털썩 죽었을지도 모르는 일 아닙니까?"

"털썩?" 의사는 의아한 눈으로 상대의 얼굴을 쳐다보았다.

"당신은 설마……."

"사실 나도 내가 생각하는 것을 잘 모르겠습니다."

하퍼 총경은 초조하게 대답했다.

2

"그러나 그 두 가지가 놀랄 만큼 딱 맞아 떨어진다는 건 부정할 수 없습니다."

총경은 잠시 뒤 헨리 경과 이야기하고 있었다.

"일석이조인 셈이지요. 우선 여자를 죽이고, 예상치도 않았던 뉴스가 제퍼슨 씨를 살해한다는 수법입니다. 그가 유언장을 미처 고치기 전에 말이지요."

"그는 정말 유언장을 고칠 생각이었을까?"

"글쎄요, 저보다도 오히려 경께서 잘 아시리라 생각하는데요……. 뭐 하실 말씀 없으십니까?"

"아니, 잘 모르겠네. 루비 킨이 나타나기 전엔 그 친구가 마크 개스켈과 애디에게 유산을 분배할 작정이었던 건 우연히 알았지만……, 왜 지금에 와서 마음이 변했는지는 잘 모르겠어. 글쎄, 그래도 마음이 변할 수는 있겠지. 고아원에 기부할 수도 있겠고, 젊은 댄서에게 줄 수도 있겠지."

하퍼 총경은 동의했다.

"실제로 사람이 머릿속으로 어떤 생각을 하는지 다른 사람은 알 길이 없지요. 더구나, 유산을 분배하는 데 전혀 도덕적인 의무를 느끼지 않는 남자의 경우는 특히 그럴 겁니다. 그분의 경우엔 유산 상속자와 혈연관계가 전혀 없으니까요."

"그 친구는 그 소년을, 피터를 아주 귀여워하고 있었네."

"그분이 피터를 친손자처럼 생각했다고 보십니까? 그 문제야 저보다도 더 잘 아시겠지만요."

"아니, 나도 잘 모르네." 헨리 경은 천천히 대답했다.

"또 한 가지 여쭙고 싶은 게 있습니다. 저 혼자서는 판단할 수 없는 일인데, 경께서는 친구시니까 잘 알고 계실 것 같아서요. 제퍼슨 씨가 마크나 애들레이드를 진심으로 좋아했었나 하는 겁니다."

헨리 경은 눈썹을 찡그렸다.

"글쎄, 나도 그 점을 확실하게 모르겠단 말이야."

"그러면 또 한 가지만 여쭤 보겠습니다. 제퍼슨 씨가 인간으로서 그들을—즉, 인척관계를 떠난 한 인간으로서 좋아했을까요?"

"질문의 의미는 잘 알겠네."

"그분이 두 사람과 친했던 것은 의심의 여지가 없지만, 그러나 제가 보기엔 그들이 아들의 부인이고 딸의 남편이었기 때문에 친했던 것처럼 보인 것에 불과하다는 느낌이 듭니다. 예를 들어, 두 사람 중 어느 쪽이든 다른 사람과 재혼한다면 어떻게 될까요?"

헨리 경은 생각에 잠겼다. 이윽고 조용히 대답했다.

"재미있는 문제군. 나도 잘 모르겠어. 그저 내 개인적인 의견으로는, 만일 그렇게 되면 그의 태도는 크게 달라질 거야. 물론 미워하지는 않을 테고, 그들의 결혼생활이 행복하기를 기원하겠지만, 그래도……, 아마 그는 더 이상 그들에게 관심을 갖지 않을 걸세."

"두 사람 모두 말입니까?"

"그렇지. 개스켈의 경우는 거의 확실하고, 애들레이드의 경우도 역시 그러리라 생각하는데 확신할 수는 없군. 애들레이드를 인간으로서 어느 만큼은 좋아하고 있지 않을까?"

"물론 남성과 여성이라는 차이가 미묘하게 작용하겠죠."

하퍼 총경이 아는 체하는 얼굴로 말했다.

"제퍼슨 씨가 개스켈을 자기 아들이라 생각하기보다는 애들레이드를 자기 딸이라고 생각하기가 쉬울 겁니다. 여성의 경우라면 반대로 사위가 며느리보다 훨씬 더 자식 같이 느껴지겠죠."

하퍼가 계속해서 말했다.

"이 길로 해서 테니스 코트 쪽으로 가보시겠습니까? 아까 마플 양이 거기에 있던데요. 그분에게 부탁하고 싶은 게 있어서 말입니다. 실은 그전에 경께 부탁드리고 싶은 게 있는데요……"

"뭔가?"

"제가 조사하기가 조금 곤란한 데가 있는데, 그곳을 조사해 주셨으면 합니다. 에드워즈에게 몇 가지 물어보고 싶은 게 있거든요."

"에드워즈에게? 그에게서 뭘 알아내려고?"

"그저 생각나시는 거라면 무어든지 가까운 곳부터 차례로 찾아봐 주십시오. 그가 알고 있는 일이나 생각하는 것 등을요. 전부 샅샅이 물어 주십시오. 가족들 간의 감정이나 루비 킨 사건에 대한 그의 생각까지도요. 제퍼슨 씨 집안의 내부 사정을 알고 싶습니다. 그는 그런 사정에는 누구보다도 정통하리라 생각합니다—반드시 알고 있을 거예요. 그런데, 아무리 해도 제게는 말하려 하질 않습니다. 그러나 경께라면 말할 겁니다. 그리고 그 말에서 뭔가 단서를 확실히 잡을 수 있을지도 모르지요. 별 지장이 없으시다면, 꼭 그렇게 해주셨으면 하는데, 어떻습니까?"

헨리 경은 말했다.

"알겠네. 어차피 나도 사건의 진상을 밝혀 달라는 부탁을 받고 급하게 왔으니까. 내 한번 해보지. 전력을 다해서……" 그는 그 말에 덧붙여 말했다.

"마플 양에게는 어떤 도움을 청할 건가?"

"두세 소녀에 대해 알아보려고 합니다. 소녀단원 중에서요. 패밀라 리브스와 가장 친했던 단원을 저희들이 대여섯 명 조사했거든요. 그 애들이 뭔가 알고 있지 않을까 하는 기분이 듭니다. 전부터 생각해본 건데, 만일 그 소녀가 정말 울워스 가게에 쇼핑하러 갈 예정이었다면 분명 친구더러 같이 가자고 했을 겁니다. 여자들은 보통 쇼핑하러 갈 때는 누군가와 같이 가고 싶어 하니까요."

"음, 그렇겠군."

"그러니까, 울워스 가게에 간다는 건 구실에 지나지 않았을 거라고 생각합니다. 실제로 어디에 가려고 했는지를 알고 싶은 거지요. 어쩌면 친구와 거기에 대해 말했을지도 모르니까요. 만일 그렇다면, 그걸 제일 잘 캐낼 수 있는 사람은 바로 마플 양입니다. 그녀는 저보다도 그 여자애들에 대해 잘 알고 있을 거고, 또한 경찰이라면 아이들이 무서워해서 제대로 답변을 못할 테고요."

"마을 내부에 대한 문제라면 마플 양이 최고지. 솜씨가 굉장해."

하퍼 총경은 미소 지으며 말했다.

"그렇습니다. 그녀를 따를 사람이 없습니다."

마플 양은 그들이 다가오는 것을 보고 기쁘게 맞이했다. 그리고 총경의 얘기를 다 듣고는 썩 마음이 내키지는 않는 듯한 얼굴로 승낙했다.

"저 역시 기꺼이 당신의 힘이 되어 드리고 싶고, 아마 도움이 될 거라고 생각합니다. 주일학교에 대해서도, 유치원이나 소녀단에 대해서도 자세히 알고 있고, 또 고아원과는 아주 관계가 깊죠. 저는 거기의 이사이고 원장님과도 자주 이야기를 나누니까요. 게다가, 하녀들이 있지요. 우리 집엔 아주 젊은 하녀를 두고 있거든요. 그래서, 당신이 얘기한 대로 여자애들이 어떨 때 사실을 말하고 어떨 때에 비밀을 갖는지 경험이 많은 만큼 잘 알고 있지요."

"그 부분에 대해선 전문가시니까요. 그런 건 모두……" 헨리 경이 말했다.

마플 양은 책망하는 듯한 눈으로 그를 보았다.

"싫어요, 저를 놀리시다니, 헨리 경."

"제가 당신을 놀리다니요. 꿈에도 그런 생각 한 적 없습니다. 제가 당신을 웃게 만든 일은 수없이 많지만 말이죠."

"마을을 잘 관찰해 보면 나쁜 일도 너무나 많이 볼 수 있어요."

마플 양은 설명하는 듯한 어조로 중얼거렸다.

"그건 그렇고요······." 헨리 경이 말했다.

"제게 부탁한 그 손톱 건 말인데요, 알아냈습니다. 총경이 확인해 보니 역시 루비의 쓰레기통 속에 손톱 자른 게 들어 있었다고 하더군요."

마플 양은 생각에 잠겨서 말했다.

"있었다고요? 그렇다면······."

"어째서 그런 걸 알고 싶어 하시나요, 마플 양?" 총경이 물었다.

마플 양이 말했다.

"제가 그 시체를 봤을 때 이상하게 느낀 점이 몇 가지 있었어요. 시체의 손도 그중 하나인데, 많이 이상했어요. 그렇지만, 왜 그런지 처음엔 몰랐습니다. 그러다가 분화장을 한 여자들은 대개 손톱을 길게 기르는 버릇이 있다는 데에 생각이 미쳤지요. 물론 젊은 여자들이 손톱을 물어뜯는 버릇이 있는 것도 알고 있어요. 그건 좀처럼 고치기 힘든 버릇이지요. 그러나 자신을 아름답게 보이고 싶다는 허영심 때문에 다행히 그 버릇을 고치게 되는 경우도 있답니다. 그런데, 제가 본 바로는 죽은 여자는 아직 그 버릇이 고쳐지지는 않은 것 같았어요. 그런데, 나중에 그 꼬마가(피터가) 갖고 와서 우리들에게 보여 준 손톱을 보고는 그녀가 손톱을 전부 길렀다가 그중 한 개가 부러지는 바람에 손톱을 모두 깎아 버린 걸 알았지요. 그녀가 손톱의 길이를 맞추기 위해 다른 손톱도 전부 잘랐을 거라고 당연히 생각되었기 때문에, 깎은 손톱을 찾아봐 달라고 헨리 경에게 부탁했던 거예요."

헨리 경이 말했다.

"당신이 아까 시체를 봤을 때 이상하다고 느낀 점이 몇 가지 있다고 말씀하셨는데, 그러면 그 외에도 뭐가 이상하던가요?"

마플 양은 크게 고개를 끄덕였다.

"예, 물론 그랬어요! 드레스예요, 그 드레스는 아주 이상했어요."

두 사람은 얘기에 끌려 들어가듯 그녀를 바라보았다.

"어디가 그렇게 이상했나요?" 헨리 경이 물었다.

"보신 대로 그건 낡은 드레스였어요. 조시도 분명 그렇게 말했고, 제가 보아도 그 드레스는 너무 오래 입어서 닳아빠졌다는 걸 알 수 있었지요. 그래서, 아주 이상하다고 느낀 거예요."

"왜요? 저는 전혀 몰랐는데……."

마플 양은 조금 얼굴을 붉혔다.

"물론 이건 추측이지만, 루비 킨이 그 드레스를 갈아입고 제 어린 조카들이 '난장판'이라고 부르는 파티에 가기 위해 상대방 남자를 만나러 나갔다고 생각해보세요."

총경의 눈이 번쩍 빛났다.

"그럴 수도 있겠죠. 그녀가 누군가와 파티에 가기로 한 건데―즉, 남자친구와 말이죠."

"그런데 왜 그녀가 낡은 드레스로 갈아입고 갔을까요?" 마플 양이 물었다.

총경은 머리를 긁적거리면서 생각에 잠겼다.

이윽고 그가 말했다.

"그렇군요, 새 드레스를 입고 가는 게 당연할 것 같은데……."

"제일 좋은 드레스를 입고 갈 거라고 생각해요. 젊은 여자는 모두 그렇거든요."

헨리 경이 말을 했다.

"그렇습니다. 그런데 가령 그녀가 둘만의 데이트에 나갈 예정이었다면 어떻게 했을까요? 오픈카를 타고 멀리 가서 아마 어딘가 산길 따위를 걸었을지도 모르죠. 그렇다면, 새 드레스가 엉망진창이 되어 버릴지도 모르니까 낡은 옷을 입고 간 건 아닐까요?"

"예, 맞습니다." 총경이 동의했다.

마플 양은 그를 뒤돌아보며 활기차게 말했다.

"그런 경우라면 바지와 스웨터나, 아니면 간편한 윗도리를 당연히 입을 거예요. 다만 이건 물론(그렇다고 제가 상류계층의 사람이라는 말은 아니지만) 우리네 계층 여성의 경우이긴 하지요."

마플 양은 그 화제에 열중해서 말을 계속했다.

"가정교육이 잘된 여자였다면 때와 장소에 맞는 복장을 하도록 마음을 쓸 겁니다. 그러니까, 아무리 덥더라도 산이나 들을 걷는 데 꽃모양이 달린 실크 드레스 같은 건 입지 않겠지요."

"그러면 애인과 만날 때의 올바른 복장이라면?" 헨리 경이 물었다.

"만일 그녀가 호텔 안이나 또는 어딘가 이브닝드레스를 입고 갈 만한 장소에서 만나기로 했다면, 그녀는 제일 좋은 이브닝드레스를 입었을 거예요. 그러나 이브닝드레스가 안 어울리는 야외 같은 곳엘 갈 때엔 제일 매력적인 스포츠웨어를 입고 갈 겁니다."

"그렇겠군요. 정말 감사합니다, 패션의 여왕님. 그러나 루비는……"

"솔직히 말해서 루비는 숙녀는 아니에요. 때와 장소에 어울리지 않아도 상관없이 언제나 최상의 드레스를 입고 갈 그런 아가씨지요. 작년에 저희들이 스크랜터 록스로 소풍을 간 적이 있어요. 그런데 예상 밖의 복장을 한 여자들이 있어서 깜짝 놀랐답니다. 치마폭이 넓은 드레스에 에나멜 구두를 신고, 우아한 모자를 쓴 사람이 몇 명 있었죠. 그 옷을 하고 바위를 기어오르고, 억새나 잡초가 무성한 숲을 걸어 다니는 거예요. 젊은 남자들 중에는 최고급 신사복을 입고 온 사람도 있었고요. 하이킹에는 전혀 어울리지 않지요. 마치 모두가 일종의 유니폼을 입고 있는 것 같았어요. 젊은 여자라면 예를 들어 짧은 바지라는 건 다리가 날씬한 사람에게만 어울린다는 정도는 알거든요."

총경이 천천히 말을 걸었다.

"그러면, 루비 킨의 경우는……"

"그녀는 입고 있던 이브닝드레스를 그냥 입은 채 가는 게 당연했을 거예요—그녀의 드레스 중에서는 제일 좋은 그 핑크빛 드레스를요. 단, 만일 그녀에게 그 옷보다도 더 좋고 새것인 드레스가 있었다면, 아마 그걸로 갈아입고 갔을 거예요."

하퍼 총경이 물었다.

"그러면, 그녀가 그런 복장을 하고 있었던 사실을 어떻게 설명할 수 있나요, 마플 양?"

"아직은 설명하지 못하겠어요. 그러나 매우 중대한 일 같은 느낌이 드는 건 사실이에요."

3

철망 안쪽에서는 레이먼드 스타가 가르치는 테니스 연습이 끝나가고 있었다. 이윽고 조금 살찐 한 중년 부인이 귀에 거슬리는 외마디 감사의 소리를 지르고 나서, 하늘색 카디건을 손에 들고 그곳을 나와 호텔로 가고 있었다.

레이먼드가 그녀의 뒤에서 기분 좋은 듯한 말을 던졌다.

그리고 그는 구경꾼 세 사람이 앉아 있는 벤치로 향했다. 그는 볼을 넣은 그물을 손에 늘어뜨리고 라켓을 겨드랑이에 끼고 있었다. 그의 얼굴에 있던 밝고 상쾌한 웃음이 넘쳤던 그 표정이 그들 쪽으로 시선을 돌리는 순간 마치 스펀지로 석판 위를 지우듯 흔적도 없이 사라지고 말았다. 그는 매우 지치고 괴로운 듯이 보였다.

그들 쪽으로 다가오면서 그가 말했다.

"겨우 끝났습니다."

그러자 또 미소가 떠올랐다. 소년 같은, 애교가 넘치고 붙임성 있는 그 미소는 햇볕에 그을린 얼굴과 탄력 있는 몸의 움직임과 잘 조화되어 있었다.

헨리 경은 왠지 모르게 이 남자의 나이가 몇 살일까 하는 생각이 들었다. 스물다섯, 서른, 아니 서른다섯일까? 짐작이 가지 않았다.

레이먼드는 가볍게 머리를 흔들면서 말했다.

"저 사람은 테니스를 칠 체격이 아니에요."

"아주 짜증나시겠어요." 마플 양이 말했다.

레이먼드는 시원하게 대답했다.

"예, 때로는요. 특히 여름이 끝날 무렵엔 더욱 그래요. 보수를 생각하면 조금 힘이 나긴 하지만, 결국엔 그것도 큰 위로가 되지 못합니다."

하퍼 총경이 일어섰다. 그러고는 불쑥 말했다.

"괜찮으시다면 30분쯤 뒤에 부인을 뵙고 싶은데, 어떠십니까, 마플 양?"

"감사합니다. 기다리고 있지요."

하퍼가 물러갔다.

레이먼드는 선 채로 그의 뒷모습을 바라보고 있었다. 이윽고 그가 말했다.

"잠시 앉아도 괜찮겠습니까?"

"예." 헨리 경이 대답했다.

"담배는……."

그는 담배 케이스를 꺼냈는데, 그렇게 하면서 그는 자기가 왜 레이먼드 스타에 대해 까닭 없이 반감을 갖는지 의심해 보았다. 단순히 그가 테니스 코치이고 댄서이기 때문일까? 만일 그렇다며 반감이 생긴 것은 테니스 쪽이 아니라 댄스 쪽일 것이다. 영국인은 원래 춤을 잘 추는 남자에 대해 불신감을 갖고 있기 때문이라고 헨리 경은 생각했다. 이 남자는 너무나 멋지게 춤을 출 수 있기 때문이다! 라몬? 레이먼드? 그의 이름은 어느 쪽일까? 그는 느닷없이 머릿속에 있던 생각을 질문했다.

상대는 재미있다는 듯 웃었다.

"라몬은 제 최초의 예명입니다. 라몬과 조사―좀 스페인 사람 같은 느낌이 들 겁니다. 그런데 이 부근 사람들은 외국인에 대해 상당히 편견을 갖고 있어서 레이먼드라고 고쳤습니다. 극히 영국인다운 이름이죠."

"그러면, 본명이 있겠군요?" 마플 양이 말했다.

그는 그녀에게 미소를 던졌다.

"실은 본명이 라몬입니다. 제 할머니가 아르헨티나인이었지요."

'허리의 유연성은 그 덕분이구먼.'

헨리 경은 말을 끼워 넣듯 마음속으로 중얼거렸다.

"제 이름은 토머스 라몬 스타입니다. 정말 지극히 산문적인 이름이지요."

그는 헨리 경을 돌아보았다.

"혹시 데븐셔 군 출신 아니십니까? 스테인이시죠? 제 고향은 거기 조금 밑입니다. 알스몬스턴입니다."

헨리 경의 얼굴이 빛났다.

"그럼, 당신 집안이 알스몬스턴 스타 가(家)란 말이오? 그러리라곤 생각지 못했는데."

"그러신 게 당연하죠."

그의 목소리에는 약간 쓸쓸함이 내포되어 있었다.

헨리 경이 안됐다는 듯이 중얼거렸다.

"참 안된 일이었지. 아주 불운했어."

"경매에 부친 토지는 우리 일가가 예로부터 살아 정든 곳으로, 아마 300년? 아니, 좀더 전부터 살았을 겁니다. 하지만, 우리 일가는 그곳을 떠나지 않을 수 없었지요. 빈손으로 내팽개쳐진 셈입니다. 제 형님은 뉴욕에서 출판업을 하고 있습니다―잘 있다고 하더군요. 나머지 형제들은 세계의 곳곳에 흩어져 있죠. 지금 세상에 중학교만 나와서 직업을 구하기가 쉽겠습니까? 기껏해야 호텔의 접수 담당 직원이라도 되면 운이 좋은 편이지요. 그 정도 직장이라면 옷차림과 인사만을 밑천으로 하면 꾸려나갈 수 있으니까요. 저는 겨우 어느 연관(鉛管) 설비 판매회사의 판매원직을 얻게 되었습니다. 호화스러운 복숭아색이나 레몬색의 자기제(瓷器製) 욕조 등을 파는 곳이지요. 화려한 진열실이 몇 개나 있었고 그럴 듯한 직장이었지만, 주문받은 물품의 가격이나 배달방법 따위를 전혀 기억할 수가 없어서 곧 그만두었습니다.

제가 할 수 있는 것이라곤 댄스와 테니스밖에는 없습니다. 그래도 간신히 리비에라(남 프랑스의 휴양지. 칸의 해안가)의 어느 호텔에 취직이 되었습니다. 그곳에서는 수입이 꽤 좋았기에 운이 풀리는 것 같은 기분이 들었습니다. 그런데, 늙은 대령이 한 명 나타났죠. 머리 모양이 굉장히 구식이고, 영국인의 전형처럼 허리도 꼿꼿한 노인이며, 언제나 푸나(인도의 서부 도시) 이야기만 하는 사람으로 알았는데, 어느 날 저는 그 사람이 지배인에게 큰소리로 이런 이야기를 하는 것을 들었습니다. '그 제비 같은 친구는 어디에 있소? 데리고 좀 오시오. 내 아내와 딸이 춤을 추고 싶어 하니까. 값은 아무래도 좋으니 빨리 그 녀석을 데리고 와요.'"

레이먼드는 계속 말했다.

"바보 같은 생각인지는 모르겠지만, 왠지 그곳이 싫어지더군요. 비참한 생각도 들고요. 그래서, 이 호텔로 옮겨 왔습니다. 수입은 적지만 이곳이 훨씬 유쾌합니다. 하루의 대부분은 아무리 보아도 테니스를 할 수 없어 보이는 뚱뚱한 부인에게 테니스를 가르치고 있고, 또 그러고 나서는 춤출 상대가 없는 부잣집 아가씨와 함께 춤을 추기도 하지요. 이것이 인생이라는 것이겠죠. 아니, 이것 참, 괴로운 이야기만 해서 미안합니다."

그는 웃었다. 이빨이 하얗게 빛났고, 눈의 양쪽 끝에 잔주름이 보였다. 그는 갑자기 건강하고 행복하고 발랄한 느낌을 주는 사람이 되었다.

헨리 경이 말했다.

"매우 재미있는 이야기였소. 실은 전부터 당신과 이야기하고 싶었소."

"루비 킨의 일입니까? 그 일이라면 저는 전혀 도움이 되지 못합니다. 물론 누가 그녀를 죽였는가 하는 것도 모르고, 그녀에 대해서도 거의 모릅니다. 저와 터놓고 이야기한 적도 없으니까 말이죠."

"그녀를 좋아했나요?" 마플 양이 물었다.

"특별히 좋아하지는 않았지만, 싫지도 않았습니다."

그는 무관심한 듯한 어조로 대답했다.

헨리 경이 말했다.

"그러면 이야기할 만한 게 아무것도 없는 셈이군요."

"글쎄요, 만일 갖고 있다면 벌써 하퍼 씨에게 이야기했을 겁니다. 제가 보기엔 그저 치한이나 뭐 그런 자의 소행 같은데요? 그리 심각한 동기도 없이 말입니다."

"동기를 갖고 있는 사람이 두 명이 있어요." 마플 양이 말했다.

헨리 경은 그녀를 날카롭게 돌아보았다.

"정말입니까?" 레이먼드가 놀라서 물었다.

마플 양은 강요하는 듯한 표정으로 헨리 경을 바라보고 있었다. 그는 마지못해 말했다.

"그녀가 죽으면 제퍼슨 부인과 개스켈은 5만 파운드의 유산을 받게 되지요."

"예!"

레이먼드는 소리를 질렀다. 그 놀라움은 단지 깜짝 놀란 것이 아니라, 너무 놀라서 기겁할 것 같은 느낌이었다.

"아니, 글쎄요, 제퍼슨 부인이, 아니, 그 두 사람이 설마 그런 짓을 했으려고요. 전혀 믿을 수 없습니다."

마플 양은 헛기침을 했다. 그러고는 부드럽게 말했다.

"당신은 좀 지나친 이상주의자 같군요."

"제가요?" 그는 소리 내어서 웃었다.

"당치도 않아요! 저는 빈틈없는 냉소주의자이지요."

"돈이라는 것은 어떠한 경우에라도 매우 커다란 동기가 된답니다."

마플 양이 말했다.

"그럴지도 모르지요." 레이먼드는 진지하게 말했다.

"그러나 그 두 사람은 소녀의 목을 죌 정도로 잔혹하지는 못합니다."

그는 고개를 흔들었다. 그러고 나서 그는 일어섰다.

"제퍼슨 부인이 이쪽으로 오시는군요—테니스를 배우러. 늦었군요!"

그는 장난치는 듯이 외쳤다.

"벌써 10분이나 지났어요!"

애들레이드 제퍼슨과 휴고 매클린이 서둘러 오솔길을 걸어왔다.

그녀는 늦은 것을 미소로 사과하면서 그대로 코트 쪽으로 걸어갔다. 매클린은 벤치에 앉았다. 그는 마플 양에게 파이프 담배를 피워도 되겠느냐고 예의 바르게 묻고 나서, 거기에 불을 붙이고는 코트에 있는 두 사람의 흰 모습을 비판적인 눈으로 지켜보면서 말없이 파이프를 빨았다.

이윽고 몇 분이 지나자 그가 말을 꺼냈다.

"애디가 왜 테니스를 배우고 싶어 하는지 도저히 모르겠습니다. 게임이라도 한다면 이해하겠지만, 저도 게임은 먹는 것보다도 좋아할 정도이니까요. 그러나 일부러 돈을 주면서까지 배울 필요가 있을까요?"

"좀더 잘 치고 싶어서겠지요." 헨리 경이 말했다.

"그녀는 꽤 잘 치는 편이에요." 휴고가 말했다.

"수준 이상이죠. 하지만, 그렇다고 윔블던의 선수권 대회에 출전할 생각도 없어요."

그는 또 잠시 침묵했다. 그러고 나서 생각난 듯이 말했다.

"저 레이먼드라는 사람은 어떤 남자입니까. 어디 출신인가요? 남부 유럽인 같은 느낌인데."

"그는 데븐셔 스타 가(家)의 후손이지요." 헨리 경이 말했다.

"예? 정말입니까?"

헨리 경은 고개를 끄덕였다. 이 이야기는 분명히 휴고 매클린에게 불유쾌한 충격을 준 것 같았다. 그는 점점 더 언짢은 얼굴이 되었다.

"애디는 어째서 저를 불러 들였을까요? 이번 사건과 아무런 관계도 없는 것 같은데. 도대체 왜 그랬을까요?"

헨리 경은 흥미롭다는 듯이 열심히 질문하기 시작했다.

"그녀가 당신을 언제 불렀습니까?"

"저, 이번 사건이 일어났을 때입니다."

"무엇으로 알렸습니까? 전화입니까, 전보입니까?"

"전보입니다."

"좀 이상하게 들릴지 모르지만, 전보는 언제 발신된 건가요?"

"저어, 정확하게 모르겠는데요."

"당신이 받은 것이 몇 시경이었죠?"

"사실은, 제가 전보를 직접 받진 않았어요. 전보가 왔다는 사실을 전화로 연락받았지요."

"흐음, 그러면 그때 당신은 어디에 있었습니까?"

"그 전날 오후, 런던을 떠나서 데인베리 헤드에 머무르고 있었지요."

"그렇습니까? 여기에서 매우 가깝군요."

"예, 이상하게도 그렇게 됐군요. 제가 골프를 치고 있는데 연락이 와서 이곳으로 달려왔던 겁니다."

마플 양은 그에게 이상한 시선을 보냈다. 그는 이상하게도 초조해하고, 안정하지 못하는 모습이었다. 그녀가 말했다.

"데인베리 헤드는 매우 쾌적한 곳이라죠? 게다가, 그다지 비용이 많이 들지도 않는 곳이고요."

"예, 비교적 싼 곳입니다. 제 처지에 너무 비싼 곳을 찾아 갈 수는 없으니까요. 어쨌든 매우 기분이 좋은, 재미있는 곳이지요."

"언젠가 저도 꼭 한 번 가보겠어요." 마플 양이 말했다.

"예? 아, 그렇게 하시죠." 그는 일어섰.

"저는 운동 좀 하고 오겠습니다―소화가 안 되어서."

헨리 경은 무뚝뚝한 얼굴로 그대로 서 있었다. 그가 말했다.

"여자는 자신에게 반해 헌신적인 남자에게 매우 매정하게 대하는 경향이 있지요."

마플 양은 미소 지었지만, 대답하지는 않았다.

"어때요, 그의 인상이? 멍청한 남자로 보입니까?" 헨리 경은 물었다.

"당신이 어떤 인상을 받았는지 꼭 알고 싶군요."

"사고(思考)의 폭이 매우 좁은 남자 같아요." 마플 양이 말했다.

"그러나 가능성은 있어요. 상당히 많이."

헨리 경은 거기에 대답하면서 일어났다.

"이제 슬슬 일어나서 일하러 가시죠. 아, 저기 밴트리 부인이 당신을 찾아서 이쪽으로 오고 있군요."

4

밴트리 부인은 헐떡거리면서 달려와서는 단숨에 벤치에 걸터앉아서 숨이 찬 듯 크게 숨을 내쉬었다. 그녀가 말했다.

"나는 호텔의 하녀들과 이야기를 하고 왔는데, 전혀 소용없었어요. 아무것도 찾아낼 수 없는 거예요! 그 여자가 호텔 안의 아무도 눈치 못 채게, 어딘가의 남자와 잘 지낼 수 있다고 생각해보셨어요?"

"매우 흥미 있는 문제이지만 나는 절대로 그럴 수는 없다고 생각해요. 만일 그런 일이 있었다면 누군가는 알고 있었겠죠! 그녀는 그런 데에는 매우 영리했던 것 같아요."

밴트리 부인의 시선이 테니스 코트에 박혔다.

그녀는 만족스러운 듯이 말했다.

"애디는 테니스를 상당히 잘 치는군요. 저 테니스 코치도 매력적인 청년이고, 애디도 굉장히 아름다워요. 아직도 젊고 매력적이고 저 여자가 재혼한다 해도 하나도 이상하지 않을 거예요."

"제퍼슨 씨가 죽으면, 그녀는 또 부자가 되겠죠." 마플 양이 말했다.

"아니에요, 제인. 언제나 그런 부정적인 생각만 하고 있군요. 그것보다도 빨리 사건을 해결해줘요. 아직 전혀 실마리도 잡지 못했으니. 내가 당신이라면 금방 해결할 수 있을 것 같은데." 밴트리 부인이 비난조로 말했다.

"그건 무리지. 금방 알 수는 없어요. 아마 좀 시간이 걸리겠죠."

밴트리 부인은 깜짝 놀라서, 믿을 수 없다는 눈으로 그녀를 바라보았다.

"당신, 누가 루비 킨을 죽였는지 알고 있죠?"

"그래요, 그건 알고 있어요!"

"도대체 누구예요? 빨리 말해 줘요."

마플 양은 입을 굳게 다물고서 단호하게 고개를 저었다.

"돌리, 유감스럽게도 그건 아직 말해 줄 수 없어요."

"왜? 어째서 아직 안 되죠?"

"당신이 비밀을 지킬 수 없기 때문이에요. 당신은 틀림없이 이 사실을 모두에게 퍼뜨릴 거예요. 직접 말하지 않더라도 아마 틀림없이 암시라도 할 거예요."

"아니에요. 안 그럴게요. 정말로 아무에게도 말하지 않겠어요."

"그렇게 말하는 사람일수록 믿을 수 없어요. 안 돼요. 아직 끝이 나려면 멀었어요. 확실하지 않은 부분이 많이 있거든요. 파트리지 부인이 적십자 모금을 하겠다고 말했을 때, 내가 강경하게 반대한 것을 기억하겠죠? 왜 반대했는지 말할까요? 실은 그녀의 코가 내 하녀 앨리스와 마찬가지로 실룩실룩 움직이는 것을 보았기 때문이에요. 물건 값을 지불하려고 앨리스를 심부름 보낼 때마다 앨리스의 코가 실룩거리는 거였어요. 아주 그것과 똑같았기 때문이지요. 앨리스가 가게에 지불한 돈은 매주 1실링씩 부족했고, 가게에는, '나머지는 다음 주에 함께 드릴게요.'라고 말해 놓았죠. 파트리지 부인의 경우도 단지 금액만 다를 뿐 방법은 그것과 같았잖아요? 그 부인이 75파운드나 횡령했거든요!"

"파트리지 부인의 일과 무슨 상관이 있어요, 이 일이?"

밴트리 부인이 말했다.

"아니, 설명을 더 들어보세요. 만일 당신이 충분히 주의를 기울인다면 힌트를 얻을 수 있어요. 이 사건의 문제점은 모두가 지나치게 가볍게 사람들을 믿고 있다는 데에 있어요. 당신이라면 다른 사람이 말한 것을 그대로 전부 믿을 수 없겠죠? 특히 말하고 있는 내용에 뭔가 이상한 점이 있거나 하면, 나는 아예 처음부터 믿지 않아요. 나는 인간의 본성을 잘 알고 있답니다."

밴트리 부인은 잠시 묵묵히 생각에 잠기고 나서, 어조를 바꾸어 말했다.

"전에도 말했듯이, 왜 내가 이 사건을 즐겨서는 안 되는지 모르겠어요. 이것은 우리 집에서 일어난 진짜 살인사건이에요. 이런 일은 두 번 다시 없을 거라고 생각해요."

"그런 사고는 없는 편이 좋지요." 마플 양이 말했다.

"그래요. 한 번으로 족해요. 하지만, 이것은 우리 집에서 일어난 살인사건이에요, 제인. 따라서, 나는 그것을 즐기고 싶은 거예요."

마플 양은 옆눈으로 상대방을 보았다.

밴트리 부인은 호전적으로 말했다.

"당신은 내 말을 믿지 않나요?"

마플 양은 부드럽게 대답했다.

"그렇게 묻는다면 안 믿는다고 얘기해야겠군."

"좋아요. 당신은 사람이 말하는 것을 믿지 않는단 말이죠. 아까도 그렇게 말했지만……, 당신이 말한 대로군요."

밴트리 부인의 목소리가 갑자기 불쾌한 상태로 변했다.

"나도 결코 바보는 아니에요. 세인트 메리 미드 전체 사람들아―아니, 우리 군 전체의 사람들이 뭐라고 말하고 있는가 하는 정도는 제대로 알고 있죠. '아니 땐 굴뚝에 연기 나지 않는다. 아더의 서재에서 여자의 시체가 발견되었다면, 아더는 그 여자와 틀림없이 관계가 있다. 그 여자는 아더의 정부이다(아니다, 그의 사생아다). 그녀가 아더를 협박했다.' 뭐 이런 얘기죠. 변변치도 않은 머리에 떠오른 것을 함부로 떠들어대고 있어요! 게다가, 점점 더 심해질 것은 당연하죠. 아더도 처음에는 그것을 알아차리지 못했어요. 왜 일이 그렇게 되는지 몰랐던 거지요. 그이는 호인이므로, 세상 사람들이 자기를 그런 식으로 생각할 리가 없다고 믿고 있었던 거예요. 틀림없이 그이는 자신이 뒤에서 손가락질을 받으며 백안시되고 있다는 사실을 알게 되었겠죠. 그래서는 깜짝 놀라 망연자실 조개처럼 틀어박혀서 비참함을 참으면서 매일을 지낼 수밖에 없는 거예요. 내가 이 사건을 자세히 조사하기 위해서 이곳에 온 이유는 그이가 그런 궁지에 몰려 있기 때문이에요. 이 사건을 꼭 해결해야만 해요! 그렇지 않으면 아더의 전 생애가 못 쓰게 되어 버립니다. 나는 절대로 그렇게 놔둘 수가 없어요!"

그녀는 잠시 뒤에 말했다.

"당신이라면 남편이 억울한 누명을 쓰고 지옥으로 쫓겨 가는 것을 묵묵히 볼 수가 있겠어요? 내가 그이를 집에 두고 데인머스로 온 것도 이 사건의 진상을 파악하기 위한 것이었어요!"

"나도 그쯤은 알아요, 돌리." 마플 양이 말했다.

"그렇기 때문에 나도 함께 온 거잖아요."

1

 조용한 호텔 1층에서 에드워즈는 무표정한 얼굴로 헨리 클리더링 경의 이야기를 듣고 있었다.
 "자네에게 두세 가지 물어보고 싶은 것이 있는데, 내 입장을 분명하게 이해해 주길 바라네. 나는 과거에 런던경시청의 총감이었어. 그러나 지금은 은퇴하고 개인적인 생활을 보내고 있지. 그런데 이번 사건이 발생하자 자네 주인이 나를 불러서 내 두뇌와 경험을 되살려 이 사건을 해결해 달라고 부탁했다네."
 헨리 경은 잠시 사이를 두었다.
 푸르고 예리한 눈으로 상대방을 바라보던 에드워즈는 가볍게 고개를 끄덕였다.
 "예, 잘 알고 있습니다."
 클리더링은 천천히 교묘하게 말을 계속했다.
 "형사 사건에서는 숨겨져 있는 여러 가지 정보를 알아내는 것이 필요하지. 무언가 정보를 숨기고 있을 경우, 거기에는 여러 가지 원인이 있다네. 가령, 그것을 알리면 가족의 목숨이 위험하다든가, 아니면 이것은 사건과는 전혀 관계가 없을 거라고 혼자 결정해 버리거나, 또는 이런 얘길 하면 자기가 사건 관계자를 불리한 입장에 빠뜨리거나 쓸데없는 피해를 입힐지도 모른다는 생각 등 때문에 입을 다물고 있는 게지."
 에드워즈는 또 고개를 끄덕였다.
 "예, 잘 알고 있습니다."
 "새삼스럽게 설명할 것 없이, 사건의 줄거리는 자네도 분명하게 알고 있다고 생각하네. 살해된 여성은 당연히 제퍼슨의 양녀가 되려 했기 때문에, 그냥 내버려 두고 싶지 않은 동기를 갖고 있었던 사람이 두 사람 있다고 생각되네.

말할 것도 없이 그것은 마크 개스켈과 애들레이드야."

하인의 눈이 번쩍 빛났다.

"그러면, 그 두 사람이 용의자란 말씀이십니까?"

"그렇다고 당장 체포된다는 의미는 아닐세. 그럴 염려는 없다고 해도 좋을 거야. 그러나 사건이 해결되기까지는 경찰에서는 그 두 사람에게 혐의를 두고 상세하게 계속 조사하겠지."

"정말 불쾌한 입장에 놓인 셈이군요. 두 분 모두."

"그래, 매우 불쾌하겠지. 그래서, 진상을 파악하기 위해서는 사건과 관계있는 사실을 전부 조사해 내야만 하는 거라네. 제퍼슨과 그 친구 가족의 감정의 변화나, 말이나, 거동이나 태도가 중요한 의미를 갖게 되자—그 안에 여러 가지 실마리가 있기 때문이야. 그들이 어떤 식으로 느꼈는가, 어떤 태도를 취했는가, 어떤 이야기를 했는가 등등. 결국, 내가 자네에게서 듣고 싶은 것은 집안 내부에 대한 정보이고, 그 내용은 자네만 알고 있을 거라고 생각하네. 자네는 자네 주인의 성격을 잘 알고 있겠지? 그것을 관찰하고 있었고, 또 그 원인이 무엇일까 하는 것도 정확하게 알고 있음이 틀림없어. 어때, 나는 경관으로서가 아니라 제퍼슨의 친구로서 자네에게 묻고 있는 거야. 따라서, 내가 판단해서 자네가 말한 내용 중 사건과 무관하다고 생각되는 것은 절대로 경찰에 알리지 않을 생각이야. 알겠나?"

그는 잠자코 있었다. 에드워즈가 조용히 말했다.

"알겠습니다. 요컨대 저는 솔직하게, 숨기지 않고 말씀드리면 되는 거지요—평소라면 입 밖에 내서는 안 되는 것까지. 결국, 꿈에라도 알아낼 수 없는 것을 말해 달라시는 거죠?"

"그래, 그래. 자네는 이해가 빨라, 에드워즈. 그것을 듣고 싶은 걸세."

에드워즈는 잠시 침묵하더니, 이윽고 다시 말했다.

"저는 물론, 제퍼슨 씨의 일은 잘 알고 있습니다. 이미 오랫동안 주인님 옆에서 심부름을 했으니까요⋯⋯. 기분이 좋을 때의 그분뿐만 아니라, 나쁠 때의 그분에 대해서도 잘 알고 있습니다. 실은, 저는 제퍼슨 씨처럼 운명과 싸우는 것이 모든 사람에게 과연 좋은 것인지를 가끔 혼자 생각하는 일이 있습니다. 운명은 그분의 일부를 무참히 빼앗아가 버렸습니다. 그러나 그곳에서 만일 그분이 좌절해서 불행한, 고독한, 실의의 노인으로 생활한다면—사실 그쪽이 훨씬 좋았을지도 모릅니다. 그런데 그러기에는 그분의 자존심이 허락되지 않았던 겁니다. 죽을 때까지 싸우겠다—이것이 그분의 생활방법인 거지요. 그러나 그런 무리가 그분을 신경질적으로 만든 것이 아닐까요? 그분은 항상 기분이 좋은 신사로 보이지만, 저는 그분이 흥분해서 말할 수 없이 화를 내는 것을 몇 번이나 보았습니다. 그리고 나서 그분이 가끔 사람을 헐뜯는 소리도 하는 걸 들었습니다."

"분명한 근거가 있는 얘긴가, 에드워즈?"

"예, 그렇습니다. 솔직히 말씀드린 겁니다."

"흠, 알았네. 계속해 보게."

"그 젊은 여자에 대해서 저의 의견을 말씀드리면, 그녀는 제퍼슨 씨가 귀여워할 가치도 없는 여자였다고 생각합니다. 분명히 말씀드리자면, 평범한 애지요. 게다가, 그녀는 제퍼슨 씨에게 털끝만큼의 애정도 없었습니다. 자못 감사의 기색을 보이긴 했었지만, 그것은 전부 제퍼슨 씨를 희롱하는 연극입니다. 그녀에게 악의가 있는 것은 아니지만, 그러나 요컨대 그녀는 제퍼슨 씨가 생각하는 여자는 아니었습니다. 그렇게 머리가 예리한 신사가 한 일치고는 매우 이상한 일이지요. 그분은 다른 사람에게 좀처럼 속는 사람이 아니니까요. 그러나 젊은 여자에 대한 문제라면 아무리 신사라도 신사답지 않은 판단을 내리는가 봅니다. 실은 제퍼슨 부인의 태도가 올해 여름부터 갑자기 바뀌었습니다. 제퍼슨 씨는 그때까지도 그녀를 매우 동정하고 가엾게 여겼습니다. 그러나 그런 사실을 알고서는 몹시 화를 냈지요. 그분은 마크 씨는 그다지 좋아하지 않았지만, 제퍼슨 부인은 매우 좋아했거든요."

헨리 경이 말을 막았다.

"그렇지만, 마크를 항상 옆에 두고 있었잖은가?"

"예. 하지만, 로자먼드 아가씨 때문입니다. 결국 개스켈 부인의 일이지만……, 그 아가씨를 너무나도 귀여워한 거지요. 몹시 사랑하셨지요. 마크 씨는 아가씨의 남편이었으므로, 제퍼슨 씨는 언제나 그렇게 생각하여 옆에 두고 계셨던 겁니다."

"마크가 또 누군가와 결혼했다면 어떻게 생각할까?"

"제퍼슨 씨는 화를 냈겠지요."

헨리 경은 눈썹을 치켜세웠다.

"그렇게 심하게 노할까?"

"그런 기색을 보이진 않았겠지만, 아마 그러셨을 거라고 생각합니다."

"그럼, 애들레이드가 재혼하면?"

"역시 마찬가지겠죠."

"자, 원점으로 돌아가서 이야기를 계속하게."

"아까 제퍼슨 씨가 그 젊은 여자에게 몰두해 있다는 이야기를 했습니다. 저는 지금까지 제가 모시고 있던 신사분이 그런 식으로 된 예를 종종 보아 왔습니다. 모두 젊은 여성을 감싸고, 보호해 주고, 아낌없이 선물도 하지만, 여자는 남자보다 열 배, 백 배, 끝까지 조심성 있고 참을성 있게 최대의 기회가 오기만을 기다리지요."

"그러면, 루비 킨도 그런 음모가였겠군."

"그녀는 아직 어렸으니 그 정도로 닳고 닳지는 않았겠지만, 일단 상황이 닥치자 정말로 면밀한 계획을 세우고 있었습니다. 한 5년쯤 지나면 그녀는 그런 임기응변에는 명수가 되어 있겠죠!"

"그녀에 대한 자네의 의견을 들을 수 있다면 정말로 기쁘겠네. 상당히 귀중한 의견이라고 생각하는데. 그런데 자네는 이 문제를 놓고 제퍼슨과 그의 가족들이 의논을 하던 때의 일을 기억하고 있나?"

"의논이라고 말할 성질은 아니었습니다. 제퍼슨 씨가 자신이 생각하고 계신 의견을 발표하자 모두 반대 의견을 냈기 때문이지요. 마크 씨가 약간 다른 의견을 주장했지만, 제퍼슨 씨는 몹시 화를 내면서 그의 입을 막아 버렸습니다. 제퍼슨 부인은 거의 아무 말도 하지 않았고요. 점잖게 앉아 있으면서, 그렇게 서두를 필요는 없지 않느냐고 말했습니다."

헨리 경은 고개를 끄덕였다.

"그밖에는? 루비는 어떤 태도를 취했나?"

에드워즈는 불쾌하게 말했다.
"뛸 듯이 기뻐했다고 말씀드려도 괜찮을 것 같군요."
"허 그래, 뛸 듯이 기뻐했겠지. 분명해. 그런데 에드워즈, 그……."
그는 적당한 말을 찾으면서 망설였다.
"뭐랄까, 그녀가 다른 사람을 사랑하고 있었는지는 모르고 있나?"
"제퍼슨 씨가 결혼을 요구한 것도 아니고 다만 양녀로 삼으려고 생각했을 뿐이니 뭐 문제가 되겠습니까?"
"아니, 아니, 그 '다른 사람'이라는 말은 취소하겠네. 누구 좋아하는 사람이 있었는가 하는 것이지."
에드워즈는 천천히 대답했다.
"그 일과 관계있는 사건이 한 번 있었습니다. 마침 전 그 장소에 있어서, 우연히 목격하게 되었지요."
"그거 잘 됐군. 어서 말해 보게."
"어쩌면 별것 아닐지도 모르겠습니다만……, 그날 루비가 핸드백을 열었을 때 우연히 사진이 한 장 떨어졌습니다. 제퍼슨 씨가 그것을 집어들고는 말하더군요. '이게 대체 누구지?'
어떤 청년의 사진이었는데, 더부룩한 머리를 하고 얼굴이 좀 검은 청년으로, 별로 비싸 보이지 않는 넥타이를 매고 있었습니다.
루비는 떨떠름한 얼굴로 이렇게 말하더군요.
'어머? 모르겠는데요, 이 사람은. 이상하네. 어째서 내 핸드백에 들어가 있을까? 나는 이런 사진을 넣어 둔 기억이 없는데!' 제퍼슨 씨는 그런 말에 속을 만한 바보는 아니었습니다. 또, 그 거짓말 자체도 그다지 능숙한 것은 아니었지요. 그의 눈썹이 몹시 떨리더니, 굉장히 화를 내면서 이렇게 말했습니다.
'거짓말 마. 이 녀석이 누군지 알고 있지?'
그녀는 재빨리 전술을 바꾸었습니다. 그러고는 갑자기 생각난 듯이 이렇게 말하더군요.
'아아, 알겠어요. 가끔 이곳에 와서 나와 춤추었던 그 사람이야. 이름은 모르지만, 틀림없이 그 바보가 내가 모르는 사이에 핸드백 속에 사진을 집어넣

었겠죠. 바보 같아 보이더니 끝까지 바보 같은 짓만 골라서 하는군!'

그녀는 아무 일도 아닌 듯이 웃음으로 얼버무리려고 했습니다. 그러나 저는 그 이야기도 별로 신빙성이 없다고 생각했지요. 그래서, 제퍼슨 씨가 그 말을 믿었다고는 생각지 않았습니다. 그러나 그때는 그저 날카롭게 그녀의 얼굴을 바라보기만 했지요. 하지만, 그 이후로는, 가끔 그녀가 외출할 때마다 어디에 갔다 왔는지를 그녀에게 물으시곤 했습니다."

"그 사진의 주인을 이 호텔에서 본 적이 있나?" 헨리 경이 물었다.

"보려야 볼 수도 없지요. 저는 사람들이 많이 모이는 아래층에는 절대로 내려가지 않습니다."

헨리 경은 고개를 끄덕였다. 그러고는 두세 가지를 더 질문했지만, 에드워즈는 더 이상은 아는 것이 없었다.

2

데인머스 경찰서에서 하퍼 총경은 제시 데이비스, 플로런스 스몰, 비어트리스 헤니커, 메리 프라이스, 릴리언 리지웨이라는 소녀들과 만나고 있었다. 이들 소녀는 나이는 같지만 정신연령은 조금씩 달랐다. 또, 집안도 '군(郡)의 재산가'로부터 농부나 상인의 딸에 이르기까지 계층도 가지각색이었다.

그러나 그 아이들은 판에 박은 듯이 모두 똑같은 이야기를 했다. 패밀라 리브스는 언제나와 똑같은 태도로 울워스 가게에 물건을 사러 갔다가 버스로 집에 돌아갈 계획이라는 말밖에는 하지 않았다는 것이다.

하퍼 총경의 방 한구석에는 어떤 늙은 부인이 앉아 있었다. 소녀들은 대부분 그녀를 알아차리지 못했다. 가령 알아 차렸다 해도 누굴까 하고 고개를 갸우뚱하기만 했을 것이다. 그녀는 분명히 여자 경관은 아니었다. 아마 자신들과 마찬가지로, 증인으로 소환된 사람일 것이다—그 아이들은 그런 식으로 생각했을지도 모른다.

마지막 소녀가 방을 나가자, 하퍼 총경은 이마에 땀을 닦고 마플 양 쪽을 돌아보았다. 그의 시선에는 무언가 물어보려는 기색은 있었지만, 희망의 기색은 보이지 않았다. 그러나 마플 양은 꾸짖듯이 말했다.

"플로런스 스몰과 이야기해 보시죠."

총경은 얼굴을 찡그렸지만, 곧 수긍하며 벨을 눌렀다. 순경이 나타났다.

"플로런스 스몰을 잠깐 들여보내 주게." 하퍼가 말했다.

그 소녀는 순경의 뒤를 따라서 방으로 들어왔다. 그녀는 어느 부유한 농가의 딸이었다―키가 크고, 머리카락은 아름다웠지만, 입가가 약간 둔하게 보였고, 깜짝 놀란 듯한 갈색 눈을 하고 있었다. 손을 앞으로 모으고 쭈뼛쭈뼛 거리고 있었다.

하퍼 총경이 마플 양에게 눈으로 신호를 보내자 그녀는 가볍게 고개를 끄덕였다. 곧 총경이 일어서며 말했다.

"이번에는 이 부인의 질문에 답하도록 해요."

그는 문을 닫고서 나갔다.

플로런스는 침착하지 못한 눈으로 흘끗 마플 양을 바라보았다. 그 눈은 그녀의 아버지가 기르고 있는 송아지의 그것과 비슷했다.

"몇 가지 물어 볼게 있어요, 플로런스." 마플 양이 말했다.

플로런스 스몰은 의자에 조용히 걸터앉았다. 그녀는 어쩐지 마음이 놓이며, 전보다 약간 안정된 느낌이 들었다. 익숙지 않은 경찰서 분위기에 비해서, 어딘지 모르게 친밀감을 느낄 수 있는, 정감이 있는 듯한 분위기가 그녀를 감쌌다. 그것은 사람을 다루는 일에 숙련되어 있는 사람이 빚어내는 분위기였다.

"저 말이야, 패밀라가 살해당한 날 그녀가 어땠나 하는 문제인데, 그게 이 조사에서 매우 중요하다는 것은 알겠지, 플로런스?"

플로런스는 알았다는 듯이 고개를 끄덕였다.

"내가 알 수 있게끔 협조해 줄 수 있겠어?"

플로런스의 조심스러운 눈이 동의의 빛을 띠었다.

"네가 알고 있는 것을 일부러 숨긴다면 사건 해결에 굉장한 지장이 생긴단다."

마플 양이 말했다. 소녀는 침착하지 못한 모습으로 무릎 위에서 손을 마주 잡았다. 두세 번 침을 삼켰다.

"갑자기 경찰에 불려왔기 때문에 좀 무섭기도 하겠지. 게다가, 빨리 대답하지 않으면 야단맞을 것 같은 느낌이 들지도 모르고. 하지만, 그런 염려는 하나도 하지 마. 한 가지, 용기를 내서 그대로 얘기하는 거야. 괜찮지? 그 대신, 네가 알고 있는 내용을 숨기면 그땐 정말 큰일 나—매우 곤란하게 돼. 위증죄가 되니까. 그러면, 감옥에 갈지도 몰라."

"저는 정말로 아무것도……."

마플 양이 날카롭게 말했다.

"발뺌은 더 이상 용납 못 해! 자, 분명하게 말해! 정말로 패밀라가 울워스 가게에 간다고 했어?"

플로런스는 혀로 바짝 마른 입술을 축이고는, 마치 도살장에 끌려가는 소와 같은 애원하는 눈으로 마플 양을 보았다.

"영화사와 뭔가 관계가 있었지?" 마플 양이 물었다.

깊은 안도와 공포가 섞인 표정이 플로런스의 얼굴에 떠올랐다. 자신을 억제하고 있던 힘이 스르르 빠져나가는 것 같았다. 한숨과 함께 말이 튀어나왔다.

"예, 그래요!"

"그럴 거라고 생각했어." 마플 양이 말했다.

"자, 좀더 자세하게 설명해 봐."

플로런스의 입에서 폭포수와 같이 말이 터져 나왔다.

"사실 팜에게는 절대 비밀로 하겠다고 분명히 약속했거든요……. 그런데 팜이 차 안에서 타 죽었다는 이야기를 들었어요. 저는 너무나 무서워서 죽어 버리려는 생각까지 했습니다. 모든 게 제 탓인 것 같은 기분이 들었던 거죠. 그 애를 말렸어야 했는데. 하지만, 그때는 설마 그렇게 되리라고는 생각도 하지 못했거든요. 그리고 나서 경찰이 와서 팜이 평소와 다른 점이 없었냐고 물었을 때, 저는 아무 생각도 없이 그렇다고 대답한 거예요. 일단 그렇게 말해 버린 이상, 다음 얘긴 할 수도 없었죠. 하지만, 저는 사실 팜이 저에게 말한 것밖엔 몰라요."

"팜이 무슨 이야기를 했지?"

"그 대회에 가는 도중(버스 정류장으로 걸어가고 있었습니다)에 팜이 저에게 비밀을 지킬 수 있느냐고 물었어요. 그래서, 저는 지킬 수 있다고 말했죠. 그러자, 아무에게도 말하지 않겠다는 약속을 받고 저에게 말해 주었는데, 그 대회가 끝나면 데인머스로 가서 카메라 테스트를 받을 예정이라는 거예요! 얼마 전에 어느 영화감독을 만났다고 하더군요. 바로 최근에 할리우드에서 돌아온 감독이라고 했어요. 그런데 마침 그는 자신의 영화에 필요한 여배우를 찾고 있었는데, 패밀라더러 그 역을 맡을 생각이 없느냐고 묻더래요. 물론 당연히 카메라 테스트를 받은 이후에라야 확정이 되긴 하지만요. 카메라 테스트에서 떨어지면 소용없는 거라고요. 감독 이야기로는 아주 젊은 여자역인데, 어떤 여학생이 떠돌이가 되어 여러 마을을 전전하면서 기구한 인생을 보내는 영화라고 하더래요. 팜은 학교에서 연극을 했기 때문에 연기는 매우 뛰어났죠. 감독도 그 애의 장래가 유망하다고 칭찬했다고 하더군요. 하지만, 본격적인 연습을 해야 할 거라고 말했다는 것 같았어요. 매우 힘든 연습을……. 과연 팜이 해낼 수 있을 거라 생각했는지 모르겠어요."

플로런스 스몰은 숨을 돌렸다.

계속 이어져 나온 무수한 소설이나 영화 줄거리의 모작(模作)에 귀를 기울이던 마플 양은 약간 싫증이 났다. 패밀라 리브스는 다른 소녀들과 마찬가지로 모르는 사람과 이야기해서는 안 된다는 주의를 받고는 있었겠지만, 영화의 빛나는 매력이 그것을 잊게 했을지도 모른다.

"그 감독은 매우 사무적으로 이야기를 하더래요." 플로런스가 계속했다.

"만일 그 애가 테스트에 합격하면 계약을 맺어야 하지만, 아직 미성년자이니까 계약서에 서명할 때는 변호사의 보증이 필요하다고 했을 거예요. 팜은 감독이 그런 말까지 했다고는 말하지 않지만……. 그는 부모에게 혼나지 않겠느냐고 물었대요. 팜은 그럴지도 모른다고 대답했고요. 그러자, 그 사람이 이렇게 말하더래요. '네가 너무 어려서 그런 문제가 생기지. 하지만, 몇만 명 중에서 한 명밖에 만날 수 없는 행운이라는 것을 부모님에게 잘 얘기하면 틀림없이 이해하실 거다.' 그러나, 어쨌든 테스트의 결과가 나와 봐야 아는 일이니까 떨어져도 실망하지 말라고 그 감독이 말했대요. 그러고는 할리우드의 이야기나 비비안 리가 어떻게 런던에 화제를 뿌리며 등장해서, 어떻게 일약 명

배우로서의 명성을 떨치게 되었는가 하는 등의 영화계의 내막을 그녀에게 이야기해 주었대요. 그는 렌빌 촬영소와 합작해서 영국 영화계의 새로운 바람을 불러일으키려고 최근 미국에서 귀국했다나 봐요."

마플 양이 고개를 끄덕였다. 플로런스는 이야기를 계속했다.

"팜은 대회가 끝난 뒤, 데인머스로 가서 그의 호텔을 찾아가, 그와 함께 촬영소로 가기로 약속을 했대요. 그 감독이 그 애에게 한 이야기로는, 데인머스에도 작은 테스트 촬영소가 있다고 하더래요. 팜은 그곳에서 테스트를 받고, 그 결과는 4~5일 이내에 알려주기로 했답니다. 만일 괜찮다는 판정이 나면 소장인 함스테이터 씨가 부모님에게 찾아가서 이야기한다고 했고요. 정말로 근사한 이야기이지요! 저는 정말 몹시 부러워했답니다! 팜은 태연하게 대회에 참석했어요. 그녀는 포커페이스라는 별명을 가졌을 정도거든요. 나중에 대회가 끝났을 때, 팜은 울워스 가게에 물건을 사러 데인머스로 가겠다고 모두에게 말하면서 제 쪽으로 눈을 돌렸습니다. 전 그 애가 그 오솔길을 내려가는 것을 물끄러미 지켜보았죠."

플로런스는 갑자기 울음을 터뜨렸다.

"어째서 제가 팜을 말리지 않았을까요! 말려야 했었는데. 그런 이야기를 정말로 믿다니. 어째서 눈치 채지 못했을까? 누군가에게 털어놓았으면 좋았을 텐데. 바보예요, 저는 죽어 버리고 싶어요!"

"아니야, 아니야. 그렇게 생각하지 말거라!"

마플 양은 소녀의 어깨를 가볍게 두드리면서 말했다.

"아무도 너를 책망하지는 않을 게야. 넌 옳은 일을 했어. 나에게 솔직히 말했으니까."

그리고 나서 5분 뒤에, 그녀는 그 이야기를 하퍼에게 했다.

총경은 씁쓸한 얼굴로 그것을 다 듣더니, 몹시 화가 난 듯이 외쳤다.

"나쁜 놈 같으니! 당장 숨통을 끊어 버리겠어! 이렇게 되면 다시 시작해야겠군요."

"예, 그렇군요."

하퍼는 옆눈으로 그녀를 보았다.

"마플 양, 놀라운 일이군요."
"글쎄요, 이러리라고 예상했었습니다."
하퍼 총경은 이상하다는 듯이 말했다.
"어떤 점에서 그 소녀를 지목하셨나요? 제가 보기엔 모두 똑같이 머뭇거리고 있어서, 특별히 이렇다 할 특징은 전혀 알 수가 없었는데."
마플 양은 부드럽게 말했다.
"당신은 거짓말을 하는 소녀들을 저만큼 많이 만난 경험이 없기 때문이에요. 기억하고 계실지 모르겠지만, 플로런스는 심문을 받는 동안, 당신을 정면으로 바라보더니 다른 소녀들과 똑같은 매우 어색한 태도로 일어서서는 불안해하면서 문 쪽으로 가더군요. 그러나 당신은 문을 열고 방을 나설 때의 그 애를 주의해서 보지 않았지요? 저는 그 모습을 보고는 금방, '아, 이 아이는 뭔가를 숨기고 있구나.' 하고 생각했지요. 거짓말을 하는 소녀는 보통 방을 나서면서 휴우 하면서 안도의 한숨을 밖으로 내쉬거든요. 우리 집의 자넷이라는 하녀가 그랬어요. 가령 쥐가 케이크의 끝을 잘라 먹었다고 너무도 말도 안 되는 거짓말을 한 뒤 방을 나가는 순간에는 히죽히죽 웃는 겁니다."
"허……, 이거 정말 감사합니다. 이거 정말로 뭐라고 감사의 말씀을 드려야 좋을지 모르겠군요."
하퍼가 말했다. 그는 잠시 생각한 뒤에 덧붙였다.
"렌빌 촬영소?"
마플 양은 아무 말도 하지 않고 일어섰다.
"이제 곧 가봐야 할 데가 있어서 실례하겠습니다. 당신에게 도움을 드릴 수 있어서 정말로 다행이군요."
"호텔로 가시는 겁니까?"
"예, 짐을 정리하려고요. 가능한 한 빨리 세인트 메리 미드로 돌아가야만 하니까요. 제가 해야 할 일이 그쪽에 많이 있답니다."

제18장

1

마플 양은 거실의 프랑스식 창문으로 나와 깨끗이 손질된 정원의 오솔길을 지나 뒷문을 빠져나갔다. 그러고는 다시 목사관 뒷문을 지나서, 정원을 가로질러 거실 쪽으로 가서는 그 창을 조용히 두드렸다.

목사는 서재에서 일요일의 설교 원고를 열심히 쓰고 있었고, 젊고 아름다운 그의 아내는 거실의 난로 앞 양탄자 위에서 아기가 노는 모습을 감탄의 눈으로 들여다보고 있었다.

"들어가도 좋아요, 그리셀다?"

"어머, 어서 오세요, 마플 양. 잠깐 여기 데이비드 좀 보세요! 지금 자기가 뒤로 길 수밖에 없으니까, 불같이 화를 내는 중이에요. 앞에 있는 걸 집으려고 다가서려 하면 할수록 거꾸로 뒤의 석탄 상자 쪽으로 가는 거예요."

"이 아이는 상당히 건강하군요, 그리셀다."

"오, 그런가요?" 젊은 엄마는 무관심한 말투를 가장했다.

"저는 별로 상관하지 않아요. 책을 읽으면, '모든 어린애들은 가능한 한 혼자 있게 하십시오.'라고 써놓았겠지요."

"그래요, 틀림없이 그래요." 마플 양이 말했다.

"그런데 지금 특별히 모금하는 것이 있나요?"

"예, 많이 있어요." 그녀가 밝게 대답했다.

"언제나 그렇지만."

그녀는 손가락으로 세었다.

"우선 교회의 의자 수리를 위한 모금이 있고 그리고 세인트 가일스 선교회 정착금 모금, 다음 주 수요일의 자선 바자회, 미혼모의 구제자금, 보이스카우트의 소풍, 편물지도회, 게다가 교단의 원양어업 원조운동 등도 있어요."

"그중 어느 것이라도 좋은데……." 마플 양이 말했다.

"헌금자 명단을 갖고 있었으면 싶은데, 모금을 내게 위임해 주지 않겠수?"

"뭔가를 조사하시게요? 틀림없이 그렇겠군요. 예, 그러겠어요. 저, 바자회 쪽을 맡으세요. 틀림없이 현금이 들어오니까, 그쪽이 재미있을 거예요. 이상한 향료대나 우스꽝스러운 평상복, 후줄근한 어린애 옷이나 기타 조잡한 것들이 들어오는 것보다는 낫죠."

그리셀다는 손님을 창가까지 배웅하면서 말했다.

"지금 부인이 무얼 조사하시는지 가르쳐 주시겠어요?"

"나중에." 마플 양은 급히 밖으로 나갔다.

젊은 엄마는 한숨을 쉬면서 난로 앞의 양탄자 쪽을 돌아보았다. 그리고 어린애를 지나치게 귀여워하지 않는다는 엄한 양육방침을 지키기 위하여 아이의 배를 세 번 가볍게 찔렀다. 아이는 갑자기 바로 옆에 있던 어머니의 머리카락을 잡고는 꺼꺼 하며 탄성을 질렀다. 두 사람이 서로 놀면서 굴러다니고 있었을 때, 갑자기 문이 열리면서 하녀가 어느 유력한 교구민을 안내하며 들어왔다(그 사람은 어린애를 싫어하기로 유명했다).

하녀가 손님에게 말했다.

"사모님은 이쪽에 계십니다."

그리셀다는 그 말을 듣고서는 재빨리 일어서서, 황급히 목사의 아내다운 위엄을 되찾았다.

2

연필로 바자회에 참가하는 유지의 이름을 써넣은 작고 검은 수첩을 손에 든 마플 양은 의기양양하게 마을 십자로 쪽으로 걸어갔다. 그러고는 그곳에서 왼쪽으로 돌아 블루 보어 여관 앞을 지나서 '화제의 집' 속칭 '부커 씨의 새 집'으로 갔다.

그녀는 현관 가까이에 가서 위세 좋게 문을 두드렸다.

문을 연 것은 젊은 금발의 다이나 리였다. 그녀는 평소보다 조잡하게 화장을 하고 있었으며, 어딘지 모르게 더러운 기분을 느끼게 했다. 갈색 바지와 신선미가 느껴지는 연두색 점퍼를 입고 있었다.

"안녕하세요?" 마플 양이 힘차고 밝은 목소리로 말했다.

"잠시 실례해도 괜찮겠어요?"

다이나 리가 어안이 벙벙해서 마음을 결정하지 못하고 있는 사이에 마플 양은 안으로 들어갔다.

"감사합니다. 그러면 실례하겠습니다."

마플 양은 그녀에게 상냥한 웃음을 지어 보이고는 당시 유행의 첨단을 달리는 듯한 대나무 의자에 조심스럽게 걸터앉았다.

"오늘은 비교적 따뜻하군요." 마플 양이 상냥하게 말했다.

"예, 그래요. 정말 따뜻해요."

리가 말했다. 그리고 그녀는 그 자리를 어떻게 얼버무려야 할지 몰라서 담배 상자를 열어 손님에게 내밀었다.

"저어, 어떠세요? 담배를 피우시나요?"

"감사합니다만, 나는 피우지 않아요. 실은 다음 주 수요일의 자선 바자회에 협조하시는 뜻으로 기부 좀 해주십사 합니다만."

"자선 바자회……?"

다이나 리는 마치 외국어 문구를 암송하고 있는 듯한 어조로 말했다.

"목사님 댁에서, 다음 주 수요일이랍니다." 마플 양이 말했다.

"이거……." 리는 잠시 멍하니 입을 벌리고 있었다.

"얼마나 도와 드려야 하는지……."

"조금이라도 괜찮아요. 반 크라운 정도면 어떨까요?"

마플 양은 여봐란 듯이 수첩을 넘겼다.

"아, 그 정도라면 기부할 수 있다고 생각합니다만……."

그녀는 핸드백이 놓여 있는 곳으로 걸어갔다.

마플 양은 예리한 눈으로 방을 둘러보고 나서 말했다.

"난로 앞에 양탄자를 깔아 두셨군요."

다이나 리는 갑자기 뒤돌아보더니 마플 양을 물끄러미 응시했다. 그녀는 이 노부인의 예리한 시선이 자신에게 집중되어 있는 것을 알았지만, 잠깐 당황했을 뿐 특별히 기분 나쁜 정도는 아니었다.

마플 양도 그것을 알았다. 그녀가 말했다.

"위험하군요. 불꽃이 튀어서 양탄자를 태울지도 모르니까."

이상한 여자라고 다이나 리는 생각했지만 약간 막연한 표현으로, 그러나 애교 있게 대답했다.

"항상 깔려 있었는데……, 이제껏 불똥이 떨어진 적은 없었어요."

"이건 부드러운 양모로 만든 제품 같군요." 마플 양이 말했다.

"그래요." 다이나가 대답했다.

"양모와 같은 느낌이지요."

그녀는 이번에는 이상한 생각이 들었다. 이 노파는 머리가 약간 어떻게 된 게 아닐까? 그녀는 곧 반 크라운을 내놓았다.

"부디, 적지만……."

"감사합니다."

마플 양은 그것을 받고서 수첩을 펼쳤다.

"저, 실례지만 성함을 뭐라고 쓸까요?"

다이나의 눈이 갑자기 험악해지면서 경멸의 빛을 띠었다.

'쓸데없이 참견하는 노파로구나. 틀림없이 무슨 소문거리를 기대하고 찾아왔겠지.' 하고 그녀는 생각했다.

"다이나 리입니다." 그녀는 가학적인 쾌감을 맛보면서 분명하게 말했다.

마플 양은 상대의 얼굴을 물끄러미 쳐다보았다.

"여기는 베이질 블레이크 씨의 별장이 아닌가요?"

"그래요. 어쨌든, 저는 다이나 리예요!"

그녀는 가슴을 뒤로 젖히고는, 푸른 눈을 반짝이면서 도전적으로 외쳤다.

마플 양은 그녀를 지그시 바라보았다.

"쓸데없는 참견이라고 생각할지도 모르겠지만, 내 충고를 들어주면 좋겠어요."

"그래요, 쓸데없는 참견이라고 생각하고 있어요. 잘 알았으면 아무 말도 하지 않는 편이 좋겠죠?"

"그렇지만, 말해야겠네요. 옳고 그름에 대해 충고하겠어요. 이 마을에서 당신이 더 이상 가명을 사용하지 않는 편이 좋아요."

다이나는 상대방을 쳐다보더니 말했다.

"뭐라고요, 무슨 말을 하시는 거예요?"

마플 양이 진지하게 말했다.

"이제 곧 당신에겐 되도록 많은 동정과 도움이 필요할 거예요. 당신의 남편도 이웃한테 좋게 보일 필요가 있고 말이죠. 여기 같은 구식의 시골 사람들은 결혼하지 않고 동거하고 있는 사람에게는 편견을 갖고 있을 게 뻔하니까. 아니, 당신들이 사람들을 속이는 재미를 누리고 있는 것도 어느 정도는 사실이겠죠. 마을 사람들을 가까이하지 않고 소위 '구식 노인네'들에게 걱정을 끼치지 않으면 그만 아니냐고 생각하겠지만, 사실 구식 노인네들에게 잘 보여서 손해 날 일은 없다우."

다이나가 물었다.

"우리가 결혼했다는 것을 어떻게 아셨죠?"

마플 양은 난처한 듯 쓴웃음을 지으며 고개를 흔들었다.

다이나는 집요하게 물었다.

"아니, 어떻게 아셨어요? 부인은 틀림없이 서머셋 하우스(등기소)에 가보셨죠?"

"서머셋 하우스? 아니지, 가지 않았답니다. 그러나 간단히 추측할 수는 있지요. 마을에서 일어난 일은 전부 내 귀에 들어오니까―당신들이 결혼한 뒤에 한 전형적인 부부 싸움의 회수까지도. 단순히 동거관계인 두 사람의 싸움은 아니었어요. 부부 사이는 싸움을 할 때마다 깊어진다고 하지요. 그러나 정식으로 결혼을 하지 않은 상태라면 끊임없이 서로에게서 자신들이 얼마나 행복하며, 모든 것이 평화스러운지를 확인하지 않으면 안 되는 법이지요. 자신들의 관계를 정당화하지 않으면 안 될 테니까. 따라서, 결코 싸움하려고 들지 않습니다. 그런데 결혼한 부부는 자신들의 다툼이나 적절한 화해를 마치 즐기는 듯하거든요."

그녀는 의미 있는 듯이 눈을 깜박이면서 입을 다물었다.

"저, 제가……."

다이나는 운을 떼놓고서는 갑자기 웃기 시작했다. 그러고 나서 의자에 걸터앉아 담배에 불을 붙였다.

"부인은 이상한 사람이군요!"

그녀는 또 말했다.

"하지만, 어째서 부인은 우리의 정체를 밝히고는, 또 우리의 체면을 걱정해 주시는 말씀을 하시는 건가요?"

마플 양의 얼굴이 무겁게 긴장되었다.

"왜냐하면, 당신의 남편이 곧 살인 용의자로 체포될 것이기 때문이라오."

제19장

잠깐 동안 다이나는 망연하게 상대방을 바라보고만 있었다. 이윽고 그녀가 도저히 믿을 수 없다는 듯한 표정으로 물었다.

"베이질이……, 사람을 죽였다고요? 지금 농담하시는 거예요?"

"아니에요, 정말입니다. 당신은 신문도 보지 않았나요?"

다이나는 한숨을 쉬었다.

"그러면, 저 마제스틱 호텔의 여자 살인사건? 베이질이 그녀를 죽였다는 의심을 받고 있군요?"

"그렇죠."

"그런, 바보 같은!"

집 밖에 차 소리가 나더니, 곧 문이 열리는 소리가 크게 들렸다. 그리고 나서 베이질 블레이크가 힘차게 문을 열고 들어왔다. 술병을 몇 개나 손에 들고 있었다.

그가 말했다.

"진과 버머스를 몇 개 사왔어. 아니, 어떻게 된……?"

그는 말을 멈추고는 점잔을 빼면서, 단정하게 앉아 있는 방문객 쪽으로 의아하다는 듯한 시선을 던졌다.

다이나가 황망하게 말을 걸었다.

"어떻게 생각해요? 이 부인이 당신이 루비 킨을 죽인 범인으로 체포될 거라고 말씀하시는데."

"뭐!"

베이질의 무릎에서 병이 미끄러져 소파 위로 굴러 떨어졌다. 그는 쓰러질 듯이 의자에 걸터앉아서 머리를 부둥켜안았다. 그러고는 괴로운 듯이 외쳤다.

"아아, 이제 어떻게 하지!"

다이나는 그의 옆에 바싹 붙어서 그의 어깨를 잡았다.

"베이질, 나 좀 봐요! 그건 거짓말이지? 그렇지? 나는 절대로 믿을 수가 없어!"

그의 손이 그녀의 손을 잡았다.

"고마워."

"하지만……, 어떻게 하필 당신이 그런 식으로 의심받는 거지? 당신은 그 여자를 전혀 모르잖아?"

"아니에요, 그는 알고 있어요." 마플 양이 말했다.

베이질은 거칠게 외쳤다.

"쓸데없이 주둥이를 놀리지 말아요, 이 노인네 같으니! 그래, 다이나, 나는 전혀 몰랐어. 다만 마제스틱에서 한두 번 만났을 뿐이야. 그것뿐이야. 정말이야."

다이나는 어쩔 줄을 몰라 하며 말했다.

"나는 전혀 모르겠어. 그래, 왜 당신이 의심을 받는지 모르겠단 말이에요."

베이질은 신음했다. 손으로 눈을 가리고 몸을 비틀었다.

마플 양이 말했다.

"난로 앞의 양탄자는 어떻게 된 거지요?"

그는 쌀쌀맞게 대답했다.

"쓰레기통에 버렸소."

마플 양이 초조한 듯이 입맛을 다셨다.

"어리석군. 사람을 바보로 만드는 것도 정도껏 하세요. 고급 양탄자를 쓰레기통에 버리는 사람이 어디 있을까요? 혹시, 그녀의 드레스에 붙어 있던 금속 조각이 거기에 붙어 있었나요?"

"그래요. 붙어서 떨어지질 않더라고요."

다이나가 외쳤다.

"도대체 두 사람 모두 무슨 이야기를 하는 거예요!"

베이질은 무뚝뚝하게 말했다.

"저 여자에게 물어봐. 전부 알고 있는 것 같으니까."

"그래요. 내가 미루어 짐작할 수 있는 범위에서 말하겠어요."

마플 양이 말을 시작했다.

"잘못되었으면 수정해 주세요, 블레이크 씨. 당신은 파티에서 부인과 크게 싸운 뒤에, 아마 술을 많이 마시고 이곳으로 돌아왔을 거예요. 당신이 몇 시에 이곳에 도착했는지는 모르지만……."

베이질이 불쾌한 어조로 말에 끼어들었다.

"새벽 2시 무렵이었소. 처음엔 마을로 가려고 마음먹었죠. 그러다가 변두리까지 갔을 때 마음을 바꿨죠. 다이나가 내 뒤를 쫓아오지 않을까 하는 생각이 들었거든요. 그래서, 이곳으로 와 봤죠. 집 안이 캄캄하더군요. 나는 현관을 열고 전등을 켰죠."

그는 이야기를 멈추고서 숨을 쉬었다.

마플 양이 그것을 받아서 계속 말했다.

"저 난로 앞의 양탄자 위에 어떤 여자가 쓰러져 있었겠죠. 흰 이브닝드레스를 입고서, 목 졸려 죽은 채. 그러나 당신은 그때 그 여자가 누구인지를……."

베이질 블레이크는 심하게 고개를 흔들었다.

"보고 싶지 않았소. 다만 언뜻 본 것만으로도, 여자의 얼굴은 자주색이고, 부어 있었다는 것, 그리고 방금 전에 죽은 것 같았다는 점, 그것도 다른 곳도 아닌 내 집에서 말이오!"

그는 몸을 떨고 있었다.

마플 양이 부드럽게 말했다.

"당신은 물론 당황했기 때문에 어쩔 줄 몰라 했겠죠. 너무 겁을 먹은 나머지 꿈인지 생신지 잘 구별도 못했을 거예요. 너무나 당황해서, 뭐가 뭔지 도대체 모를 수밖에 없었겠지요."

"나는 다이나가 곧 돌아올 것 같은 느낌이 들었어요. 만일 내가 그 시체 옆에 서 있는 것을 보면, 다이나는 내가 그 여자를 죽였다고 생각할 것이 틀림없다고 생각했던 겁니다. 그래서, 곧 어떤 방법을 생각해 냈습니다. 왠지 모르지만 그때는 멋진 생각 같은 기분이 들었지요. 그 여자의 시체를 밴트리 서재에 던져 넣자! 몹시 거드름을 피우며 다른 사람을 업신여기고, 언제나 나를 여자에 걸신들린 남자라고 말하는 듯한 경멸적인 눈으로 쳐다보던 그에게 단단히 화가 났었거든요. 그래서, 그 잘난 체하는 노인에게 골탕을 먹이려고 생각한 겁니다. 그의 서재에서 미인의 시체가 발견된다. 그때의 표정을 상상해 보십시오. 그 기막히게 우스운 표정을."

그는 자포자기한 모습으로 설명을 계속했다.

"나는 그때 약간 취해 있었고, 또 좀 장난칠 기분도 있어서, 밴트리 노인과 금발 처녀의 만남을 상상하는 것만으로도 유쾌했었습니다."

"그렇겠죠." 마플 양이 말했다.

"토미 본드라는 소년도 역시 같은 일을 생각하고서 문제를 일으킨 적이 있었거든요. 성격이 아주 민감해서 열등감을 가진 소년이었지요. 그런데다 선생님은 언제나 자기만을 괴롭힌다고 생각하고 있었던 거예요. 그래서 어느 날, 벽시계를 정지시키고 그 안에 개구리를 넣어 두었는데, 그 계획은 훌륭하게 적중해서 시계태엽을 감아 주려고 선생님이 그것을 연 순간에 갑자기 개구리가 얼굴로 덤벼들었죠. 당신도 그와 같은 일을 생각한 거예요. 단, 개구리와 달리, 그 물건이 사람의 시체였기 때문에 문제가 커진 겁니다."

베이질은 다시 침통한 어조로 말했다.

"아침이 되어서, 나는 완전히 술이 깨었지요. 그러고는 그때야 비로소 내가 한 일의 중대성을 깨닫고는 부들부들 떨고만 있었습니다. 그런데 곧 경찰이 찾아왔더군요. 또 한 사람, 거드름을 피우는 노인네였죠. 군 경찰서장 말입니다. 나는 그 사람이 무서웠지만, 조바심에 떨고 있는 모습을 감추기 위해서 일부러 태연하게 그 사람을 되돌려 보낼 수 있었죠. 내가 그들과 이야기하고 있을 때 다이나가 차로 되돌아왔어요."

다이나가 창 너머로 밖을 내다보았다.

그녀가 말했다.

"차가 왔어요. 남자들이 타고 있고요."

"경찰들이겠죠, 틀림없이." 마플 양이 말했다.

베이질 블레이크는 일어섰다. 그 얼굴에는 어떤 결심을 한 듯 냉정한 표정이 어려 있었다. 그는 미소마저 띠고 있었다. 그가 말했다.

"나를 체포하러 왔어. 좋아, 다이나, 기운을 내. 우리 집 변호사에게 연락하고, 어머니를 만나서 우리가 결혼했다는 것을 알려 드려. 기뻐해 주실 거야. 내 일은 염려하지 않아도 좋아. 나는 사람을 죽이지는 않았으니까. 결국엔 혐의가 풀릴 거야."

현관문을 두드리는 소리가 들렸다. 베이질이, "들어오세요." 하고 소리쳤다. 슬랙 경감과 부하 한 사람이 들어왔다.

경감이 말했다.

"베이질 블레이크 씨죠?"

"예."

"영장을 가져왔소. 9월 21일 밤, 루비 킨을 살해한 혐의로 당신을 체포하겠소. 할 말이 있으면 법정에서 말하시오. 함께 갑시다. 당신의 변호사와 연락할 수 있는 편의는 충분히 제공하겠소."

베이질은 순순히 받아들였다. 그러고는 다이나를 보았지만, 그녀를 포옹할 수는 없었다.

그가 말했다.

"자, 갔다 올게, 다이나."

'매우 침착하구면.' 슬랙은 생각했다.

그는 마플 양에게 가볍게, "안녕히 계십시오."라고 인사했다. 그러고는 마음속으로 생각했다.

'재빠른 할머니야. 벌써 눈치 챈 것 같아! 그 양탄자를 손에 넣을 수 있어서 다행이었어. 그리고 이 친구가 파티장에서 나온 시간이 12시가 아니고 11시였다는 사실을 촬영소 주차장 수위에게서 들은 것도. 그렇다손 쳐도 이 녀석 친구들이 그를 감싸서 위증죄를 범했다고 볼 수는 없겠지. 모두들 술 취해 있었고, 다음 날 블레이크가 촬영소를 나온 것은 12시였다고 우겨댔기 때문에, 모두들 그렇게 생각해 버린 게 틀림없어. 자, 이것으로 훌륭하게 범인을 잡을 수가 있었군. 아마 정신이상자인가 보지. 이제 곧 교수형장행이겠지……. 이 녀석은 우선 리브스를 목 졸라 죽이고 나서 시체를 차로 채석장까지 옮기고는,

걸어서 데인머스로 돌아가 어딘가 그 주변의 길옆에 세워 두었던 자신의 차로 파티에 참석했고, 그러고 나서 또 데인머스로 되돌아와 루비 킨을 밖으로 유인해 내서는 목 졸라 죽이고는, 그 차에 불을 지른 뒤 가까스로 이곳으로 되돌아온 거야. 대충 이런 식이 되는 거겠지. 아무리 생각해도 이 녀석은 미쳤거나, 변태거나, 아니면 선천적인 정신이상자일 거야. 거기에서 이 여자는 다행히 위기를 벗어난 셈이군.'

마플 양과 단둘이 되었을 때 다이나 블레이크는 그녀 쪽을 돌아보았다.

"당신이 누구신지 모르겠지만, 베이질이 사람을 죽이지 않았다는 걸 정확하게 알고 계시는 것 같군요."

마플 양이 말했다.

"당신 남편이 한 짓이 아니에요. 나는 누가 했는지를 알고 있답니다. 하지만, 간단히 증명할 수가 없어요. 잠시 생각이 떠오르긴 했는데, 부인이 방금 말한 것이 어쩌면 도움이 될지도 모르겠군요. 그래서 생각이 났는데, 내가 찾아내려던 것은 사건의 연결고리거든요. 자, 이젠 어떻게 해야 할까?"

제20장

1

"다녀왔어요, 아더!"

밴트리 부인은 작은 서재 문을 힘차게 열고는, 마치 왕위 선언이라도 하듯이 쾌활한 어조로 외쳤다.

밴트리 대령은 뛰어오를 듯이 일어나 아내에게 키스하며, 정성들여 그녀를 맞이했다.

"당신이 돌아오기를 무척 오래 기다렸소!"

그 말에는 트집 잡을 만한 구석이 없었고 표정도 따뜻했지만, 오랫동안 오로지 남편만을 사랑해 온 밴트리 부인에게는 그 이면에 뭔가 복잡한 것이 있음을 직감적으로 느낄 수 있었다. 그녀는 바로 물었다.

"어떻게 된 거예요?"

"아니, 왜 그러오, 돌리."

"확실히는 모르겠지만, 어쩐지 좀 이상해요."

밴트리 부인이 막연하게 대답했다. 그녀는 그렇게 말하면서 코트를 벗어 던졌다. 밴트리 대령이 가만히 그것을 주워 올려서 소파 뒤에 걸쳐 놓았다.

모든 것이 평소 그대로였지만, 평소와는 다른 어떤 것이 섞여 있었다. 아더는 완전히 무서움에 지친 것이 아닐까 하고 부인은 생각해 왔다. 그는 전보다도 야위어 보였다. 어딘지 모르게 비굴한 느낌을 주기도 했다. 눈 밑이 늘어지고, 그 눈은 그녀의 시선을 피하고 싶어 하는 빛이 역력했다.

"재미있었소, 데인머스는?"

"매우 유쾌했어요. 아더, 당신도 함께 가셨더라면 좋았을 텐데."

"집을 비워서는 안 되지. 할 일도 많이 있고."

"하지만, 가끔은 기분 전환을 해도 좋다고 생각해요. 당신, 제퍼슨 씨를 좋아하시죠?"

"물론 좋은 사람이지. 불쌍하긴 하지만."

"제가 나가 있는 동안 여기에서 무슨 일을 했어요?"

"별로, 아무 일도 하지 않았소. 농장에 가기도 하고, 앤더슨이 지붕을 새로 고치고 싶다고 하기에, 그렇게 하라고 했지. 이제는 더 이상 수리를 하지 않아도 될 것 같소."

"당신, 라드퍼드셔 군 의회의 회의에 가셨댔어요?"

"아니, 가지 않았소."

"왜요? 당신이 의장이잖아요?"

"아무래도 뭔가 사정이 있는 것 같아. 나 대신에 톰슨이 의장을 맡기로 되었다니까 양해해 달라고 하더군."

"그래요?" 밴트리 부인이 말했다.

그녀는 초조한 듯이 한쪽 장갑을 벗어서는, 휴지통 안으로 던져 넣었다. 그녀의 남편이 그것을 꺼내려고 허리를 굽히려 하자, 그걸 막으며 카랑카랑한 목소리로 말했다.

"그냥 놔두세요. 장갑은 끼기도 싫으니까."

밴트리 대령은 불안한 눈으로 아내를 바라보았다.

밴트리 부인이 모질게 추궁했다.

"당신, 목요일에 더프 가(家)의 만찬회에 갔었나요?"

"아, 거기? 연기되었어. 요리사가 아프대."

"참 안됐군요." 그녀는 계속 말했다.

"어제 네일러 가(家)에는 가셨어요?"

"전화로 몸이 안 좋아서 못 가겠다고 말하고는 끊었소. 저쪽에서도 내가 못 오리라 생각한 것 같더군."

"그래요?" 밴트리 부인은 어두운 얼굴로 중얼거렸다.

그녀는 책상 옆에 걸터앉아서 멍하니 정원 가위를 손에 들었다. 그러고는 한쪽 손에 끼웠던 장갑의 손가락을 하나씩 자르기 시작했다.

"도대체 왜 그래, 돌리?"

"무엇이든 부숴 버리고 싶어서 그래요."
그녀는 일어섰다.
"저녁식사 뒤에 어느 방에서 쉴까요, 아녀? 저쪽 서재가 어때요?"
"아니, 그쪽은 아무래도……. 이곳이 좋지 않을까? 그렇지 않으면 거실에서 할까?"
"아니에요……. 저 서재로 해요!" 그녀가 말했다.
그녀의 차분한 시선이 그의 시선과 부딪쳤다.
밴트리 대령은 가만히 일어섰다. 눈이 타듯이 빛나고 있었다.
"그래, 그럽시다. 저 서재로 하지 뭐."

2

 밴트리 부인은 문득 앞이 까마득해져서 간신히 숨을 돌리고 수화기를 놓았다. 벌써 두 번째 전화였지만, 그 대답은 똑같았다. 마플 양은 외출 중이라는 것이다. 타고난 본성이 괄괄한 그녀는 그렇게 호락호락 단념하지는 않았다. 그녀는 계속해서 고집스럽게 여러 군데로 전화를 걸었다. 목사, 프라이스 리들리 부인, 하트넬 양, 웨더비 양, 그리고 맨 마지막 전화는 생선가게에 했다.
 생선가게는 지리적으로 위치가 매우 좋았으므로, 마을 사람 중 누가 지금 어디로 가고 있는지를 훤히 알 수 있었던 것이다. 그 생선가게 주인의 이야기도 도움이 되지 않았다. 어떻든, 그가 오전 중에는 한 번도 마플 양의 모습을 보지 못했다는 사실을 알 수 있었다. 결국 마플 양은 평소 다니던 거리를 돌아다니고 있지는 않은 것 같았다.
"어디로 갔을까?" 밴트리 부인은 초조하게 외쳤다.
바로 그때, 그녀의 뒤에서 갑자기 헛기침 소리가 들려왔다.
예의바른 하인인 로리머가 깍듯하게 말했다.
"마플 양을 찾으십니까, 마님? 그분이 방금 우리 집 쪽으로 오는 걸 봤습니다만."
 밴트리 부인은 단숨에 현관으로 달려가서, 재빨리 문을 열고 분주하게 마플 양을 맞아들였다.

"당신을 만나려고 온 마을을 헤집어 놨답니다. 어디에 갔었나요?"

그녀는 고개를 돌려 뒤를 보았다. 로리머는 눈치 있게 어디론가 모습을 감추어 버렸다.

"큰일 났어요! 모두가 아더에게 차갑게 대하기 시작하는 거예요. 그이는 한꺼번에 나이를 먹어 버린 것처럼 늙어 버렸어요. 어떻게 좀 해야겠어요, 제인. 어떻게 좀 해봐요!"

마플 양은 대답했다.

"그런 염려는 할 필요 없어요, 돌리." 묘하게 의미가 있는 목소리였다.

밴트리 대령이 방에서 나왔다.

"아, 마플 양, 안녕하십니까? 당신이 오시니 안심이군요. 집사람이 집안사람들을 총동원해서 백방으로 당신을 수소문하더군요. 미친 듯이 여기저기에 전화를 걸고."

"뉴스를 알려 드리러 왔어요."

밴트리 부인의 뒤를 따라서 작은 서재로 들어가며 마플 양이 말했다.

"뉴스라뇨?"

"베이질 블레이크가 루비 킨 살인 용의자로 체포되었답니다."

"베이질 블레이크가?" 대령이 외쳤다.

"그러나 그는 범인이 아니에요." 마플 양이 말했다.

밴트리 대령은 그 말이 귀에 들어오지 않았다. 가령 들어 왔다 해도 그는 귀를 의심했을 것이다.

"그러면, 그자가 그 처녀를 목 졸라 죽인 뒤, 그 시체를 여기로 옮겨와서, 내 서재에 던져 넣고 갔다는 뜻입니까?"

"그가 그녀를 당신의 서재에 던져 넣기는 했지만, 그녀를 죽인 것은 그가 아니에요." 마플 양이 말했다.

"그런 어처구니없는 일이 어디 있담! 그녀를 서재로 던져 넣은 것이 그자라면, 그녀를 죽인 것도 당연히 그 녀석일 수밖에 없지 않습니까! 그 두 가지를 어떻게 따로따로 생각할 수 있습니까?"

"아니에요. 반드시 그런 것은 아닙니다. 사실 그 사람은 자신의 별장에 그녀의 시체가 놓여 있는 것을 발견했을 뿐이에요."

"그럴 듯하게 들리지만, 그것은 거짓말이오!" 대령은 비꼬듯이 말했다.

"만일 자신의 집에서 시체를 발견했다면, 곧 경찰에 연락하는 것이 보통 아닙니까—적어도 정직한 인간이라면."

"그렇죠. 그러나 사람들이 모두 당신과 같은 배짱을 갖고 있지는 않지요, 밴트리 씨. 당신은 좀 고지식한 사람이라고 볼 수 있거든요. 요즘의 젊은 사람들은 당신과는 달라요."

"요즘의 젊은 것들은 패기라곤 전혀 없으니까."

"그중에는 괴로움을 참아내는 사람도 있답니다." 마플 양이 말했다.

"나는 베이질에 대해 자세히 뒷조사를 해보았어요. 그는 겨우 열여덟 살에 민간방공 시설원이 되었었지요. 그 당시에 불에 타서 무너지는 집으로 뛰어들어가서 네 명의 아이를 한 명씩 꺼내왔더군요. 그리고 나서는 모두가 말리는 것도 듣지 않고, 개를 구하기 위해서 돌아섰어요. 그 순간 집이 무너져 버렸답니다. 그 와중에서 그는 기적적으로 구출되었지만, 가슴을 매우 심하게 다쳤기 때문에 그로부터 1년 가까이나 기브스를 하고 누워 있어야만 했었고, 그 이후에도 오랫동안 요양 생활을 해야 했대요. 그가 디자인에 흥미를 갖기 시작한 것은 그 무렵의 일이지요."

"허어! 그런 것은 몰랐는데." 대령은 헛기침 소리를 내며 코를 킁킁거렸다.

"그는 다른 사람에게 그런 이야기를 떠벌이지는 않았으니까요."

마플 양이 말했다.

"저런……, 감탄할 만한 청년이로군. 내가 생각하고 있었던 것과는 상당히 다른 청년인 것 같습니다. 난 그 친구가 전쟁이 나더라도 병역을 피하는 비겁자일 거라고 생각했었거든요. 외모만으로 사람을 판단하는 것은 확실히 경솔한 짓입니다." 밴트리 대령은 부끄러운 듯이 말했다.

"그러나……." 그의 노여움이 되살아났다.

"도대체 그는 어째서 나에게 살인 누명을 씌우려고 했을까요?"

"누명을 씌우려고 그런 것은 아니라고 생각해요." 마플 양이 말했다.

"잠시 장난을 쳐보려고 한 것뿐이었지요. 절반은 그런 기분이었어요. 그는 그때 상당히 술에 취해 있었거든요."

"취해 있었다고요?"

대령의 목소리에는 술주정꾼에 대한 영국인 특유의 연민이 어려 있었다.

"취해 있었을 때의 행동으로 그 사람을 판단할 수는 없습니다. 케임브리지 대학 시절에 나도 난폭한 장난을 친 기억이 있습니다. 나중에 큰 물의를 일으켰지요. 호되게 야단을 맞았답니다."

그는 자책감으로 혀를 찼다. 그러고 나서, 사려 깊고 예리한 눈으로 응시하고 있는 마플 양을 바라보며 물었다.

"부인은 그가 살인할 사람이 아니라고 생각하고 있군요?"

"그가 범인이 아니라는 것은 확실합니다."

"그러면, 범인은 누구입니까? 알고 계십니까?"

마플 양은 고개를 끄덕였다.

밴트리 부인은 노래 부를 듯한 목소리로, "끔찍해!" 하고는 낮게 중얼거렸다.

"그럼, 그게 누군가요?"

마플 양이 말했다.

"미안하지만, 나를 좀 도와주시겠어요? 함께 서머셋 하우스에 가주신다면 틀림없이 멋진 생각이 떠오를 것 같은데."

제21장

1

헨리 경의 얼굴은 무겁게 긴장되어 있었다. 그가 말했다.

"전 그 방법이 별로 마음에 들지 않는데요."

"저도 이 방법이 당신이 말씀하시는 정통적인 방법이 아니라는 것은 충분히 알고 있어요. 그러나, 무슨 일이든 간에 분명하게 확인할 필요가 있거든요. 셰익스피어가 말했듯이, '주의에 주의를 거듭하라'라는 것이 중요하지요. 아마 제퍼슨 씨도 찬성할 거라고 생각하는데요." 마플 양이 얘기했다.

"하퍼는 어떻습니까? 그도 여기에 참가시킬 건가요?"

"너무 자세하게 알려주면 깜짝 놀랄지도 모릅니다. 그러나 당신에게 약간 힌트를 줄 필요는 있겠지요. 그 사람들을 감시하기 위해서 미행할 필요도 있으니까요."

"그건 그렇겠군요······." 헨리 경이 천천히 대답했다.

2

하퍼 총경은 헨리 클리더링 경을 물끄러미 바라보고 있었다.

"좀더 확실하게 설명해 주지 않겠습니까? 힌트는 되겠지만 그것만 가지고는 도대체 짐작이 안 가는데요."

헨리 경이 말했다.

"나도 친구에게서 들은 대로 당신에게 말한 것뿐이라네. 그 친구는 그 이상의 것은 내게도 말하지 않았어. 단지 유언장을 바꿔 쓰기 위해서 데인머스의 아는 변호사를 찾아 가고 싶다고만 했을 뿐이라네."

총경의 짙은 눈썹이 밑으로 처지더니 그 험상궂은 눈을 덮었다. 그가 말했다.

"콘웨이 제퍼슨 씨는 그 사실을 사위나 며느리에게 알린답니까?"
"오늘 밤 두 사람에게 말할 생각이라고 하더구먼."
"예, 알겠습니다."
총경은 펜으로 책상을 가볍게 두드렸다. 그러고는 다시 한 번 중얼거렸다.
"알겠습니다."
그러고 나서 하퍼의 쏘는 듯한 시선이 또다시 헨리 경의 눈과 마주쳤다. 그가 말했다.
"그렇다면, 경께선 베이질 블레이크를 체포한 것만으로는 아직 만족하지 않는다는 말씀이군요."
"당신은 어떤가?"
총경의 콧수염이 움찔거렸다.
"마플 양은?"
두 사람은 서로 얼굴을 마주 보았다.
하퍼가 또 입을 열었다.
"확실하게 해두는 게 좋겠죠. 어쨌든 부하를 잠복시켜 놓겠습니다. 그러나 글쎄요……, 헛수고가 될 겁니다. 틀림없어요."
헨리 경이 말했다.
"또 하나 말하고 싶은 것이 있는데……, 아, 이걸 보는 편이 빠르겠구먼."
그는 편지 한 장을 펼쳐서 테이블 너머 총경에게 건네주었다. 그 순간, 총경의 시큰둥했던 표정이 순식간에 사라졌다.
"그래서 그렇게……? 이렇게 되면 사건의 전모가 완전히 바뀌겠는데요. 어디에서 이런 걸 입수했습니까?"
"여자라는 존재는, 언제까지라도 결혼에 관심이 있지." 헨리 경이 말했다.
"특히, 나이를 먹은 독신녀는 말입니다." 총경이 그것을 받아서 말했다.

3

친구가 들어오자 콘웨이 제퍼슨은 그쪽으로 얼른 얼굴을 돌렸다.

그의 음울한 표정이 엷어지더니 미소가 떠올랐다. 그가 말했다.

"두 사람에게 말했네. 잘 이해한 것 같더군."

"어떤 식으로 말했나?"

"대충 이렇다네. 내가 루비에게 남기려고 생각한 5만 파운드는 루비가 죽어버렸으므로, 그녀를 기릴 만한 일에 사용하고 싶다. 여러 가지로 생각한 끝에, 런던에서 일하고 있는 젊은 댄서들의 기숙사 건설 자금으로 쓸 생각이다. 이렇게 말했지. 그 애들은 내 말을 듣고는 아주 바보 같은 짓이라며 돈 낭비라고 놀라워하더구먼. 그러나 평소처럼 내가 말한 것을 그대로 이행할 것이라고 생각해서인지 더 이상 어이없어 하지는 않더군."

그는 찬찬히 생각을 더듬으면서 덧붙였다.

"나는 그 아가씨에게 완전히 홀려 있었다네. 어쩐지 나도 완전히 망령이 든 것 같아. 아름다운 처녀였지만, 내 눈에 비친 그 애는 내가 멋대로 생각한 허상에 불과한 것이었어. 나는 그 애를 또 하나의 로자먼드라고 생각하고 싶었던 거지. 하긴, 외모가 비슷했거든. 그러나 마음은, 속마음은 전혀 다르더구먼. 미안하지만, 메모지를 좀 가져다주겠나? 재미있는 브리지 문제가 생각났네."

4

헨리 경은 계단 아래로 내려가고 있었다. 그는 짐꾼에게 한 가지를 물었다.

"아, 개스켈 씨 말입니까? 그분은 아까 차로 외출하셨는데요. 런던에 볼일이 있어서 가봐야겠다고 말씀하셨습니다만."

"그럼, 제퍼슨 부인은 이 근처에 계시나?"

"아까 침실로 가신 것 같습니다."

헨리 경은 라운지를 들여다보고 나서, 그곳을 지나 댄스홀로 갔다. 라운지에서는 휴고 매클린이 계속 고개를 갸우뚱거리면서 낱말 맞추기에 열중하고 있었다. 댄스홀에서는 조시가 경쾌한 발놀림으로 상대의 무지막지한 발을 잘 피하면서 뚱뚱하고 땀을 뻘뻘 흘리고 있는 상대방의 얼굴에 야릇한 미소를 던지고 있었다. 그 뚱뚱한 남자는 그녀와의 댄스에 흠뻑 빠져 있는 것처럼 보였다. 레이먼드는 고상하게, 그것도 별 흥미가 없다는 듯이, 호르몬성 빈혈증처럼 보이는 어떤 여자와 춤추고 있었다. 우중충한 갈색머리의 그 여자는 값만 비싸고, 전혀 어울리지도 않는 드레스를 입고 있었다.

헨리 경은 가만히 중얼거렸다.

"이제는 침실로 가야겠군." 그러고는 2층으로 올라갔다.

새벽 3시였다. 바람이 살랑거리고 달은 조용한 해면에서 잔잔히 흔들리고 있었다. 제퍼슨의 방에서는 그의 깊은 숨소리가 베갯맡에서 희미하게 전해져 올 뿐이었다.

창의 커튼을 흔드는 바람도 없었다. 그런데 그 커튼이 움직였다……. 그리고 다음 순간, 그것이 둘로 나누어지더니 달빛을 등진 사람 그림자가 검은 그림과 같이 떠올랐다. 이윽고 커튼이 원래 위치로 되돌아갔다.

또다시 모든 것이 정적에 싸였지만, 방 안에는 누군가가 조용히 서 있었다. 그 침입자는 침대로 다가갔다. 베개 위의 잠자는 숨소리는 아무런 변화 없이 규칙적으로 계속되고 있었다.

아무런 소리도 나지 않았다. 침입자의 왼손 집게손가락과 엄지손가락이 잠든 사람의 피부를 잡으려고 다가갔다. 오른손에는 주사기가 쥐어져 있었다.

그때, 갑자기 어둠 속에서 팔이 뻗쳐 나와, 주사기를 쥐고 있는 손을 비틀고는, 다른 팔이 그 그림자를 세게 밀어붙였다. 그러고는 무감각한 경찰관의 목소리가 차갑게 정적을 깨뜨렸다.

"자, 주사기를 버려!"

머리맡의 전등 스위치가 켜지고, 그 아래에서 콘웨이 제퍼슨의 일그러진 눈이 루비 킨 살해범을 노려보고 있었다.

제22장

1

헨리 클리더링 경이 말했다.

"당신의 추리 과정을 처음부터 자세하게 듣고 싶은데요, 마플 양."

하퍼 총경이 말했다.

"우선 사건을 해결하게 된 실마리가 무엇이었는지부터 알고 싶군요."

멜쳇 대령이 말했다.

"또 한 대 얻어맞았습니다, 이거! 한 가지씩 처음부터 설명해 주셨으면 합니다."

마플 양은 자신이 입은 최고급 실크 가운을 쓰다듬었다. 그녀는 얼굴을 붉히고는 미소 지으면서 수줍어하고 있었다. 그녀가 말했다.

"여러분 입장에서 보면 저의 '조사 방법'은 헨리 경이 말씀하셨듯이 매우 어설프고 유치하기만 해요. 분명하게 말해서 대개의 사람들은(경찰은 포함되지 않지만) 이 부정한 세상을 너무 지나치게 믿고 있답니다. 그들은 사람들이 말하는 모든 것을 좋아하지요."

"그것이 과학적인 태도입니다." 헨리 경이 나섰다.

마플 양은 계속했다.

"이번의 사건에서는 몇 가지 사항이 처음부터 그대로, 사실 여부를 확인도 하지 않고 받아들여져 있었습니다. 처음에 제가 알아차릴 수 있었던 사실로는, 피해자가 너무 젊다는 것, 손톱을 깨무는 버릇이 있었다는 점, 약간 뻐드렁니라는 점 등을 들 수 있죠. 어렸을 때 교정기로 튀어나온 치아를 고치지 않으면, 종종 그런 식으로 되어 버린답니다. 그러나 대개 아이들은 교정기 끼는 걸 몹시 싫어하니까 부모가 보고 있지 않을 때에는 벗어 놓기가 일쑤죠. 상당히 주의를 기울이지 않으면 안 될 거예요.

이야기가 옆길로 빠졌군요. 어디까지 말했더라……. 저는 젊은 사람이 목숨을 빼앗긴 것을 보자 참을 수 없이 슬퍼졌습니다. 그래서, 그런 짓을 한 사람이 누구인지는 모르지만, 상당한 악질일 거라고 생각했지요. 물론 시체가 밴트리 대령의 서재에서 발견된 것에는 약간 당황했습니다. 소설을 읽을 때처럼 사실이라고는 도저히 믿기지가 않는 거였어요. 실은 그녀가 그 서재에서 발견된 사실은 완전히 줄거리에서 벗어나 있었던 겁니다. 범인은 그런 식으로 해서 우리를 혼란시킬 생각은 없었던 거죠. 범인의 계획은 그 범행을 저 가여운 베이질 블레이크의 소행으로 돌리려는 것이었는데, 블레이크 씨가 그것을 대령의 서재로 옮겨놓았기 때문에 범인의 예상은 완전히 빗나갔고, 범인 또한 매우 당혹했었음이 틀림없지요.

어쨌든, 각본에는 블레이크 씨가 최대의 용의자가 되도록 꾸며져 있었던 겁니다. 계획대로 한다면, 경찰은 데인머스를 조사하고서, 그가 피해자를 알고 있었다는 사실을 냄새 맡게 될 테고, 또한 그가 또 한 여자와 동거하고 있는 것도 알아내겠죠. 루비가 그에게 공갈 내지는 뭔가를 조르기 위해 찾아와서 그를 화나게 했고, 결국 그녀는 교살당했을 것이라는 추리가 가능하겠지요.

매우 그럴싸한, 소위 나이트 클럽형의 범죄입니다. 그러나 그 예상이 모두 뒤바뀌어 버린 거지요. 그러고는 용의자의 초점이 곧 제퍼슨 가족에게로 향했습니다. 여기에서 범인은 매우 낭패해졌겠지요.

아까 말씀드렸듯이, 저는 매우 의심이 많은 여자입니다. 제 조카 레이먼드는 저의 마음은 악의 소굴 같다고 말한답니다. 물론 이것은 선의의 농담이겠지만 말이죠. 빅토리아 시대 사람들의 대부분이 그랬었다고 하지만, 그래도 저로서는 빅토리아 시대의 사람들이 인간의 본성을 가장 잘 알고 있었다고 생각한답니다.

이런 약간 이상한 정신상태 아니, 그것이 정상일지도 모르지만, 어쨌든 그런 의심을 품고 우선 금전관계를 조사하기 시작했습니다. 분명히 그 여자가 죽으면 돈이 생기는 사람이 두 명 있었습니다. 이것은 절대로 부정할 수 없지요. 5만 파운드라는 돈은 굉장한 금액이니까요. 특히 그 두 사람과 같이 경제적으로 곤경에 빠져 있는 사람에게는 더욱 그렇겠지요. 그런데 그들은 모두

선량하고 친밀감을 느끼게 하는 사람이기에 그런 일을 하리라고는 전혀 생각되지 않았습니다. 그러나 그렇게만 말할 수 없는 점도 있었지요.

가령 그 제퍼슨 부인 말인데요. 모두가 그녀를 좋아하고 있었습니다. 그러나 올해 여름부터 갑자기 불안해하기 시작하여, 지금과 같이 시아버지에게 기대는 생활을 하게 된 것은 확실합니다. 그녀는 의사에게서 시아버지의 명이 그다지 길지 않다는 것을 들어 알고 있었습니다. 따라서, 냉혹한 표현을 빌자면 만일 루비 킨이 나타나지 않았다면 그녀의 계획대로 잘 되었을 겁니다. 더구나, 그녀는 자기 아들을 끔찍이 사랑하고 있었으니까요. 여성 중에는 자신의 아이를 위해서 범한 죄는 어쩔 수 없다는 통속적인 인정론으로, 그 엄마의 죄는 대부분 용서된다는 이상한 생각을 갖고 있는 사람도 간혹 있답니다. 그런 식으로 생각하는 사람을 저는 마을에서 두세 명 알고 있지요. '데이지를 위해서 한 일입니다.'라고 하면 비난받을 행위도 정당하게 된다고 생각하는 것 같습니다. 완전히 무책임한 사람이지요.

마크 개스켈은 어떤가 하면, 이 사람 역시 어떻게 손을 대 볼 수도 없는 인물이었지요. 그는 도박 박사인 데다 아무리 보아도 그다지 도덕관념을 갖고 있다고는 생각할 수 없었거든요. 그러나 저는 어떤 육감 같은 것에 의해서, 이 범죄에는 여성이 한 명 끼어 있다는 생각을 품게 되었답니다.

이상과 같이 동기라는 면에서만 보면, 금전관계가 매우 유력하게 생각되더군요. 그러나 두 사람 모두 루비 킨이 죽음을 당한 순간에는 확실한 알리바이를 갖고 있음을 알았죠.

그리고 나서 곧 패밀라 리브스를 태운 채로 불에 타서 버려진 자동차를 발견했습니다. 모든 계략이 보이기 시작한 것은 이때부터입니다. 물론 알리바이 같은 건 문제가 아니었죠.

어쨌든 그리하여 표리 관계에 있는 두 가지 사건이 생긴 셈이지요. 이 두 가지가 밀접한 관련이 있는 것은 의심의 여지가 없지만, 아무래도 딱 들어맞진 않았습니다. 틀림없이 관련성이 있지만, 그 관련성을 발견할 수 없었던 거죠. 두 개의 사건에 동시에 관계되어 있는 듯한 사람이 한 명 있었지만, 그는 동기를 갖고 있지 않았습니다.

생각해보면 기대할 수 없는 이야기이지만, 만일 다이나 리가 없었다면 저는 매우 간단명료한 것을 간과해 버렸을지도 모르지요. 서머셋 하우스 말입니다. 결국 결혼 문제이지요! 하지만, 이 관계가 개입되자, 이제 개스켈이나 제퍼슨 부인의 문제만이 아니게 되었습니다—결혼에 의해서 가능성이 넓어졌던 겁니다. 만일 그 두 사람 중 한 사람이 결혼했다면, 혹은 결혼하려 했다면, 그 결혼 상대 역시 사건에 관련이 있는 셈이니까요.

가령 레이먼드는 어느 부자의 미망인과 결혼할 기회를 노리고 있었을지도 모르죠. 그는 제퍼슨 부인에게 매우 친절했으며, 그녀를 오랜 미망인 생활에서 깨어나게 한 것은 그의 매력이었겠지요. 그때까지 그녀는 제퍼슨 씨의 며느리로 생활하는 데 충분히 만족하고 있었는데 말입니다. 구약성경에 나오는 루스와 나오미 같은 관계이지요. 다만 나오미의 경우는 루스에게 적당한 결혼 상대를 몇 번이나 찾아 준 점이 다르지만.

레이먼드 외에 휴고 매클린이 있습니다. 그녀는 그를 좋아했고, 결혼할 가능성도 매우 크다고 생각했습니다. 게다가, 그는 그다지 부유하지 않았고, 사건이 일어났던 날 밤 데인머스에서 그리 멀지 않은 곳에 있었거든요. 그러므로, 이렇게 생각해볼 때 그 모두가 용의자일 수 있다고 생각할 수 있습니다. 그러나 제 마음에서 씻어낼 수 없는 것이 있었습니다. 그것은 그 입으로 깨문 손톱이었죠"

"손톱?" 헨리 경이 말했다.

"아니, 그녀는 다른 손톱도 깎았지 않습니까?"

"천만에요! 입으로 깨문 손톱과 손톱깎이로 깨끗하게 깎은 손톱은 분명히 다르지요. 여자의 손톱에 대해서 조금이라도 알고 있는 사람이라면 누구나 곧 그 차이를 알 수 있습니다. 입으로 물어뜯은 손톱은 그 모양이 고르지 않게 마련이죠. 그리고 그 손톱은 하나의 중요한 사실을 제공하는 결과였습니다. 입으로 물어뜯은 손톱이 말해 주는 것은 단 하나밖에 없습니다. 즉, 밴트리 대령의 서재에 있었던 시체는 루비 킨의 시체가 아니었다는 사실이지요.

여기에서 그 사실에 관계되어 있음이 틀림없다고 생각되는 사람이 한 명 떠올랐습니다. 조시이지요! 조시는 그 시체를 확인했습니다. 그녀는 그것이 루비 킨의 시체가 아님을 알고 있었습니다. 틀림없이 알고 있었지요. 그런데 그녀는 루비 킨의 시체라고 말한 겁니다. 그 시체가 그런 곳에 있었으므로, 그녀는 아마 고개를 갸우뚱했겠지요. 뭐가 뭔지 몰랐던 게 틀림없습니다. 실제로 그녀는 그런 말을 중얼거렸죠. 왜 그럴까요? 왜냐하면, 그녀는 그것이 발견되어야 할 장소를 누구보다도 잘 알고 있었기 때문이지요. 그곳은 베이질 블레이크의 별장이어야 했거든요. 우리의 주의를 베이질에게 돌린 것은 도대체 누구였을까요? 조시입니다.

조시는 레이먼드에게, 루비가 영화사의 남자와 함께 있을지도 모른다고 슬쩍 암시한 바 있습니다. 더구나, 그전에 블레이크의 사진을 몰래 루비의 핸드백에 넣어 두기도 했거든요. 조시는 죽은 처녀에 대해서, 그것도 그 시체를 앞에 놓고도 맘껏 자기의 분풀이를 할 수 있는 여자입니다. 실제적이고 빈틈이 없으며, 돈을 위해서는 다른 것은 뒤돌아보지 않는 여자이지요.

나는 아까 다른 사람이 말하는 것을 액면 그대로 받아들여서는 안 된다고 말했었는데, 그 시체가 루비 킨의 시체라는 조시의 진술을 그 누구도 의심하지 않았던 겁니다. 그때는 그녀가 거짓말을 할 이유가 없다고 생각했기 때문이지요. 동기라는 것은 항상 찾기 어려운 겁니다. 조시는 분명히 사건에 관계하고 있었다는 것, 루비가 죽으면 오히려 그녀는 피해를 입을 것이라는 점밖에 생각할 수 없었던 거지요.

제가 조시로 사건의 매듭을 분명하게 지은 것은 다이나 리가 서머셋 하우스라는 이름을 말하고 나서의 일이었습니다. 결혼……. 만일 조시와 마크 개스켈이 실제로 결혼해 있었다면 모든 것은 명백해지죠. 이미 여러분도 알고 있듯이 마크와 조시는 1년 전에 결혼했답니다. 그들은 제퍼슨 씨가 죽기까지는 그것을 숨겨 둘 생각이었던가 봅니다.

저는 매우 흥미를 느끼면서, 계획이 어떻게 실행으로 옮겨졌는가를, 그 경과를 차례로 정확하게 더듬어 보았답니다. 복잡하지만 단순한 것이지요. 우선 희생이 될 여자를 선택하는 것부터 시작됩니다. 그래서, 패밀라에게 눈을 돌리고 영화 이야기를 꺼냅니다. 카메라 테스트라는 감언이설로 그 소녀를 넘어가게 하는 것은 매우 간단했겠지요.

마크 개스켈이 그럴 듯하게 부추기지 않아도 그녀는 충분히 거기에 걸려들었을 거라고 생각합니다. 그리하여 그녀는 호텔로 찾아갔습니다. 그는 그 소녀를 만나서는 호텔 후문으로 그녀를 데리고 들어가 조시에게 소개합니다. 그들은 분장 전문가지요! 그런 것을 생각만 해도 끔찍합니다. 조시는 그 아이를 욕실에 앉히고, 그 아이의 머리를 염색하거나 얼굴에 화장을 하기도 하고, 손이나 발톱을 색칠하기도 했지요. 그러는 동안에 약을 먹였겠지요. 아이스크림소다와 같은 것에 넣어서. 패밀라는 혼수상태가 되었습니다. 내 짐작으로는 그들은 맞은편의 빈방에 패밀라를 넣어 두었을 거라고 생각합니다. 그곳은 1주일에 단 한 번밖에 청소하러 오지 않는 방입니다.

저녁식사 뒤, 마크 개스켈은 차로 외출했습니다. 해변으로 갔다고 그는 말했지만, 그때 그는 루비의 오래된 드레스를 입은 패밀라를 베이질의 저택으로 옮겨 난로 앞 양탄자 위에 내려놓았던 겁니다. 패밀라는 그때 의식은 없었지만, 죽은 것은 아니었을 겁니다. 그는 드레스의 허리띠로 그녀를 목 졸라 죽였습니다. 의식이 없는 그녀는 그런 것을 전혀 모르고 죽었겠죠. 그때의 상황을 생각하면서 그의 목도 졸릴 것을 생각하면…….

그때가 10시가 조금 지났을 무렵이었다고 생각합니다. 그는 전속력으로 호텔로 돌아와 라운지에 있던 다른 사람들과 합세했습니다. 그때 아직 살아 있던 루비 킨은 레이먼드와 함께 무대 공연을 하고 있었겠지요.

저는 조시가 사전에 루비에게 지시를 주었을 것으로 생각합니다. 루비는 언제나 조시의 명령에 잘 따랐으니까요. 그녀는 조시가 말한 대로 옷을 갈아입고 나서 조시의 방에 앉아 기다리고 있었습니다. 그녀는 저녁식사 뒤에 마신 커피에 약이 섞여 있었던 것을 모르고 있었겠죠. 바틀렛과 춤출 때 계속 하품을 했다는 것을 기억하시겠죠?

조시는 이윽고 '그녀를 찾아' 자신의 방으로 왔습니다. 그녀는 아마 주사기를 이용했던지, 혹은 머리에 심한 충격을 가함으로써 루비를 살해했겠죠. 그녀는 계단으로 내려가서 레이먼드와 함께 춤추고는 루비의 모습이 보이지 않는 것 때문에 제퍼슨 가족들과 의논했을 테죠. 파트너가 없어져 화가 나 있는 레이먼드를 달래서 보내고는 방으로 되돌아 와 갔습니다.

이윽고 이튿날 새벽, 날이 새기 전에 그녀는 루비의 시체에 패밀라의 옷을 입히고 나서 시체를 메고 뒷 계단을 내려와, 조지 바틀렛의 차를 훔쳐 타고 채석장까지의 2마일을 달린 뒤, 차에 휘발유를 뿌리고 불을 질렀습니다. 그러고는 걸어서 호텔로 되돌아왔는데, 그래 봤자 도착한 시간은 아침 8시나 9시였겠지요. 그리고 그건 루비의 일이 염려되어 일찍 일어났다는 구실이 되는 거죠!"

"복잡한 줄거리로군요." 멜쳇 대령이 말했다.

"댄스의 스텝만큼은 복잡하지 않아요." 마플 양이 말했다.

"하긴 그렇겠군요."

"그녀는 매우 세심한 점에까지 신경을 썼어요." 마플 양이 말했다.

"두 시체의 손톱의 차이까지 염두에 두었으니까요. 그래서, 일부러 루비의 손톱을 숄에 부딪쳐서 잘라지게 한 겁니다. 이렇게 하면 루비가 다른 손톱도 짧게 해버린 이유가 성립되는 셈이지요."

하퍼가 말했다.

"허! 그녀는 철두철미하게 계획을 세웠군요. 그렇다면, 결국 부인에게 실마리를 준 것은 그 여학생의 물어뜯은 손톱인 셈이겠군요."

"실마리는 그 밖에도 또 있었답니다." 마플 양이 설명했다.

"사람은 가끔 지나치게 말을 많이 하지요. 마크 개스켈도 말을 너무 많이 했어요. 루비에 대해 이야기했을 때, '그녀의 이는 옥니였다.'라고 말한 적이 있습니다. 그런데 밴트리 대령의 서재에 있었던 시체는 약간 뻐드렁니거든요."

콘웨이 제퍼슨이 물었다.

"그 마지막의 대규모 연출은 부인이 생각해 낸 거로군요, 마플 양?"

그녀가 밝게 웃었다.

"예, 그렇답니다. 확인하기 위해서 한 것이었지만요. 약간 눈치를 채셨겠지요?"

"확인하기 위해서라……"

콘웨이 제퍼슨이 떨떠름한 얼굴로 말했다.

"당신이 유서를 새로 바꾸어 쓰겠다는 것을 안 이상, 마크나 조시는 뭔가 손을 써야만 했지요. 그들은 이미 그 돈을 위해서 두 사람이나 죽였습니다. 따라서, 한 사람 더 죽이는 것은 쉬웠지요. 그러나 마크는 절대로 혐의가 씌워지지 않도록 해야만 했으므로, 런던에 가서 친구들과 레스토랑에서 저녁식사도 하고, 나이트클럽에 가기도 하면서 알리바이를 만들었습니다. 한편, 조시는 일에 착수했지요. 그들은, 살인 누명을 완전히 베이질에게 씌웠다고 믿고 있었으므로, 제퍼슨 씨의 죽음은 심장마비로 해야만 했습니다.

하퍼 씨의 이야기로는, 주사약에는 디기탈린이 들어 있었다고 합니다. 의사는 아마 심장기능의 장애에 의한 사망이라고 판단하겠지요. 조시는 미리 발코니 위에 있는 둥근 돌을 옮겨 놓았다가, 나중에 그것을 떨어뜨릴 생각이었던 것 같습니다. 그리고 제퍼슨 씨의 사인을 그 소리에 의한 쇼크라는 식으로 꾸미려 했었던 거죠."

멜쳇이 말했다.

"머리가 좋은 악당이구먼."

헨리 경이 말했다.

"그러면, 제3의 피해자는 콘웨이 제퍼슨이 되는 셈이군요."

마플 양은 고개를 흔들었다.

"아니죠, 그것은 베이질 블레이크입니다. 만일의 경우, 그는 교수형에 처해질지도 모르니까요."

"그렇지요. 그는 현재 브로드무어 형무소에 수감되어 있습니다."

헨리 경이 말했다.

콘웨이 제퍼슨은 불만스런 어조로 말했다.

"나는 로자먼드가 게으른 녀석과 결혼했다는 것을 알고 있었습니다. 단지 그렇게 생각하고 싶지 않았을 뿐이지요. 그 애는 완전히 그에게 반해 있었습니다. 그런 살인자에게 홀려 있었던 거지요! 녀석은 그 조시라는 여자와 함께 사형되겠죠. 그런 녀석이 모습을 감추어 주어서 이제 안심입니다."

마플 양이 말했다.

"조시는 매우 승부욕이 강한 여자입니다. 전부 그녀의 계획이었어요. 그녀가 루비를 데리고 왔을 때에는, 루비가 제퍼슨 씨의 마음에 들게 되어 그녀의 계획을 도와줄 것이라는 사실은 상상도 할 수 없었겠죠. 안됐군요."

"가엾게도, 루비 녀석……." 제퍼슨이 말했다.

애들레이드 제퍼슨과 휴고 매클린이 방으로 들어섰다. 오늘 밤 애들레이드는 한층 더 아름답게 보였다. 그녀는 콘웨이 제퍼슨이 앉은 의자 옆에 비스듬히 서서 그의 어깨에 손을 얹었다. 그러고는 머뭇머뭇 말했다.

"저, 젭, 전 곧 휴고와 결혼할 생각이에요."

콘웨이 제퍼슨은 잠시 그녀의 얼굴을 올려다본 뒤 퉁명스럽게 말했다.

"그래, 너도 재혼하게 되어 좋겠구나, 두 사람 모두 축하해. 그건 그렇고, 나는 내일 새로운 유언장을 만들겠다."

그녀가 고개를 끄덕였다.

"예, 알고 있어요."

제퍼슨이 말했다.

"아니, 너는 내용을 모르고 있을 거야. 너에게 1만 파운드를 선물하겠다. 그리고 내가 죽게 되면 내가 가진 것을 모두 피터에게 물려줄 생각이고. 어떠냐, 내 생각이?"

"아, 젭! 고마워요!" 그녀의 목이 감격으로 메인 듯했다.

"피터는 좋은 아이다. 내가 살아 있는 동안에 가능한 한 많이 그 애와 자주 만나고 싶다."

"만날 수 있어요, 언제라도."

"피터의 범죄 추리 잠재력은 굉장하더구나."

콘웨이 제퍼슨이 감개무량한 듯이 말했다.

"피살된 아이의 손톱을 손에 넣었을 뿐 아니라, 손톱을 담은 조시의 숄 일부까지 제대로 찾아냈으니까. 죽은 아이의 기념품까지 손에 넣은 셈이니 녀석은 행복하겠어!"

2

휴고와 애들레이드는 댄스홀을 지나갔다. 레이먼드가 다가왔다.

애들레이드가 재빨리 말을 걸었다.

"당신에게 알려 줄 뉴스가 있어요. 우리는 정말 결혼하게 되었어요."

레이먼드의 얼굴에 떠오른 그 미소는 차라리 아름다웠다—용감하고 슬프도록.

"진심으로, 정말 진심으로 당신의 행복을 기원합니다."

그는 휴고가 보든 말든 상관하지 않고 그녀의 눈을 물끄러미 들여다보고 있었다. 두 남녀는 그대로 지나갔다.

레이먼드는 그곳에 우뚝 서서 그들의 뒷모습을 배웅했다.

"좋은 사람이야." 그는 혼잣말로 중얼거렸다.

"정말로 좋은 여자야. 게다가, 이제 곧 돈도 생길 테고 데븐셔의 스타 가에 대해서 고생하며 공부한 것도 이것으로 물거품인가⋯⋯. 더럽게 운도 없구나, 정말로⋯⋯. 자, 춤추자, 춤이나 추는 거야!"

레이먼드는 댄스홀로 되돌아왔다.

<끝>

■ 작품 해설 ■

《서재의 시체(The Body in the Library, 1942)》는 애거서 크리스티(Agatha Christie, 영국, 1890~1976)의 40번째 추리소설이며, 31번째 장편소설이다. 이 소설의 주인공인 마플 양은 장편 《목사관 살인사건(Murder in the Vicarage, 1930)》에서 처음 등장하여 단편집 《화요일 클럽의 살인(The Tuesday Club Murders, 1932)》에서 맹활약한 뒤 여기 소개하는 《서재의 시체》 사건에 관계하게 된다. 한편, 마플 양은 이 책에 등장하는 불의의 피해자 밴트리 대령 부부와는 《화요일 클럽의 살인》 중 일곱 번째 단편인 《푸른 제라늄》 사건에서 만난다. 밴트리 부인은 그 이전에 이미 그 암고양이 같은 마플 양에 대해 잘 알고 있었던 것 같다.

밴트리 대령 집에 놀러 와 있던 헨리 클리더링 경이 저녁식사에 마플 양을 초대하겠다고 하자 밴트리 부인이 이렇게 말한다.

"마플 양을 아느냐고요? 그녀를 모르는 사람이 있을라고요! 소설에서나 나올 듯한 전형적인 늙은 여자지요. 꽤 상냥한 분이지만 매우 시대에 뒤떨어져서 살고 있는 사람으로 알고 있어요."

아무튼 이렇게 해서 만난 이래 밴트리 부인은 마플 양에 대해 깜짝 놀라게 된다. 아마도 《화요일 클럽의 살인》에서 《서재의 시체》 사건 사이의 10년 간 두 사람은 꽤나 친하게 되었던 모양이다. 그러한 덕분에 밴트리 부인은 자기 집에서 사건이 일어나자마자 마플 양에게 도움을 청하게 되고, 또한 그 판단이 현명하였음을 나중에 알게 된다.

여기서 잠깐 마플 양에 대해 살펴보자. 처음 등장하는 《목사관 살인사건》에서 이미 60~70이 넘은 할머니였기에 12년이 흐른 이번 사건에서는 아마도 여든 살 이상 되지 않았을까 짐작된다. 혹, 그녀가 살고 있는 세인트 메리 미드를 지도에서 찾아보려는 독자가 있다면 우선 그 열성을 높이 사고 싶다. 그런 다음 점잖게 포기하라고 말해 주고 싶다. 가공의 도시이기 때문이다. 따라서 그 주위의 여러 마을—즉, 머치 벤햄, 마켓 베이징은 물론 라드퍼드셔 군이나 글렌셔 군 등도 모두 가명이다.

마플 양의 가족관계는 참으로 모호하다. 어느 책에도 자세히 나와 있지 않기 때문이다. 단지 여기저기에서 조금씩 밝힌 것을 정리해 보면, 그녀의 숙부 토머스가 엘리 성당 참사회 회원이며, 또 한 분의 숙부는 클리스토퍼 대성당의 참사회 회원인 모양이다. 그리고 그녀의 어머니 이름은 클래라이지만, 아버지에 대해선 끝내 언급을 하지 않았다(크리스티 여사의 아버지는 미국인인데, 크리스티가 아주 어렸을 때 돌아가셔서 아버지에 대한 기억이 전혀 없다는 것이 이것과 무슨 관련이라도 있는지 모르겠다).

그밖에 여동생과 오빠가 있었던 모양이다. 또한 작가인 레이먼드 웨스트라는 조카가 있고, 조카며느리 조안이 있다. 마플 양은 이 조카로부터 경제적인 도움을 상당히 받고 있는 듯하다. 그리고 메이블이라는 조카딸이 있는 모양인데, 그녀의 신원에 대해서는 불분명하다. 어떤 작품에 보면 메이블과 조안이 같은 인물인 것으로 나오기 때문이다.

아무튼 추리소설에 걸맞게 마플 양의 인적 사항 역시 미스터리투성이다. 게다가, 그녀는 일생 동안 세인트 메리 미드를 한 번도 떠난 적이 없다고 얘기하는데, 이것 역시 의문이 아닐 수 없다. 우선 이 작품에서만도 그녀는 외지에 나가서 외도(?)를 즐기고 있지 않은가 말이다. 이 밖에 《움직이는 손가락(The Moving Finger, 1942)》 사건에서는 런던에까지 올라가는 화려한 경험을 하고, 심지어 프랑스에 있는 학교에서 교육받기까지 했다고 한다.

그러나 이러한 사실이야 어떻든 마플 양에 대한 일반적인 평가는 평생 자기가 사는 마을 밖으로는 '한 발자국'도 내디뎌 보지 못한 빅토리아 왕조풍의 (뺨이 언제나 분홍빛인) 좀 고리타분해 뵈는 노파(노처녀)인 것이다.

마플 양은 이 작품 외에 총 12편의 장편과 18편의 단편에서 활약한다.